Wunschtochter

••

Patricia Grossman

Wunschtochter

Aus dem amerikanischen Englisch
von Ursula Wulfekamp

Krug & Schadenberg

Für Helene, wie immer,
und für Jeffrey Aronoff

1

„Hallo, hier spricht Meg Krantz. Ich arbeite ehrenamtlich bei REACH, der Aidshilfe. Tut mir leid, dass ich mich jetzt erst melde. Ich bin für Sie und Kimble zuständig und fände es schön, wenn wir ein Treffen vereinbaren könnten."

„Ach ja, REACH. Na toll. Euer Motto ist ja wohl auch ‚Eile mit Weile'."

„Es tut mir wirklich leid, Mr. Toffler. Ich kann mir vorstellen, dass Sie inzwischen ziemlich frustriert sind."

„Ja ... hm ... also wissen Sie ..."

„Können wir was ausmachen?"

„Klar. Ihr seid nicht die Schlechtesten. Ich hab schon Schlimmeres gehört, wirklich."

„Wie geht's Ihnen denn zur Zeit? Wollen wir uns irgendwo treffen, oder soll ich zu Ihnen kommen?"

„Ich war im St. Luke's, wissen Sie. 'n Problem mit der Lunge. Jetzt bin ich aber wieder draußen."

„Aha", sagte Meg. „Was für ein Lungenproblem war das denn?"

„Na, also keine TB, keine Bange. Die Kulturen waren in Ordnung, aber trotzdem, na ja, ich musste in Quarantäne. Erst dachten sie, es wär was Bakterielles, dann meinten sie, es wäre Pneumozystose, und dann hielten sie's für 'ne Virusgeschichte. Je komplizierter ihre Maschinen werden, desto dümmer werden sie selbst."

„Also soll ich Sie lieber zu Hause besuchen?"

„Nee, treffen wir uns irgendwo. Ich verlier noch den Verstand, wenn ich ewig hier zu Hause rumhocke, wissen Sie." Barry legte die Hand über die Sprechmuschel. „Kimmy, wir gehen jetzt aus und treffen uns mit 'ner netten Frau, okay?" Meg hörte das Klicken eines Zippo-Feuerzeugs. „Sie guckt gerade Mr. Rogers, diesen alten Seierer. Wenn jemand mit so 'ner Quäkstimme auf mich eingeredet hätte, wie ich 'n Kind war – dem hätte ich eins auf die Nüsse gegeben."

Meg hatte nicht vorgehabt, Barry und seine Tochter Kimble noch am selben Tag zu treffen, doch sie mochte ihn nicht enttäuschen. „Ich mache Ihnen einen Vorschlag", sagte sie. „Wie wäre es mit dem Zoo im Central Park? Oder ist Ihnen das zu aufwendig?"

„Ach was, zweimal Umsteigen, das ist alles. Kein Problem. Wann und wo genau?"

„Sagen wir, um zwei Uhr bei der Robbeninsel? Oder ist Ihnen das zu knapp?"

„Das schaffen wir schon. Sie werden doch bestimmt 'n REACH-T-Shirt tragen, oder?"

Meg mochte keine T-Shirts mit Schriftzügen oder Slogans. Sie fand es immer bedrückend, wenn Leute sich Fremden gegenüber auf diese Weise selbst ein Etikett verpassten. Bei der letzten CSD-Parade hatte es nur so von Frauen gewimmelt, die T-Shirts mit Slogans wie „Love makes a family" oder „Wir sind nicht nur Freundinnen" trugen. Meg zuckte bei derart pathetischen Erklärungen innerlich immer zusammen.

„Nein, aber ich hab lockige rote Haare, ungefähr schulterlang, und trage einen blauen Pullover."

„Mich werden Sie schon erkennen, keine Sorge. Mein Stock verrät mich todsicher. Also, danke für den Anruf. Ich finde, ihr von REACH macht prima Arbeit. Wissen Sie, ich bin fix bei der Hand mit Vorwürfen, aber genauso fix bin ich auch beim Verzeihen. Nennen Sie mich einfach ‚Fix'. Nur im Moment gerade nicht."

Meg lachte. „Okay, ich freu mich darauf, Sie und Kimble kennenzulernen. Oder lieber Kimmy?"

„Egal. Ihre Mutter nannte sie Kimble. So heißt sie richtig. Anita wollte einen ganz besonderen Namen für sie; weiß der Geier warum. Ich fand, Katherine oder Kimberley hätt's auch getan, aber was weiß ich schon, nicht?"

Zum ersten Mal seit Meg 1983, also vor sieben Jahren, mit ihrer ehrenamtlichen Arbeit begonnen hatte, traf sie sich mit einem Klienten, ohne vorher ins Büro von REACH zu gehen und seinen Aufnahmebericht zu lesen. Aus leidvoller Erfahrung wusste sie, dass sie sich auf die Aufnahmeberichte keineswegs immer verlassen konnte; gelegentlich waren sie mit Kommentaren ausgeschmückt, die für den betreffenden Fall bedeutungslos oder irreführend oder sogar ausgesprochen falsch waren. Einmal hatte sie über einen neuen Klienten gelesen, dass dessen Liebhaber Benjamin kürzlich gestorben sei. Als Meg ihm später ihr Beileid aussprach, erfuhr sie, dass es sich bei Benjamin um einen entfernten Bekannten handelte, der schon seit drei Jahren tot war, wohingegen ihr Klient kürzlich nach einer zwölfjährigen Beziehung von seinem quicklebendigen Partner verlassen worden war. Zum Glück besaß der Klient Humor. „Danke, Schätzchen“, hatte er gemeint. „Eigentlich ist das ein ganz belebender Gedanke, dass just in diesem Moment die Maden über Carstons Augen kriechen ...“

Die Tofflers, Barry und Kimble, waren das erste Vater-Tochter-Paar, mit dem Meg als Klienten zu tun hatte. Sie hatte sich etwas Abwechslung gewünscht, und Tina von REACH hatte ihre Bitte gern erfüllt. In der sicheren Annahme, dass Meg vor der Kontaktaufnahme den achtseitigen Bericht lesen würde, hatte Tina ihr nur stichwortartig das Allernötigste erzählt. Also wusste Meg bloß, dass Barry ein ehemaliger Fixer war, im Gefängnis gesessen hatte und seit neun Jahren clean war. Seine Frau Anita war zwei Jahre zuvor gestorben. Seine Tochter Kimble war viereinhalb Jahre alt und HIV-negativ. Er brauchte Hilfe im Haushalt. Er wollte, dass seine Tochter „ordentlich versorgt“ würde. „Ja, ordentlich versorgt – so hat er gesagt“, meinte Tina. „Finanziell?“ hatte Meg nachgefragt. „Das ist nicht das Problem“, hatte Tina geantwortet. „Er war Steinmetz. Die Berufsunfähigkeitsrente ist sehr gut.“

Als Meg die Robbeninsel erreichte, lächelte sie breit und winkte einem Mann mit Krückstock und einem kleinen Mädchen zu, das vor ihm her hüpfte. Barry winkte ebenfalls. Dann rief er das Mädchen zu sich, das einmal um ihn herumrannte und dann stehenblieb. Er befeuchtete seinen Daumen und wischte irgend etwas von ihrer Wange. Diese offenkundig mütterliche Geste berührte Meg seltsam. Sie fragte sich, ob Barry das nur der Wirkung wegen tat, und bekam prompt ein schlechtes Gewissen. Die Sprache der Manipulation, die Süchtige verwendeten, selbst wenn sie clean waren, verführte mit blumigen Ausdrücken und pathetischen Gesten.

Barry trat auf Meg zu. Er war kleiner, als sie gedacht hatte, das Mädchen hingegen war größer, und auf Meg machten sie den Eindruck eines eingeschworenen Paares. Kimble schmiegte sich an Barrys Bein, steckte den Daumen in den Mund und schaute zu Meg hoch. Auf den ersten Blick war sie weder wirklich hübsch noch hässlich, sondern wirkte ätherisch. Ihr blondes Haar war weich und flaumig wie bei einem Baby, flachsfarben und duftig wie Engelshaar in der romantischen Malerei. Die Haut an ihren Schläfen war durchscheinend. Meg fiel eine blassblaue, gewundene Vene auf – ein Sinnbild der Zerbrechlichkeit, der Fragilität ihrer Lebensumstände. Doch die Lippen, die sich um ihren Daumen schlossen, waren von einem gesunden Rosa. Ihr Kleidchen im Stil von Laura Ashley hatte unverkennbar ein Mann ausgesucht, der wenig von Mode verstand, aber versuchte, seine Tochter wie ein süßes kleines Mädchen auszustaffieren. Als Meg zu Kimble heruntersah, spürte sie, wie ihr Gesicht heiß wurde; fast hatte sie Angst. Sie konnte sich nicht erinnern, wann sie das letzte Mal dem offen neugierigen Blick eines Kindes begegnet war. War sie jemals derart verunsichert gewesen wie an diesem Nachmittag durch die absolute Gewissheit, dass Kinder alles wissen, was es zu wissen gibt? Meg überlegte noch, wie sie Kimble begrüßen sollte, als das kleine Mädchen den Daumen aus dem Mund nahm und sagte: „Robben.“

„Also Kimmy, bitte sag der netten Frau erst mal guten Tag. Sag: ‚Ich heiße Kimble Toffler. Ich freue mich, Sie kennenzulernen.'"

Kimble steckte den Daumen wieder in den Mund.

Meg lachte. „Ich freue mich, Sie kennenzulernen." Sie reichte Barry die Hand. „Ich bin Meg Krantz."

Barry schüttelte Meg die Hand. „Ganz meinerseits." Er schaute auf seinen dünnen Arm. „Früher war ich mal 'n richtiges Muskelpaket. Das kann man sich heute gar nicht mehr vorstellen."

Meg nickte. Barry war etwa einsfünfundsiebzig groß und wog keine fünfzig Kilo. Sein Haar schien vorzeitig dünn geworden zu sein. Doch er hatte ein starkes, ausgeprägtes Kinn – ein Vertrauen erweckendes Dick-Tracy-Kinn. Es war nicht schwer, ihn sich als Muskelpaket vorzustellen.

„Robben", quengelte Kimble.

„Okay, Herzchen", sagte Barry. „Jetzt schauen wir uns die Robben an."

Meg und Barry drehten sich um und lehnten sich an das Geländer, um den Robben bei ihren eintönigen Runden zuzusehen.

„Will rauf", verlangte Kimble.

Barry wurde bleich. Er machte sich mit seinem Stock zu schaffen und sah Meg nicht an.

Meg trat hinter Kimble, fasste sie unter den Armen und hob sie auf das Geländer, damit sie Ausschau halten konnte, bis ein Seehund vor ihnen aus dem Wasser auftauchte und seine Pirouetten drehte. Meg stand direkt neben ihr und hielt sie fest im Arm. Es war eine vermessene Haltung, die sie da diesem fremden Kind gegenüber einnahm, einem Kind, das alles wusste, was es zu wissen gab, und vor dem Meg beinahe Angst hatte.

So standen die drei beieinander. Nach einiger Zeit steckte ein älterer schnauzbärtiger Seehund seinen Kopf aus dem Wasser und heulte. Er zog seine Runden und heulte jedes Mal, wenn er vorbeikam. Ohne zu Meg oder seiner Tochter zu schauen, wartete Barry, bis der alte Seehund das nächste Mal auftauchte. Dann drückte er den Rücken durch und stieß einen herzzerreißenden Klagelaut aus, der gleichzeitig mit dem der Robbe erklang. Barrys kleine Einlage bewirkte genau das, was er beabsichtigt hatte: Kimble lachte los – ihre Freudenjuchzer überschlugen sich förmlich. Meg war von Lärm umgeben: das Heulen der Robbe, Barrys Echo und Kimbles Lachen. Sie war überrascht vom harmonischen Zusammenklang von Trauer und Freude.

Meg saß mit ihrer Mutter in einem gepflegten Restaurant. Sie legte sich ein kleines Brötchen auf ihren Brotteller, zog die Folie von einer kleinen Portion süßer Butter und verkündete in neutralem Tonfall, dass Jerry drei Wochen zuvor gestorben war; er sei buchstäblich in der Flüssigkeit, die seine eigene Lunge produzierte, ertrunken.

„Das ist zweifellos sehr traurig“, sagte Charlotte. „Aber ich weiß wirklich nicht, was ich weiter dazu sagen soll. Das war doch von Anfang an klar. Oder irre ich mich?“

Meg rief sich Libbys Rat in Erinnerung: „Lass es der alten Dame nicht durchgehen.“

Seit neun Monaten ging Meg zweimal in der Woche zu einer Sitzung bei Libby. Libby war selbst eine „alte Dame“, auch wenn Meg nicht genau wusste, wie alt sie eigentlich war. Sie hatte ihre Ausbildung, an deren Einzelheiten sich Meg nicht mehr erinnerte, in der zweiten Lebenshälfte gemacht. Sie ließ nicht locker bei ihrem Versuch, Meg dazu zu bringen, mit ihrer Mutter Klartext zu reden, und schwärmte ihr von der heiteren Gelassenheit vor, die Meg erlangen würde, sobald sie das schaffte. Meg sah es als ihre Mission an, einen Kompromiss auszuhandeln zwischen Libbys Ratschlägen und ihrem eigenen Gefühl für das Machbare. Bei fast jeder Sitzung legte Meg ausführlich dar, warum sie bei Charlotte eine bestimmte Grenze nicht überschreiten konnte. Charlotte war Witwe und Meg ihr einziges Kind. „Warum willst du sie denn beschützen?“ hatte Libby gefaucht. „Sie kann das einstecken. Sie führt ein angenehmes Leben, sie ist vom Glück begünstigt. Wem im Leben etwas fehlt, bist *du.*" Die Antwort, die Meg darauf einfiel – „weil sie *alt* ist" –, war die einzige, die sie nicht aussprechen durfte.

Jetzt, im Restaurant bestrich Charlotte ihr Brötchen eifrig mit Butter, schob angelegentlich die kleine Vase und den kristallenen Salzstreuer auf dem Tisch hin und her. Schweigend schaute Meg ihr zu.

„Es tut mir leid, wenn ich kaltherzig klinge, Meg, aber du hast Jerry als Sterbenden übernommen, und jetzt ist er tot. Nicht dass das nicht traurig wäre ..."

Ihre Caesar-Salate wurden gebracht. Nur einmal im Monat, dachte Meg. Diese scheiß Mittagessen, dachte sie und genoss ganz bewusst das unausgesprochene Schimpfwort, sind nur einmal im Monat. Doch sie konnte schon Libby bei ihrer nächsten Sitzung hören: „Wieso *erzählst* du ihr das überhaupt? Jerry geht sie überhaupt nichts an. Dein Leben geht sie nichts an." Dann würde sie sich wieder abregen und ihre Rolle als Therapeutin einnehmen. „Ich frage mich, was du von ihr wolltest", würde sie sagen, sichtlich unbeteiligt. „Ich frage mich, was du in diesem Moment von ihr bekommen wolltest."

Charlotte konnte Megs Engagement bei REACH, ihren Einsatz für sterbende Fremde, nicht nachvollziehen. Verschiedentlich hatte sie die Vermutung geäußert, Meg versuche eine Leere zu füllen. („Dann gib ihr doch einen kleinen Tip, *welche* Leere du zu füllen versuchst", hatte Libby geraten. „Davon will sie garantiert nichts hören.")

„Jerry war ein wunderbarer Mann", sagte Meg, „ein ganz erstaunlicher Mann." Ihre Stimme zitterte, obwohl sie es zu unterdrücken suchte.

Charlotte erhob sich ein Stück von ihrem Stuhl, glättete die Rückseite ihres Chanel-Rocks und setzte sich wieder hin.

Meg war der elegante Sitz von Charlottes Rock keineswegs entgangen. So vieles zwischen ihr und ihrer Mutter ließ sich an der Kleidung festmachen. Als Meg aufwuchs, in demselben Apartment in der Park Avenue, in dem Charlotte heute noch wohnte, hatte Kleidung das Leben ihrer Mutter bestimmt. Wenn Meg daran dachte, wie sie ihre Mutter in ihrer Kindheit erlebt hatte, fielen ihr Kleider und Accessoires ein. Genauer gesagt, dachte sie an Kaufhäuser, diese riesigen, funkelnden Schreine des Kapitalismus, die eine schier unwiderstehliche Anziehungskraft auf ihre Mutter ausübten. Charlotte betrat ein Geschäft an der Fifth Avenue stets mit demselben Eifer, gleichgültig, ob sie ein Kleidungsstück kaufte oder eines zurückbrachte. Jahrelang hatte Meg sogar geglaubt, dass der Sinn einer Neuerwerbung darin läge, sie umzutauschen. Sie hatte Libby erzählt, es wäre ja noch angegangen, wenn Charlotte nur bei ihrer eigenen Kleidung so wählerisch gewesen wäre, aber nein, sie hatte auch ständig Kleider für Meg gekauft und reklamiert. Obwohl ihre Kriterien sich nie änderten (Mischgewebe kamen nicht in Betracht, und von Mauvetönen und Pastellfarben sah sie ab, da sie Meg „völlig blass wirken ließen“), fand sie immer einen Grund, das neue Stück umzutauschen: Muster, die sich als aufgedruckt entpuppten, statt durchgewebt zu sein; Knopflöcher, die nicht verstärkt waren; eine Spur zu auffälliger Abnäher oder zweifelhaft verarbeitete Passen. Meg verabscheute die Kleider, die ihre Mutter für sie aussuchte, aber ihr Protest wurde so energisch erstickt, dass sie sehr schnell jeden Widerstand aufgab. Statt dessen stießen Meg unverhältnismäßig oft kleinere Missgeschicke zu. Die Jodtinktur auf einer Schnittwunde sickerte durch die neue Leinenshorts; eine Ziege im Kinderzoo knabberte den neuen Wollpullover an; und später, als Meg älter war, verfing sich der bauschige Rock eines Kleides, das für einen Schulball gekauft worden war, den Meg nicht besuchen wollte, in den wirbelnden Blättern eines Ventilators. Libby hatte Meg wegen dieser Missgeschicke Vorhaltungen gemacht. Diese Vorfälle, behauptete sie, hätten den Boden für ihre heutige Unfähigkeit bereitet, die Wahrheit schlicht und bündig in Worte zu fassen.

„Jerry war bestimmt ein wunderbarer Mann“, bemerkte Charlotte jetzt. „Sonst würdest du das nicht sagen.“

Meg legte ihre Gabel beiseite. Sie war satt.

Charlotte, die langsamer aß, sah auf. „Ich wollte deine Beziehung zu ihm und das, was du durchgemacht hast, nicht trivialisieren. Es tut mir leid, wenn es so geklungen haben sollte.“

Das Wort „trivialisieren“ war besonders niederträchtig – ein bewusster Seitenhieb gegen Megs Generation.

„Jetzt, wo es vorbei ist, kannst du vielleicht eine Pause machen und dein Geschäft ein bisschen vergrößern“, sagte Charlotte. „Wie wär's, wenn du dein Versandwesen ausbauen würdest? Das hast du doch schon länger vor. Jeder, der mich besuchen kommt, bewundert deine Töpferarbeiten.“

„Das Geschäft läuft gut. Im Vergleich zum Vorjahr sind die Bestellungen um fünfzehn Prozent gestiegen.“

„Na, dann wäre doch jetzt genau der richtige Zeitpunkt, dich zu vergrößern. Erfolg zieht immer noch größeren Erfolg nach sich. Es sei denn, du willst das nicht. Vielleicht interessieren dich solche Dimensionen ja gar nicht.“

„Richtig, sie interessieren mich nicht.“

„Ehrgeiz ist nicht das Wichtigste im Leben, nicht wahr? In der Hinsicht hat dein Vater maßlos übertrieben. Ehrgeiz. Ich glaube, das war typisch für seine Zeit. Männer haben damals einfach nicht begriffen, dass Ehrgeiz nicht alles ist.“

„Entschuldige, aber begreifen sie es etwa heute?“

Charlotte legte ihre Serviette auf den Tisch und strich sie glatt. „Bitte, Meg.“ Sie wandte sich der Madison Avenue zu.

Ihr Tisch befand sich auf einer verglasten Terrasse, die auf den Bürgersteig ragte. (Charlotte suchte sich immer einen Sitzplatz inmitten der größten Betriebsamkeit aus. Bei ihren Verabredungen im Winter wollte sie immer so sitzen, dass sie aus unmittelbarer

Nähe zusehen konnte, wie der Oberkellner neu eintreffende Gäste zu ihren Plätzen geleitete.) Selbst wenn die Passantinnen und Passanten dem typischen Aussehen ihres gemeinsamen Milieus bis aufs i-Tüpfelchen entsprachen – Charlotte betrachtete sie allesamt mit dem Frohlocken eines Kleinkindes, das einen gutmütigen Hund auf der Straße entdeckt. Die Angehörigen ihrer Spezies faszinierten sie, und ihr begeistertes Interesse an ihnen trug zu Charlottes jugendlichem Aussehen bei. Sie war dreiundsiebzig und immer noch sehr leicht zu beeindrucken.

„Und wann geht die Reise los?"

Charlotte wollte eine Kreuzfahrt zu den Galapagos-Inseln machen, gemeinsam mit Ida Tree, einer Nachbarin aus ihrem Apartmenthaus, und mit Idas Tochter Juliet, die frisch geschieden war. Bei mehreren Telefongesprächen hatte Charlotte betont, wie gut diese Reise Juliet tun würde, die dank des gerissenen Rechtsanwalts ihres nunmehr Ex-Mannes ihr Haus in White Plains verloren hatte.

Charlotte öffnete ihre Handtasche und holte einen Reiseplan und eine Werbebroschüre für die Kreuzfahrt hervor. Sie zeigt Meg einige Bilder von Vögeln und anderen Tieren von außergewöhnlichem Aussehen. Ein Seevogel hatte leuchtend blaue Füße mit Schwimmhäuten.

„Toll", sagte Meg. „Das verspricht ja großartig zu werden."

„Können wir dich wirklich nicht verlocken? Es ist noch nicht zu spät, weißt du."

„Nein. Nein, danke. Für mich beginnt jetzt die Hauptsaison, du weißt doch. Die Märkte in Sullivan County, Rhinebeck, Somerset. Jetzt ist die Zeit, in der ich am meisten zu tun habe."

„Wir fahren doch erst in einem Monat. Juliet wäre hocherfreut, wenn du mitkämst."

„In einem Monat fängt der Kunstgewerbemarkt in Somerset an."

Meg kannte Juliet. Ida Trees Tochter hatte einen Weg gefunden, in kultivierter Angst zu leben. Unter Freundinnen verstand sie Frauen, mit denen sie sich endlos über die ihnen von ihren Ehemännern zugefügten Demütigungen austauschen konnte. Juliets ideale Vertraute wäre eine Frau, die wegen des gerissenen Anwalts ihres Ehemannes ihr Haus in White Plains verloren hatte.

„Kannst du Somerset dieses Jahr nicht ausnahmsweise ausfallen lassen? Diese Reise ist eine einmalige Gelegenheit. Du weißt doch, dass ich dir unter die Arme greifen würde. Ich habe gerade eine Sonderprämie bekommen." An dieser Stelle sprach Charlotte nicht mehr, sie zwitscherte.

„Mom, du hast gerade selbst noch vom Ausbau meines Geschäfts gesprochen. Ich kann nicht so lange Urlaub machen."

Mit einigem Aufwand hätte Meg das Ganze möglicherweise arrangieren können. Doch obwohl sie die Galapagos-Inseln aufregend exotisch und verlockend fand, konnte sie sich nichts Prosaischeres vorstellen, als Charlotte, Ida und Juliet zuzuhören, wie sie über verblichene und verflossene Ehemänner debattierten. Meg sah die Szene nur zu gut vor sich: Sie würde schweigend zuhören und höflich darauf verzichten, auf die Tatsache zu sprechen zu kommen, dass sie in diesem Kleeblatt völlig fehl am Platz war.

„Ja, da hast du wohl recht", räumte Charlotte ein. Ihre Stimme hatte abrupt an Timbre verloren.

Jedes Mal drang dieser klägliche Ton in Charlottes Stimme Meg bis ins Mark. („Warum berührt mich das so stark?" hatte sie Libby gefragt. „Warum kann mich schon ein Anflug von Traurigkeit bei ihr dermaßen lähmen?" Meg hatte von Libby erwartet, sie würde erklären, dass Charlottes Manipulationen nie ihr Ziel verfehlten, dass sie ein hinterhältiges altes Biest war, das über Leichen ging. Statt dessen beugte sie sich in ihrem Lederdrehsessel vor, stützte sich auf die Spitze ihres Stöckelschuhs und erklärte: „Weil du dir selbst so leid tust.")

„Es sind nicht nur die Märkte", fügte Meg hinzu. „Ich habe außerdem auch schon einen neuen Klienten übernommen. Einen

Mann mit seiner Tochter. Das wird eine ganz neue Erfahrung für mich sein. Ich glaube, das ist meine Art, mit Jerrys Tod fertig zu werden. Ich weiß. Es klingt ein bisschen verrückt."

Charlottes Augen blieben hinter der glanzkartonierten Dessertkarte verborgen. Meg wartete auf einen Kommentar zu der Bezeichnung *Klient*. Einmal hatte Charlotte angemerkt, früher hätten nur Rechtsanwälte Klienten gehabt. Heute hatten jede Maniküre und jeder Partyclown und überhaupt die halbe Welt Klienten. Doch Charlottes Aufmerksamkeit galt anderen Dingen. „Ich nehme den Zitronenkuchen", beschloss sie, „und du nimmst die weiße Mousse au Chocolat und lässt mich probieren."

„Einverstanden." Meg lächelte. Als die Mousse au Chocolat serviert wurde, fast verborgen unter einem Berg weißer und brauner Schokoladenraspel, bot Meg als erstes ihrer Mutter eine Kostprobe an. Sie beugte sich vor und hielt Charlotte den Löffel an die Lippen. Das war so lange nicht mehr vorgekommen, dass beide Frauen leicht erröteten. Im gleichen Moment begannen sie sich hingebungsvoll über die verschiedenen Mousses au Chocolat auszutauschen, die sie im Verlauf der Jahre gegessen hatten. Sie befanden sich in vollkommenem Einklang; sie priesen und verdammten dieselben Mousses, bis der Kellner kam und ein silbernes Tellerchen mit der Rechnung und zwei Godiva-Pralinen zwischen sie stellte.

2

„Ich handele mit Fruchtbarkeitsgöttinnen", antwortete Meg immer auf die Frage, womit sie ihren Lebensunterhalt verdiene. Damit kam sie der Wahrheit recht nahe. Seit acht Jahren verkaufte sie ihre Töpferarbeiten auf Märkten und Kunstgewerbemessen im Drei-Staaten-Eck. In den letzten beiden Jahren hatten ihre Fruchtbarkeitsgöttinnen für eine gewisse Furore gesorgt und lieferten ihr ein stetes Einkommen. Blumenkrüge mit Artemis-Henkeln, bauchige Gefäße mit Abbildungen der gebärenden Hera, Töpfe mit Juno-verzierten Deckeln, Saftkrüge mit Demeter-Ausgießern – all das fand reißenden Absatz.

Anstatt sich über ihren Erfolg zu freuen, auf den sie so lange hingearbeitet hatte, machte Meg sich Sorgen, dass die Einträglichkeit ihrer Töpferarbeit deren künstlerischen Wert schmälerte. Vielleicht nutzte sie ihre Kundinnen nur aus. Die große Mehrheit derer, die ihre Fruchtbarkeitsgefäße kauften, bestand aus Frauen, die schwanger werden wollten. Meg sprach ihren Keramiken keine magischen Kräfte zu, aber die Frauen kauften sie trotzdem. In den Stadtrandgebieten kamen sie in Scharen.

An diesem Tag, zwei Wochen nach der ersten Begegnung mit Barry und Kimble im Zoo des Central Park, steckte Meg mitten in den Vorbereitungen für den Kunstgewerbemarkt in Sullivan County. Ihr Kleinbus, der vor dem Haus im Parkverbot stand, war schon bis unters Dach vollgepackt mit Kisten voller Fruchtbarkeitsgöttinnen, sorgsam in Luftpolsterfolie gehüllt. Als Meg aus dem Lastenaufzug trat, um die letzte Ladung aus ihrer Wohnung zu holen, hörte sie Tina von REACH auf ihren Anrufbeantworter sprechen. Sie nahm ab. „Ja, ich bin da. Was gibt's?"

„Wir haben ein kleines Problem. Dein Klient ist wieder im St. Luke's, und es ist niemand da, der auf seine kleine Tochter aufpasst."

„Mist. Was fehlt ihm denn?"

„Das wissen sie nicht, aber er hat vierzig Fieber. Die Sozialarbeiterin des Krankenhauses hat angerufen. Offenbar hatte er deine Nummer nicht dabei. Das Mädchen sollte zur Großmutter gebracht werden, aber da ist wohl was schiefgelaufen."

Meg wusste Bescheid über Grandma Shirl. Barry hatte ihr an jenem Tag im Zoo einiges von Kimbles Großmutter erzählt. Sie hatten auf einer Bank gesessen und Waffelgebäck gegessen, während Kimble die Tauben jagte. Er hatte gemeint, wenn er nur ein bisschen besser in Form wäre, würde er sich ihr ganzes Gequatsche keine zehn Sekunden lang anhören. Zack – und weg wäre er. Grandma Shirl hasste Barry, aber sie war Kimbles einzige Verbindung zu ihrer verstorbenen Mutter. Sie kümmerte sich um Kimble, wenn Barry nicht in der Lage dazu war. Barry meinte, sie behandele ihre Enkelin gut. Wenn Kimble in dem Rego-Park-Apartment auf dem hohen bauschigen Federbett vor dem Fernseher einschlief, sah sie aus wie ein Engel. Grandma Shirl setzte ihr alles vor, was sie besonders gern mochte: Erdnussbutter und Bananen auf Toast, überbackene Thunfisch-Sandwiches und kleine Kuchen mit Gummibärchen, die bis zur Nasenspitze mit Zuckerguss überzogen waren. Sie lackierte Kimble die Fußnägel mit Glitzerlack, jeden in einer anderen Farbe. Als Barry das letzte Mal erschienen war, um seine Tochter zu sich zurückzuholen, hatte seine Schwiegermutter ihm mit einer Unterlassungsklage gedroht, obwohl sie keinen triftigen Grund dafür anführen konnte. Doch so sehr sie sich wünschte, Barry von Kimble zu trennen, beklagte sie sich andererseits, sie sei zu alt und müde, um noch mal ein kleines Mädchen großzuziehen.

Beim Reden war Barry zunehmend in sich zusammengesunken. Meg hatte gespürt, wie die kümmerlichen Reste seiner Energie für diesen Tag schwanden. „Aber wer kann's ihr verdenken? Sie sollte mich einfach erschießen ... mich von meinem Leid erlösen. Der Welt einen Gefallen tun."

Meg hatte ihm widersprochen. Er dürfe es nicht dabei bewenden lassen, dass Grandma Shirl ihn hasste, anstelle der Krankheit; er dürfe sich ihren Zorn nicht zu Herzen nehmen, nie; er dürfe seine begrenzte Energie auf keinen Fall gegen sich selbst richten, dafür hätte er zuviel zu tun, müsse er sich um zu vieles kümmern. Sie hatte gesehen, wie ihre Worte zu ihm vordrangen. Barrys Augen wurden feucht vor Rührung über ihre engagierte Anteilnahme. Sein Blick ließ sie nicht los. Wie Meg schon öfter bei sehr kranken Klienten bemerkt hatte, nahm Barry ihre Gesundheit als Beweis dafür, dass sie auf einem Gebiet erfolgreich war, wo er versagte; dass sie mit ihrer Kraft das magische energetische Gleichgewicht herstellen konnte, auf das sich Wohlbefinden, Glück gar gründete. Sein Blick verriet, dass er mehr erwartete. Aber Meg hatte nicht mehr zu geben. Sie wurde still und ließ Barry in dem Glauben, sie fühle sich unsicher. In Wahrheit hatte sie sich plötzlich an Grandma Shirls Stelle versetzt, eine ältere Frau der Mittelschicht, deren einzige Tochter gestorben war, nachdem ein Ex-Junkie sie einige Monate zuvor infiziert hatte.

Jetzt am Telefon mit Tina von REACH fühlte sich Meg hilflos. „Du weißt also nicht, was mit der Großmutter los ist?“

„Nein. Die Kleine ist bei einer Nachbarin, aber da kann sie nicht bleiben.“

„Also gut. Ich muss nach Sullivan County, aber ich kann sie mitnehmen.“

„Für wie lange?“ fragte Tina. „Eigentlich geht das nicht.“

„Warum rufst du mich dann an? Was soll ich denn tun?“

Tina senkte die Stimme. „Wir müssen über eine Pflegestelle für die Kleine nachdenken. Die Lage ist einfach zu prekär. Wir sind dir wirklich dankbar, Meg, aber so was darf sich auf keinen Fall wiederholen. Während du unterwegs bist, versuche ich, die Großmutter ausfindig zu machen. Versuch du es auch. Und ruf mich an, sobald du etwas erfährst. Wir müssen uns sofort etwas Langfristiges für das Mädchen überlegen.“

Im Laufe des vergangenen Jahres war Megs Minibus zu klein für ihre Kollektion geworden; deswegen hatte sie es sich angewöhnt, weitere Kisten mit Göttinnen auf den Beifahrersitz zu packen und sie mit dem Sicherheitsgurt und mehreren Stricken festzuzurren. Heute ließ sie die letzten Göttinnen zu Hause und fuhr mit leerem Beifahrersitz in Richtung Norden. Unterwegs fiel ihr ein, dass Kimble vielleicht keine passende Kleidung für ein Wochenende auf dem Land besaß oder womöglich gar nichts anderes als geblümte Kleidchen mit bauschigen Röcken anzuziehen hatte. Am Union Square fuhr Meg ins Parkhaus und ging zu May's. Dort kaufte sie eine „Kleine Meerjungfrau"-Reisetasche, an der ein Spiegel und eine Zahnbürste hingen. Dann erstand sie einen Jeans-Overall, zwei T-Shirts, eine Garnitur Unterwäsche in einer Größe, die ihr passend erschien, und Gummisandalen. Ein wenig spät fiel ihr noch etwas ein; sie lief zurück und besorgte noch einen durchsichtigen Plastikregenmantel. Das alles verstaute sie in der kleinen Reisetasche; dann kehrte sie zum Auto zurück. Als Meg ihre Fahrt fortsetzte, empfand sie einen Anflug von schlechtem Gewissen. Stand es ihr überhaupt zu, der kleinen, fragilen Kimble ihre wenig durchdachte Vorstellung einer Vierjährigen aufzudrücken?

Eine halbe Stunde später stellte sich Meg Barrys Nachbarin vor, die sich Honey nannte. Honey hatte vier Kinder, die alle unter sieben waren; sie wirkte mehr als erleichtert, Meg zu sehen. Sie erzählte ihr, REACH habe sich drei Jahre zuvor sehr um ihren Bruder gekümmert. Plötzlich tauchte Kimble aus einem Zimmer im hinteren Teil der Wohnung auf, in dem es lärmig zuging. Sie war ganz rot im Gesicht und trug dasselbe Blümchenkleid, das Barry ihr am Tag ihres Treffens im Zoo angezogen hatte. „Robben", sagte sie und zeigte auf Meg.

„Hallo, Kimble. Möchtest du Kimble oder lieber Kimmy genannt werden?"

Kimble zuckte mit den Schultern.

„Warst du schon mal auf dem Land? Ich fahre heute mit dir raus. Da gibt's keine Robben, aber Rehe. Hast du schon mal ein Reh gesehen? So wie Bambi?"

„Daddy ist krank. Grandma Shirl ist weg, die ist beim Spielen. Die ist 'ne Spielerin." Kimble war voller Bewunderung.

„Ha!" meinte Honey abfällig. „Da hat sie leider recht. Sie fährt immer mit einem dieser Doppeldecker-Busse nach Atlantic City oder Cherokee in North Carolina oder Gott weiß wohin. Wann immer sich die Gelegenheit bietet." Honey musterte Meg von Kopf bis Fuß und befand sie offensichtlich für vertrauenswürdig. „Bei manchen Leuten ist der Verstand im A-R-S-C-H."

„A-R-S...", wiederholte Kimble.

„... das heißt soviel wie ‚Raus mit dir!'" sagte Honey. „Die nette Frau hier fährt mit dir aufs Land. Hast du ein Glück."

Auf halbem Weg die Palisades hinauf starrte Kimble immer noch vor sich hin, ohne zu blinzeln. Meg war besorgt. Ihr ging auf, dass Kimble weder ihre Mutter noch ihren Vater je als gesunde Menschen gekannt hatte. Nahm sie es als gegeben hin, dass die Leute in ihrer Welt weniger stark und zuverlässig waren als andere? Wie passte Meg in ihren Augen in dieses unsichere kleine Universum?

„Weißt du was, wir machen uns eine richtig schöne Zeit. Und du bleibst das ganze Wochenende bei mir. Weißt du, wie lang ein Wochenende ist?"

„Zwei Tage. Und eine Woche ist fünf Tage", gab Kimble prompt zurück.

„Dein Daddy ist jetzt weg, aber du siehst ihn bald wieder."

Kimble löste ihre Haarspange und steckte sich ein Ende in den Mund.

„Du und dein Daddy – ihr seid richtig gute Freunde, nicht? Vielleicht können wir ja auch Freunde werden. Natürlich nicht genau so, aber ..."

Kimbles Augen füllten sich mit Tränen. Sie begann zu weinen und wiegte sich in ihrem Gurt vor und zurück.

In der Toilette einer Texaco-Tankstelle zeigte Meg Kimble die „Kleine-Meerjungfrau"-Tasche und ließ sie sie öffnen. Sie fragte Kimble, ob ihr die Jeans und die T-Shirts gefielen.

„Ich mag mein Kleid."

„Dein Kleid ist auch sehr hübsch, aber auf dem Land tragen die Leute Jeans und T-Shirts. Magst du nicht mal ein Mädchen vom Land sein?"

Kimble schüttelte heftig den Kopf. Ihre Unterlippe fing an zu zittern, und zwei rote Flecken erschienen auf ihren blassen Wangen.

Es war unabdingbar, dass Kimble mitspielte, doch Meg wollte sie zu nichts zwingen. Kurz schoss ihr der Gedanke durch den Kopf, Charlotte anzurufen, die überglücklich gewesen wäre, mit ihrem reichen Erfahrungsschatz aufzuwarten. Doch dann besann sie sich eines Besseren. Jetzt war nicht der Moment, ihre Mutter von dem Vorzeigekind schwärmen zu hören, das Meg einmal gewesen war. Den indirekt damit angesprochenen Gegensatz zwischen Megs Verhalten gegenüber Charlotte damals als Kind und heute als Erwachsene heraufzubeschwören wäre der Situation nicht sehr dienlich.

Es widerstrebte Meg, ihre Ratlosigkeit vor Kimble so offenkundig einzugestehen. Unvermittelt biss sie das Preisschild an dem steifen neuen Overall ab. Kimble war fasziniert von diesem Verstoß gegen die Benimmregeln. Sie kicherte verhalten.

„Was? Nimmt dein Daddy immer die Schere?"

Kimble starrte sie an, ihr Gekicher verklang. Entschlossen, die Gunst des Augenblicks zu retten, biss Meg auch die Preisschilder von den T-Shirts ab, von den Sandalen und dem Regenmantel. Kimble brach in Lachen aus, das Lachen von der Robbeninsel. Meg war froh und erleichtert und wartete geduldig, bis Kimbles Lachanfall sich legte.

Schließlich half Meg Kimble, die neuen Sachen anzuprobieren.

Jede Bewegung, jeder bloßgelegte Körperteil war eine Enthüllung für Meg, die seit Jahren keinen Kinderkörper mehr gesehen hatte. Kimbles weicher, noch wenig muskulöser rundlicher Brustkorb, die molligen kleinen Zehen, deren Nägel noch Glitzerlack trugen („Siehst du?“ sagte Kimble und deutete auf ihre Zehen), ihre etwas fleckigen Oberschenkel, die aus dem ausgeleierten, mit Rotkehlchen bedruckten Schlüpfer ragten – all das war fern und doch vertraut und auf dieser alljährlichen Fahrt nach Sullivan County auf schmerzliche Weise exotisch.

Meg deutete auf Kimbles Schlüpfer. „Ich wette, wir bekommen genau solche Vögel zu sehen.“

Kimble bedeckte sich mit beiden Händen und wiegte sich vor und zurück. Meg nahm die Jeans und raffte die Hosenbeine zusammen, damit Kimble hineinsteigen konnte. Mit erhobenem Kopf und verträumtem Blick steckte Kimble willfährig, fast wie eine gutgeölte Maschine, zuerst das eine, dann das andere Bein in die Hose. Als Meg den Overall hochzog, stimmte Kimble ein Lied von einem Stachelschwein an. Meg brauchte nur eines der T-Shirts aus der „Kleine Meerjungfrau“-Tasche hervorzuholen, schon hob Kimble beide Arme über den Kopf. Ihre Bereitwilligkeit verschlug Meg die Sprache. Wäre Kimble erwachsen gewesen, hätte Meg sie wegen ihrer tapferen Haltung bewundert – schließlich hätte sie leicht vor Kummer gelähmt sein können.

Als Meg und Kimble zwei Tage später heimwärts fuhren, ließen sie die Ereignisse des Wochenendes noch einmal Revue passieren. Für Meg war der Kunstgewerbemarkt ein Riesenerfolg gewesen. Sie hatte erheblich mehr Fruchtbarkeitsgöttinnen verkauft als sonst. Obwohl sie ihren Kundinnen erzählte, dass Kimble nicht ihre Tochter war, wollten die Frauen offenbar glauben, dass allein die gebündelte Energie von Megs Keramiken das kleine Mädchen auf die Welt gebracht hatte. Die meisten Frauen, die sich für die Fruchtbarkeitsgöttinnen an Megs Stand interessierten, waren

Mitte bis Ende Dreißig oder auch Anfang Vierzig und versuchten schon seit langem, schwanger zu werden. Meg gewann den Eindruck, dass sie erstaunlicherweise allesamt über die Rolle des Spermas bei der Entstehung eines Fötus hinwegzusehen schienen. Ihre Eierstöcke waren untersucht, behandelt und manipuliert worden, und jetzt gaben sie die Hoffnung allmählich auf. Während diese Frauen ein oder zwei Keramiken kauften, spekulierten sie mit Meg über die Gründe für ihre Unfruchtbarkeit – zu viele Abtreibungen in jungen Jahren vielleicht, zu lange die Pille genommen oder die Spirale getragen oder ein paar Trips mit zweifelhaften Drogen, „damals eben". Nie schienen die Spermien ihrer Partner eine Rolle zu spielen. Eher noch waren diese Frauen bereit, all ihrer Intelligenz und ihrem Alter zum Trotz, wieder an den Klapperstorch zu glauben. Wenn sie dann entdeckten, dass Meg ein kleines Mädchen bei sich hatte, spielte es keine Rolle, dass Meg sie nicht selbst zur Welt gebracht hatte. Kimble war einfach ein kleines Mädchen, wie sie es sich wünschten, ein Mädchen, das irgendwie in das Reich der Frau, die Gefäße mit Fruchtbarkeitsgöttinnen töpferte, hineingeweht war.

Auch Kimble hatte offenbar ein schönes Wochenende verbracht. Sie hatte sich mit Sammy angefreundet, dem Sohn einer Aquarellmalerin, die Meg seit Jahren kannte. Sammys vierzehnjährige Schwester hatte die beiden Kleinen einmal rund über den ganzen Kunstgewerbemarkt geführt und sie am Rande des Geländes mit ihrem Welsh Corgi spielen lassen. Das beste aber war das Reh – als Meg am Abend zu ihrem kleinen Motel ein Stück neben der Interstate fuhr, stand in ihrem Lichtkegel plötzlich ein Reh wie erstarrt auf der Straße. Kimble presste ihr Gesicht an die Windschutzscheibe. Als sie die Handfläche gegen das Armaturenbrett drückte, sprang das Tier davon – und hinterließ einen Beweis für Megs Glaubwürdigkeit.

Beschwingt von ihrem Triumph, begann Meg den Rückblick. Der Unterschied zwischen einer Erwachsenen und einem Kind, überlegte sie, besteht in ihrem Erinnerungsvermögen. Mit einer Erwachsenen würde sie über glückliche Erinnerungen aus der fernen Vergangenheit plaudern; bei einem Kind gehört das Gestern schon der fernen Vergangenheit an.

„Erinnerst du dich an Sammy?"

„Ja", erwiderte Kimble leise.

„Der ist ein netter kleiner Junge. Hast du ihn gemocht?"

„Ja, außer dass er spuckt."

„Eklig, nicht?"

„Ja. Mädchen spucken nicht."

„Mädchen sind hoch entwickelt."

„Ich weiß." Kimble brachte einen unbeteiligten Tonfall zustande.

„Und erinnerst du dich noch an die Zauberfinger? Die haben dir gefallen, stimmt's?"

„Ich hab drei Mal gespielt", sagte Kimble. „Drei Mal einen Quarter. Grandma Shirl hat immer Quarter. Für die Spielautomaten."

„Ich bringe dich jetzt zu Grandma Shirl, Kimble."

„Hm-hm. Die ist weg zum Spielen. Ich kann nicht zu ihr, bis ... ach, ich hab's vergessen."

Meg sagte nichts. Honey hatte ihr verschwiegen, dass Kimbles Großmutter am Sonntagabend noch nicht zurücksein würde.

„Ich will zu Daddy!" jammerte Kimble.

Plötzlich, aus heiterem Himmel, hatte Meg das starke Bedürfnis, allein zu sein, sich dem Luxus des Tagträumens hinzugeben, sich all das zu gönnen, was sie sonst auch tat, um abgeschieden in ihrer Unabhängigkeit wieder zu sich zu finden. Erschreckend unvermittelt empfand sie den übermächtigen Wunsch, ihr Ausflug in die Kinderwelt möge jetzt zu Ende gehen. Aus genau diesem Gefühl heraus hatte Meg beschlossen, keine Kinder zu bekommen; in einer Welt, in der alle Mütter heiter und gelassen waren, würde einzig sie selbst unter der Last, einem Kind gerecht zu werden, zusammenbrechen. Wenn sie länger in der Gesellschaft eines Kindes war, fand Meg sich vorzeitig gealtert. Als sie im Außenspiegel ihres Busses zufällig ihr Spiegelbild sah, fuhr sie angesichts ihrer verkniffenen Lippen zusammen.

Kimble weinte. Ihr Mund stand offen, aber nichts war zu hören außer einem scharfen Einatmen, das zu einem kurzen, hechelnden Keuchen wurde. Dann stieß sie einen gellenden Schrei aus, der das Ende eines jeden guten Einvernehmens zwischen ihnen bedeutete. Meg fuhr rechts ran. Kimbles ganzer Körper zuckte. Mit jedem weiteren Aufheulen schien sie eine neue Dimension des Elends zu erblicken. Es war, als habe sie in diesem Augenblick das ganze verborgene Leid dieser Welt entdeckt. Meg strich ihr übers Haar. Eine neue Woge der Klage schwoll an. Kimble hämmerte sich mit den Fäusten auf die Knie. „Daddy!" Anfangs klang es wie ein Protest, dann wie eine flehentliche Bitte, bis sie von heftigem Schluchzen geschüttelt wurde.

„Wir fahren zu deinem Daddy", sagte Meg. „Sofort. Genau da fahren wir jetzt hin."

Den ganzen Weg nach Manhattan schlief Kimble. Als sie über ein Schlagloch holperten, wachte sie kurz auf. „Hallo, Meg", sagte sie mit einer Mischung aus Verschlafenheit und wacher Orientierung, wie Kinder sie haben, für die einzig ihre unmittelbare Gegenwart zählt.

Barry war in Eis gepackt. Die dicken Vorhänge waren zugezogen und die Deckenlampen ausgeschaltet. Nur das schwach strahlende Rechteck des kleinen Fernsehers, der seitlich am Bettgitter befestigt war, und das gedämpfte Neonlicht vom Flur erhellten den Raum. Barry hing am Tropf und starrte an die Decke. „Es ist die Knack-und-Back-Droge."

„Oh", sagte Meg. Während Kimble mit dem kleinen Corgi gespielt und Meg ihre Göttinnengefäße verkauft hatte, hatten sie herausgefunden, dass es sich um Krypto handelte. Kryptokokkose, deren Hauptsymptom, wie es hieß, in schier unerträglichen Kopfschmerzen bestand. Also hatten die Ärzte eine Behandlung mit Amphotericin angeordnet, einem Medikament, das die Temperaturregulierung des Körpers außer Kraft setzte. „Wie geht's Ihrem Kopf?"

„Besser. Aber das Medikament bringt mich um. Drogen sind tödlich. Das sag ich schon seit Jahren." Seine Stimme war kräftig, aber er zuckte zusammen, als er redete.

„Kimble wartet im Schwesternzimmer. Wo sie nach Strich und Faden verwöhnt wird. Soll ich sie holen?"

Obwohl Barry in Eis gepackt war, standen ihm Schweißperlen auf der Stirn. „Hören Sie ...", sagte er und brach ab.

Spontan wollte Meg seine Hand ergreifen, ließ es dann aber. Innerhalb der künstlichen Grenzen ihrer Beziehung zu den REACH-Klienten war ihre Urteilsfähigkeit immer besser geworden. Sie wusste bestimmte Signale zu deuten. Sie beugte sich vor.

„Hören Sie, bis jetzt hab ich soweit alles gut getimt. Kimble ist bei mir, wenn wir Spaß miteinander haben können. Ansonsten ist sie bei Shirl oder Honey. Oder jetzt bei Ihnen. So ist die Sache und nicht anders."

„Barry, so einfach ist das nicht. Sie wissen, dass ich Kimble nicht behalten kann. Ihre Schwiegermutter ist auf Zockertour und niemand weiß, wo. Wir müssen sie sofort finden. REACH will Kimble nicht bei mir lassen; und wenn wir Shirley nicht finden, werden sie das Jugendamt verständigen müssen und sie in Pflege geben."

„Die Sozialarbeiterin von unten war vorhin hier", sagte Barry. Er brauchte eine ganze Weile, bis er die Worte hervorgebracht hatte. „Sie hat mit jemandem von REACH gesprochen. Sie war ganz aus dem Häuschen wegen Kimble, und da hab ich ihr gesagt, ich hätte einen Anruf von Shirl bekommen und sie wäre bereits auf dem Weg zu Ihnen, um Kimble abzuholen. Was nur halb gelogen ist. Shirl kommt zurück. Ist nur eine Frage der Zeit."

Meg wollte Barry fragen, woher er die Gewissheit nähme, dass Shirley Marzola in den nächsten Tagen zurückkäme, aber da wurde Barry von heftigem Schüttelfrost gepackt, und er schloss die Augen. Seine Lider waren grau und schuppig von Psoriasis. Seine Wangen waren blass und eingefallen – ein Zustand, der nach Megs Erfahrung den nahen Tod ankündigte oder aber eine wundersame Besserung; was es sein würde, war bloßer Zufall.

3

„Wie war dein Wochenende?“ fragte Charlotte am Montagmorgen in aller Frühe. Meg war nur ans Telefon gegangen, weil sie dachte, es sei vielleicht Tina von REACH – oder auch Honey oder die Großmutter oder sogar Barry selbst.

„Ach Gott, ja, schön. Es ist sehr gut gelaufen.“

„Prima!“ Charlotte klang so erfreut, als hätte Meg soeben auf ihrem Kinderfahrrad ihre erste Runde um den Block gedreht. Dann trank Charlotte offenkundig einen Schluck Kaffee. Es war unverkennbar, dass sie sich auf ein Plauderstündchen am Telefon eingestellt hatte.

„Hör mal, kann ich dich später zurückrufen?“

„In Ordnung.“ Doch sie verabschiedete sich nicht. „Ich dachte, nächstes Mal könnten wir uns zum Mittagessen in der Tavern on the Green treffen – dank der kleinen Sonderprämie, von der ich dir erzählt habe.“

„Ja, wunderbar. Ich ruf dich also nachher zurück, ja?“ wiederholte Meg. Doch dann fragte sie: „Wie geht's dir?“

„Gut. Ich bin mit Reisevorbereitungen beschäftigt. Hab tausend Sachen zu erledigen. Es ist fast, als würde ich auf einen anderen Planeten fahren.“ Trotz ihrer munteren Antworten klang Charlottes Stimme deprimiert.

„Du schaffst das schon“, sagte Meg abwesend.

„Ich freue mich, dass dein Wochenende gut verlaufen ist. Ich würde so gern deine neuen Sachen sehen.“

„Dann musst du vor deiner Abreise vorbeikommen.“

„Ich hab heute bei dir in der Gegend zu tun. Der kleine Laden, den du mir genannt hast, bringt neue Schlösser an meinen Koffern an.“

„Heute ist schlecht, fürchte ich. Ich hab ein kleines Mädchen bei mir.“

„Ach, ja? Wessen Kind ist es denn?“

„Sie ist die Tochter des neuen Klienten, von dem ich dir erzählt habe."

„Ah ja, der neue *Klient*. Ich will gar nicht wissen, warum und wieso. Ich hoffe nur, es ist alles legal", kicherte Charlotte. Megs Ansicht nach gehörte Kichern nicht zu den natürlichen menschlichen Äußerungen. Es war ein Kunstkniff, den die Leute anwendeten, wenn sie sich ärgerten, aber ironisch klingen wollten.

Das Telefonklingeln hatte Kimble geweckt. Sie kam um den Raumteiler herumgetippelt, der Megs Schlafbereich abgrenzte. Sie trug eines von Megs T-Shirts. Über ihre linke Wange zog sich eine Schlaffalte, und ein paar Strähnchen ihres flaumig-fransigen Haares standen elektrisch geladen zu Berge.

„Ist das Daddy?"

„Dein Daddy schläft noch", antwortete Meg. „Wir sprechen später mit ihm."

„Meg, bist du noch dran? Ist das die Kleine?"

Meg wollte das Gespräch mit Charlotte so rasch wie möglich beenden. Sie fühlte sich unbehaglich, weil Kimble merken würde, dass sie nicht mit jemandem aus ihrem eigenen kleinen Umfeld sprach, der einzig bekannten Größe in ihrem Leben.

„Meg ... wessen Kind ist das eigentlich?"

„Mutter, ich kann jetzt wirklich nicht. Ich ruf dich später zurück."

„Hat keine Eile", sagte ihre Mutter in demselben munteren Ton wie vor vielen Jahren Megs Sprechpuppe, wenn man an ihrer Strippe zog, egal ob sie liebevoll zu Bett gebracht wurde oder gerade eins über den Schädel bekommen hatte.

Um Viertel nach zehn, kurz nachdem REACH seine Türen geöffnet hatte, brachte Meg Kimble in das Spielzimmer im Souterrain. Ein paar Kinder waren schon da, tranken Saft und stritten sich über die Einzelteile eines Puzzles. Manche Kinder waren HIV-positiv, andere waren negativ, hatten aber erkrankte Eltern, die Gruppenbetreuung erhielten oder einen Termin im Haus hatten.

Kimble zögerte. Als sie spürte, dass Meg sie jeden Moment verlassen würde, begannen ihre Kiefer zu mahlen, und ihr Gesicht wurde rot. Meg trat einen Schritt zurück. Sie erinnerte sich, wie Angst im Hals steckenbleiben und anschwellen konnte, wenn die Gefahr drohte, vielleicht nie von ihr erlöst zu werden. Sie wartete. Als sich Kimbles Angst schließlich Luft machte, wie eine Sirene gegenwärtigen und künftigen Unglücks, war Meg erstaunt, dass die anderen Kinder nicht einmal aufschauten. Sie hörte, wie eines zu einem anderen sagte: „Du Holzkopf, gib das wieder her!"

Kimbles Brust hob und senkte sich. Sie japste und begann an ihrer Kleidung herumzuzerren, der Jeans und dem T-Shirt, die Meg für sie gekauft hatte. Sie ballte das Vorderteil des T-Shirts zusammen, zerrte es in die Länge und ließ es dann wieder los. Das wiederholte sie ein paarmal. Als sie einsah, dass sie nicht die Kraft hatte, das T-Shirt zu zerreißen, warf sie sich auf den Boden und hämmerte mit dem Bauklotz eines Brückenbaukastens auf den Teppich ein. Aber auch das hatte keine zerstörerische Wirkung, und so schleuderte sie ihren Arm gegen ein Stuhlbein, zuckte bei dem stechenden Schmerz zurück, wiederholte den Schlag aber noch einmal. Ihr Schluchzen bekam einen neuen Unterton – reinsten Vorwurf.

Der für die Kinder verantwortliche Mitarbeiter, ein junger Mann Mitte Zwanzig mit einem Ohrgehänge aus Strass, sah Meg an und gab ihr zu verstehen, dass er auf ihr Zeichen wartete, um einzuschreiten. Sie lächelte zaghaft und zuckte hilflos mit den Achseln.

Als das wilde Schluchzen nachließ, setzte sich Meg zu Kimble auf den Boden. Sie fasste sie nicht an. Meg war überrascht, wie sehr sie selbst innerlich zitterte.

„Kimmy, ich weiß, wie du dich fühlst. Ich weiß, wie schlimm es für dich ist, dass dein Daddy krank ist. Ich wünschte, ich könnte ihn für dich gesund machen." Meg musste sich zwingen, mit gefasster Stimme zu sprechen. „Das wünschte ich wirklich."

Noch ein immens kummervoller Klagelaut, dann nichts mehr. Stille.

„Hör zu. Wir machen jetzt Folgendes. Ich lasse dich hier bei Ray und den anderen Kindern. Du kannst mit ihnen spielen. Es wird nicht lange dauern, ungefähr zwei Stunden, höchstens drei. Und du kannst Ray zwischendurch nach der Zeit fragen – so oft du willst. Ray ist nett, und er ist extra für die Kinder da, die auch kranke Eltern haben, so wie dein Daddy. Hier gibt's ganz viele Spiele und Bilderbücher, und später kommt noch ein Clown. Ich werde deinen Daddy besuchen. Ich würde dich gern mitnehmen, aber im Krankenhaus sind Kinder nicht erlaubt. Doch ich werde ihn fragen, ob ich dir etwas von ihm sagen soll. Möchtest du, dass ich ihm etwas von dir sage?"

Kimble rollte sich auf den Rücken. Sie betrachtete mit verquollenen Augen ein Mobile, das von der Deckenlampe herabhing. Schließlich antwortete sie: „Er soll kommen und mich holen." Sie fing wieder an zu weinen und drehte sich auf den Bauch, so dass Meg ihr Gesicht nicht sehen konnte.

Meg streichelte ihr einige Minuten den Rücken. Dann gab sie Ray ein Zeichen, der mit einem Wasserball herüberkam. Kimble war eingeschlafen.

Barry war nicht mehr in Eis gepackt. Das Amphotericin war abgesetzt. Jetzt hing er am Morphiumtropf, seit dem frühen Morgen, wie aus dem Krankenblatt am Fußende des Bettes hervorging.

„Und wieder high", sagte Barry. „Wissen Sie, wie oft ich im Krankenhaus Entzug gemacht habe? Echt schrill, was? Haben Sie meine Mängelliste gesehen? Also: Krypto, dann Rippenfellentzündung, intestinale Mikrosporidiose oder vielleicht CMV-Kolitis – da können sie sich nicht entscheiden, und wieder mal

’ne Herpesattacke und als Krönung ’ne astreine Schuppenflechte.“

„Du lieber Himmel“, sagte Meg.

„Wie geht’s meiner kleinen Kimmy? Die haben mir gesagt, sie würd’s nicht kriegen. Haben gemeint, da bestünde keine Gefahr. Sie verstehen doch was davon ... Was meinen Sie? Glauben Sie auch, dass sie’s nicht kriegt?“

„Wenn sie bis jetzt keine HIV-Antikörper gebildet hat, dann nicht“, sagte Meg mit einer Bestimmtheit, die ihr selbst zuwider war. „Machen Sie sich keine Sorgen.“

„Das ist doch ein Wunder, nicht? Hätte nur Anita lang genug gelebt, um dieses Wunder noch mitzukriegen. Anita war Nonne – hab ich Ihnen das überhaupt schon erzählt? Ja, ich hab sie aus dem Kloster gelockt, echt wahr. Wir haben uns bei einer Selbsthilfegruppe für Drogenabhängige kennengelernt. Sie ist mit einem jungen Mädchen dahin gekommen, wissen Sie, um sie zu unterstützen, und so hat es angefangen. Sie hätte das Kloster sowieso wieder verlassen, sie hätte überhaupt nie reingehen sollen. Da gibt’s ’ne ganze Geschichte dazu, aber das will ich jetzt nicht weiter vertiefen. Egal, Kimmy ist zuletzt getestet worden, als Anita praktisch schon tot war. Ich hab ihr die Wahrheit gesagt, so wie Sie’s auch gesagt haben – jetzt negativ, bleibt negativ. Aber Anita hat mir nicht geglaubt; sie dachte, ich würd lügen, damit sie in Ruhe sterben kann. Doch das konnte sie nicht. Sie ist mit dem Gefühl gestorben, dass sie besser gar nicht erst geboren worden wäre.“

„Das ist ja furchtbar“, sagte Meg. Seltsamerweise schien das Morphium keinerlei beruhigende Wirkung zu haben. Das musste sie der Krankenschwester sagen, bevor sie ging.

„Sind Sie so nett, mich auf die Seite zu drehen?“ bat Barry. „Ich will die Schwestern nicht schon wieder rufen. Die haben auf dieser Station sowieso schon alle Hände voll zu tun. Haben Sie’s gemerkt? Jede Tür hier hat ’n gelbes Schild. Gelb und schwarz, wie die Schilder im Norden, wo ich früher jagen gegangen bin, wo draufsteht: KEIN ZUTRITT."

„Ich glaube, wir können Sie nur auf diese Seite drehen", sagte Meg. Sie musste auf den Tropf achten. Wie beim Teigrollen schob sie Barry mit den Handballen auf die rechte Seite. Trotz ihrer sachten Berührung stöhnte er auf. Das blaue Krankenhaushemd öffnete sich am Rücken. Windeln.

„Geht's so?"

„Ja, besser, danke. Normalerweise halt ich's so fünfzehn Minuten aus, dann muss ich wieder auf den Rücken. Eigentlich wollten sie mir so 'n spezielles Kissen bringen, Sie wissen schon. Aber die haben zuviel zu tun. Meinen Sie, Sie können mich wieder umdrehen, bevor Sie gehen?"

„Natürlich." Meg zog den Stuhl auf die andere Seite des Bettes, damit sie Barry ansehen konnte.

„Also, wie geht's Kimmy? Ich hab Sie zwar schon mal gefragt, aber ich will's eigentlich gar nicht wissen, kapiert?"

„Ihr geht's gut. Ich hab sie bei REACH gelassen." Meg schaute auf die Uhr. „Jetzt kommt gerade der Clown."

„Ach, wie schön", meinte Barry. In seiner Stimme war jetzt nichts mehr von cooler Abgebrühtheit zu hören. „Das ist wirklich schön", wiederholte er.

„Barry, ich bin gekommen, um mit Ihnen über Kimmy zu sprechen. Ich weiß, Sie haben sich unter anderem auch deswegen an REACH gewandt, um Vorkehrungen für sie zu treffen."

Barry sah Meg direkt in die Augen. „Jeder, der sich so lange von der wirklichen Welt abgesetzt hat wie ich, wird nicht gerade einen detaillierten Plan dafür aufstellen, was nach seinem Tod mit seinem Kind passieren soll. Verstehen Sie, was ich meine?"

Meg schwieg, den Blick auf den Tropf geheftet.

„Verstehen Sie? Wenn ich der Sache ins Gesicht sehe, wenn ich sage, was mit Kimmy passieren soll, wenn ich das aufschreibe und so, dann ist das so gut wie mein Totenläuten."

Meg wollte ihm mit ihrer ganzen Aufmerksamkeit zuhören, doch sie blieb bei dem respektgebietenden Wort „Totenläuten" hängen und wie Barry den Ausdruck in seinen üblichen schnoddrigen Jargon eingeflochten hatte.

„Von daher ist es hart für mich", fuhr er fort. „Aber wahrscheinlich sollte ich inzwischen abgehärtet sein."

Meg legte ihm eine Hand auf die Schulter, strich ihm über den Arm. Seine Augen füllten sich mit Tränen.

„Ich weiß nicht, was ich machen soll. Shirley kann sie nicht zu sich nehmen. Manchmal sagt sie zwar, sie will sie nehmen, aber dann wird ihr das alles wieder zuviel. Honey hat mal gesagt, sie würde sie nehmen, aber das hat sie nicht wirklich ernst gemeint. Was soll ich bloß tun?"

„Es gibt heute wirklich nette Leute, die Pflegschaften übernehmen", erwiderte Meg. „Menschen, die sich gut um Kimmy kümmern und sie vielleicht adoptieren würden."

„Ich hab gehört, dass sogar Schwule und Lesben Kinder adoptieren wollen. Ich weiß, ich sollte keinen Aufstand deswegen machen, vor allem nicht bei euch von REACH und so. Aber das wär mir nicht recht."

Unwillkürlich zog Meg die Hand zurück. Sie schwebte einen Augenblick zwischen ihr und Barry in der Luft.

„Das war jetzt nicht gut, was? Ich bin wahrscheinlich auch nur ein in der Wolle gefärbter Scheinheiliger."

„Na ja, und ich bin auch nur eine in der Wolle gefärbte Lesbe."

„Hey, na, dann sind wir zumindest beide in der Wolle gefärbt, nicht?" gab er zurück, ohne mit der Wimper zu zucken.

Meg lächelte. Sie legte Barry wieder die Hand auf den Arm. „Also, was ist mit Kimmy?"

„Kimmy kriegt alles, was ich besitze. Holen Sie jemanden her, und ich schreib das auf. Ich will bloß nicht, dass sie zu Shirl kommt. Da gibt's eine böse Geschichte, wie gesagt. Dann soll sie lieber in gute fremde Hände kommen. Kann ich das auch festlegen?"

„Da bin ich nicht sicher. Da muss ich mich kundig machen."

Barry wollte noch etwas sagen und öffnete den Mund, als sich plötzlich ein fauliger Geruch zwischen ihnen ausbreitete. Meg versuchte, ihren Blick nicht abzuwenden, aber Barry, der sich nicht bewegen konnte, sah mit flackernden Augen auf die gegenüberliegende Fußleiste. Wie bei einem kleinen Kind schlug sein Gesichtsausdruck im Bruchteil einer Sekunde um, von der Schwelle der Erkenntnis zum Schlangenbiss. „Raus hier!" befahl er.

Meg stand auf. „Soll ich Sie umdrehen?"

„Raus!" brüllte er, und Meg verließ schnell das Zimmer und eilte den Flur entlang. Am Schwesternzimmer machte sie halt, um zu erklären, was gerade in Barrys Zimmer passiert war – als ob das Krankenzimmer selbst an dem Zwischenfall schuld sei.

Allein im Aufzug, sah sie sich der unerbittlichen Wahrheit ausgesetzt, dass sie nicht das geringste für Barry tun konnte, wenn er seine grundlegende Würde verlor. Sie begann zu weinen, regelrecht zu schluchzen wie Kimble, außer dass sie, anstatt in ein Loch zu fallen, aus dem sie gerettet werden musste, von der Eingangshalle auf eine der zahllosen New Yorker Straßen hinaustrat, wo niemand den Tränen Erwachsener Beachtung schenkt.

4

Samstagsmorgens joggte Meg gewöhnlich die West Street entlang und ging anschließend zum Frühstück in einen Coffeeshop, dessen Tagesgerichte seit Jahren in zusehends verblassender Schrift an den scheckigen Aluwänden standen. Dort las sie ihre New York Times und hörte beiläufig mit, wie ein paar altgediente Huren jugendliche Ausreißerinnen an ihrem Erfahrungsschatz teilhaben ließen. An diesem Samstagmorgen jedoch stand Meg in ihrer Küche und goss Milch in eine Schüssel mit Rice Krispies. Ein leises Gefühl von Verzicht nagte an ihr, was sie sich auch ohne weiteres eingestand. Kimble lag noch im Bett, war aber wach und redete mit Roller Queen, ihrer Puppe, die außer ihren Rollerblades und den steifen orangefarbenen Ringellocken nichts am Leib trug.

Bereits am Montag hatte Meg Honey angerufen, die ihr Shirls Nummer gab. Das Telefon dort war tagelang unbeantwortet geblieben, nicht einmal ein Anrufbeantworter hatte sich eingeschaltet. Meg fuhr zu Barrys Wohnung in Washington Heights. Honey hatte einen Schlüssel zu seinem Apartment und ließ Meg hinein, um ein paar Kleidungsstücke und Spielsachen von Kimble zusammenzusuchen. Honey summte auf dem Weg durch den Flur vor sich hin, bot aber nicht an, Kimble zu sich zu nehmen. Meg hatte sie eigentlich fragen wollen, sich dann aber dagegen entschieden. Das bereute sie jetzt. Kimbles Stimme – zufrieden und vom Zauber ihres Spiels gefangengenommen – und auch das Knistern in der Müslischüssel klangen freundlich, konnten aber den Endorphinschub eines frühmorgendlichen Laufs, den üblichen samstäglichen Luxus in keinster Weise wettmachen.

„Rice Krispies!“ rief sie. Meg hatte gemerkt, dass für ein Kind allein die Betonung von Worten die Wirklichkeit verändern konnte. Dinge wie Rice Krispies oder ein warmes Bad wurden zu einem sinnlichen Vergnügen, wenn man sie entsprechend ankündigte.

Meg liebte das an Kimble und fragte sich gleichzeitig, wann dieser Zauber seine Wirkung verlieren würde.

Kimble tauchte hinter einem der Raumteiler in Megs Loft auf. Sie hielt Roller Queen an den Plastikblades.

„Na, wie würdest du das denn finden, wenn dich jemand an den Füßen herumträgt?"

„Gut."

„Wär mal was anderes, nicht? Magst du Rice Krispies?" Rice Krispies waren die einzigen Frühstücksflocken, die Meg im Haus hatte.

„Ja, und Roller Queen auch. Außer dass sie nicht soviel isst wie ich."

„Wirklich? Bei dem vielen Rumflitzen? Da muss sie ja einen langsamen Stoffwechsel haben."

„Nein. Sie ist kein langsames Stoffeltier. Sie ist bloß kein Vielfraß."

„Na gut, dann ist es doch bestimmt in Ordnung, wenn sie aus deiner Schüssel mitisst, oder?"

„Okay." Kimble kletterte auf einen hohen Hocker vor dem Küchentresen, an dem Meg ihre Mahlzeiten einnahm. Auf der Steinplatte stand eine rotbraun glasierte Obstschale, Megs allererste Töpferarbeit. Gefüllt mit Nektarinen und Bananen. „Kann ich 'ne Banane haben?"

„Natürlich." Meg saß Kimble und Roller Queen gegenüber, die auf Kimbles Schoß hockte und immer wieder vornüberfiel und mit dem Kopf gegen die Müslischüssel schlug. Meg schälte eine Banane und schnippelte die Hälfte in Kimbles Schüssel. Die zweite Hälfte aß sie selbst, während Kimble gebannt zuguckte.

„Warum wohnst du ganz allein hier?"

„Findest du das komisch? Dein Daddy lebt doch auch allein."

„Nein, mit mir!"

Meg legte zwei Finger an die Lippen und wiegte sich leicht hin und her, als ob sie über eine außergewöhnlich feinsinnige Beobachtung Kimbles nachdächte. In Wahrheit hatte das kleine Mädchen sie ertappt und beschämt. Meg gehörte offenkundig zu den Leuten, die Kinder nicht als vollwertige Menschen betrachteten. „Das stimmt. Ich meinte, er lebt nicht mit einem anderen Erwachsenen zusammen."

„Aber im Krankenhaus gibt's noch andere Erwachsene. Keine Kinder, nur Erwachsene. Die mögen keine Kinder."

„Nein, das stimmt nicht. Sie wollen bloß nicht soviel Lärm da haben, wo kranke Menschen versuchen, gesund zu werden." Meg konnte es nicht fassen, dass sie das Thema „Gesundheit" angesprochen hatte.

„Ich mach keinen Lärm."

„Das ist wahr, das tust du wirklich nicht. Aber manchmal werden eben strenge Regeln aufgestellt, weil einige wenige sich schlecht benehmen." Du heuchlerische Kuh, sagte Meg zu sich selbst.

„Roller Queen hat heute überhaupt keinen Hunger. Dann kriege ich mehr."

„Schön. Und wenn du fertig bist, helfe ich dir beim Anziehen. Wir müssen was erledigen. Wir haben eine *Verabredung*." Meg hatte nicht nur entdeckt, dass alltägliche Dinge allein durch ihre Betonung verzaubert wurden, sondern auch, dass sie Kimble in ehrfürchtiges Schweigen versetzen konnte, wenn sie bestimmten Worten einen offiziellen Anstrich verpasste.

Wie eine Handleserin in ihrem Schaufenster war Libby Zindel für ihre Kundinnen und Kunden stets erreichbar. Partyclowns und Maniküren mochten Klienten haben, Libby hatte Kunden und nannte sie auch gern so. „Sie kaufen Waren und Dienstleistungen von mir", sagte sie. „Sie kaufen mein Ohr, meine Zeit, mein unendliches Wohlwollen. Und einmal im Jahr verkaufe ich Pfadfinder-Plätzchen für meine Enkelin."

„Das ist aber gerade nicht der Sinn der Plätzchen-Kampagne", hatte Meg sich zu ihrer eigenen Überraschung sagen hören. „Sie sollen lernen, selbständig zu handeln. Sich in ihrem ersten kapitalistischen Erfolg sonnen."

„Jeder große Kapitalist hat einen unsichtbaren Partner", hatte Libby gekontert.

Nach einigen Sitzungen bei Libby verstand Meg, weshalb der Begriff „Klient" außer Frage war. „Können wir Sie wirklich als Therapeutin bezeichnen?" fragte Meg und wagte es, sich in Libbys grenzenlosen Orbit einzubeziehen.

„Lieber nicht."

„Wie dann?"

„Die gute Mutter."

„Also bitte!"

Dennoch war Meg wieder zu ihr gegangen. Sie hatten zwei Termine pro Woche vereinbart, aber Libby ließ sie wissen, dass sie bei Bedarf auch kurzfristig zu außerplanmäßigen Terminen bereit wäre. Der Fall war in dieser Woche eingetreten, und Meg hatte Libby noch spät am vergangenen Abend angerufen. Sie hatten sich für diesen Vormittag um elf Uhr verabredet. „Gib mir ein bisschen Zeit für meinen Bagel", hatte Libby gesagt.

Um Punkt elf Uhr öffnete Libby die Tür zu ihrem Apartment in der West End Avenue. Sie trug einen graubraunen Cashmere-Pullover, einen grauen Flanellrock, hochhackige Pumps und mehrere Armreifen. Silberne Onyx-Ohrringe, Rouge, kräftigroter Lippenstift. Nachgezogene Augenbrauen. „Ich sehe gern umwerfend aus, wenn ich mich von meinen Kunden in ihre Abgründe zerren lasse", hatte sie einmal zu Meg gesagt.

Als Libby einen Schritt auf sie beide zu tat, wich Kimble zurück. Libbys lebhafte Erscheinung erschreckte sie, die ihr eigenes Aussehen als genauso fragil zu erleben schien, wie ihre Außenwelt es wahrnahm.

Libby ging in die Hocke: „Hallo, Kimble. Ich freue mich, dass du heute mitgekommen bist."

Kimble begann zu weinen.

„Zu viele Menschen. Sie muss sich ständig an jemand Neues gewöhnen."

Jetzt zog sich Kimble zur Eingangstür zurück.

„Komm, Kimmy. Das ist Libby. Ich hab dir doch erzählt, dass wir Libby besuchen gehen."

„Ich habe Plätzchen da, Kimmy. Pepperidge Farm Milanos."

„Plätzchen – mmmh, lecker. Ich wette, du möchtest ein paar Plätzchen."

„Nein. Ho-Ho's."

Meg verzog das Gesicht. „Vielleicht sollten wir deine Vorliebe für Junkfood etwas verfeinern."

„Daddys Ho-Ho's!"

„Okay", sagte Libby. „Ich laufe kurz los und besorge Ho-Ho's. Und du gehst mit Meg schon mal rein."

„Die gute Mutter", bemerkte Meg.

Libby zog einen leichten Mantel über und verließ das Apartment. Meg ging mit Kimble in das Sprechzimmer. Nebenan brummte ein Staubsauger. Meg war noch nie allein in Libbys Arbeitszimmer gewesen, aber sie war auch nicht besonders neugierig. Dass die gerahmten Aquarelle von Libby stammten, wusste sie bereits. Und dass die Kamineinfassung aus künstlichem Marmor von einem Kunden stammte, der in Naturalien bezahlt hatte. Libby besaß sogar eine Töpferarbeit von Meg, die sie einmal als Wochenhonorar angenommen hatte. („Ach, immer Geld", hatte sie gesagt. „Geht's nicht mal ein klein bisschen kreativer?")

„Daddys Ho-Ho's", sang Kimble vor sich hin. Sie weinte nicht mehr.

„Schon unterwegs, Prinzessin. Magst du Libby auch Roller Queen vorstellen?"

„Nein. Sie ist nackt."

„Libby hat nichts gegen nackte Puppen."

„Doch. Sie ist alt."

„Bitte sag das nicht, wenn sie zurückkommt."

„Warum nicht?"

„Das ist unhöflich."

Kurz darauf war das Geräusch der sich öffnenden Aufzugstüren zu vernehmen. Libby betrat die unverschlossene Wohnung. Sie trug eine Papiertüte im Arm und leerte den Inhalt auf dem Sideboard im Vorraum aus: zwei Packungen Ho-Ho's, dreimal Ring-Dings und je einmal Twinkies und Sno Balls.

„Oh!" rief Meg aus.

„Oh!" ahmte Kimble sie nach. „Das mag Daddy auch."

Zufrieden mit sich, schaute Libby zu Meg.

„Ich mach die auf, okay?" fragte Kimble und riss eine Packung Ho-Ho's mit den Zähnen auf.

„Das hat sie von mir", sagte Meg.

Kimble biss ein großes Stück ab und schlang es nach kaum dreimal Kauen hinunter. Dann fragte sie Libby: „Warum bist du alt?"

„Damit ich alles sagen kann, was ich will und wann ich will", gab Libby zur Antwort. Dann, als Nachgedanke: „Genau wie du."

Meg schwieg. Sie konnte Libby nicht ins Gesicht sehen. Über Monate hinweg hatte sie sorgsam jegliche Anspielung auf Libbys Alter vermieden. Jedesmal, wenn ihre Seelenerforschung in Libbys Sprechzimmer in die Nähe ihrer eigenen Angst vor Alter und Tod geraten war, hatte sie sich zensiert. Und nun hatte Kimble Monate der Diskretion zunichte gemacht. Schlimmer noch, sie hatte Libby eine völlig einleuchtende Antwort entlockt, die Megs eigene Feigheit entlarvte.

„Ich glaube, Libby will, dass du deine Plätzchen in einem anderen Zimmer isst", drängelte Meg.

„Ja. Elena, würden Sie bitte mal kommen?"

Libbys Zugehfrau kam aus dem Esszimmer.

„Das ist Kimble, von der ich Ihnen vorhin erzählt habe."

„Ja, natürlich."

„Würden Sie bitte eine Weile auf sie aufpassen? Kimble, bist du so lieb und gehst mit Elena? Du kannst ihr beim Saubermachen helfen, oder du kannst weiter Ho-Ho's essen oder dir draußen auf der Terrasse mein Vogelhäuschen anschauen. Ganz wie du Lust hast."

Elena lächelte und streckte ihr die Hand entgegen. Kimble ergriff sie sofort.

„Also, was willst du tun?"

„Meine Güte, Libby, lass mich doch erst mal die Beine übereinanderschlagen." Meg ließ sich in Libbys großem blauen Ruhesessel nieder.

„Wir haben keine Zeit zu verlieren, und das weißt du."

„Ich weiß nicht, was ich tun werde. Deswegen bin ich ja hier."

Libby beugte sich vor, ihre Lederpumps glänzten im Mittagslicht. „Du weißt, ich persönlich versuche, derart einschneidende Momente im Leben zu vermeiden – Momente, in denen eine Entscheidung getroffen werden muss, die Konsequenzen hat. Aber du kannst dich nicht der Tatsache entziehen, dass du vor einer äußerst wichtigen Entscheidung stehst. Und du bist bereit, sie zu treffen, denn an der bisherigen Entwicklung der Umstände bist du ja *nicht ganz* unbeteiligt." Die Worte „nicht ganz" klangen wie ein Singsang. Libby lächelte süffisant.

So standen die Dinge zwischen Libby und Meg. Echte Gefühle brachten sie in Verlegenheit. Es war zwar ihre Aufgabe, zu versuchen, Gefühlen Ausdruck zu verleihen, aber das gelang ihnen nur mit ironischem Einschlag.

„Ich bin nicht so sicher. Ich glaube, ich habe wie immer versucht, bestimmten Gegebenheiten auszuweichen. Es ist nicht meine Schuld, dass die Großmutter verschwunden und sonst niemand da ist."

„Da ist jemand anders. Es gibt immer jemand anderen."

„Ach, jetzt komm, Libby. Wie könnte ich sie einer Agentur

überlassen? Ich kann mir natürlich ein Bein ausreißen, um sie wenigstens bei einer der besseren Agenturen unterzubringen, Leake und Watts vielleicht, aber da gibt es Wartelisten. Und wie viele Veränderungen kann sie verkraften? Für kleine Kinder haben zu viele Veränderungen einfach Folgen."

Libby lehnte sich zurück, um sich eine Zigarette anzuzünden. Sie trug eine Akupunkturnadel im Ohr und ein Nikotinpflaster unter dem BH und rauchte immer noch ein halbes Päckchen am Tag. „Was, glaubst du, wird deine Mutter dazu sagen?"

„Ach, Mist. Muss ich es ihr überhaupt erzählen?"

Libby lächelte. Ihre Augen zwinkerten.

„Noch habe ich keine Entscheidung getroffen."

Libby nahm einen tiefen Zug und drückte die Zigarette aus. „Ich glaube, du würdest eine wunderbare Mutter abgeben, Meg", sagte sie. „Ich glaube, du wirst diesem kleinen Mädchen das Leben retten. Ich weiß, dass du den Mut dazu hast."

Meg schwieg. Sie holte tief und mühsam Luft. Sie starrte auf die Zeitungen auf Libbys Schreibtisch am anderen Ende des Raumes. Es war sinnlos, sie konnte die Tränen nicht zurückhalten. Ihr unvermitteltes Weinen erschreckte sie selbst und ließ sie noch mehr weinen. Ihre Brust bebte, ihr lief die Nase. „Was ist das für eine beschissene Therapeutenpraxis, in der keine Papiertaschentücher rumliegen?" giftete sie.

Libby zog ein Taschentuch hervor.

„Das ist ja *gebraucht!*" rief Meg aus.

„Ja und?" erwiderte Libby mit aufgerissenen Augen.

Sie brachen in Gelächter aus. Dann war Meg still. Wundersamerweise respektierte Libby ihr Schweigen. Tief in Megs Körper breitete sich das angenehme Gefühl von Ruhe aus, das solchen Ausbrüchen stets folgt. Sie war beinahe schläfrig.

„Was tue ich, wenn ich mal allein sein will? Wann kann ich je wieder joggen? Was ist, wenn ich die Milch für den nächsten Morgen vergessen habe und es ist Mitternacht und draußen friert's?"

„In dir liegen ungeahnte Reserven für Problemlösungen verborgen", erwiderte Libby.

„Ja, klar."

Libby lehnte sich in ihrem Ledersessel zurück. Sie drückte sich ein Kelimkissen an die Brust. „Wann willst du's Mom erzählen?" Der natürliche rosa Teint ihrer Wangen leuchtete zwischen dem Rouge hervor – zwei sich ergänzende Farbtöne, die veranschaulichten, dass Libby bei Entscheidungen wohlerwogen vorgehen konnte.

Während Barry Toffler keine fünf Meter von Meg und Kimble entfernt im Sterben lag, spielten die beiden „Go Fish". Sie saßen im Flur direkt vor seinem Zimmer. Eigentlich war noch keine Besuchszeit, aber die Schwestern hatten keine Einwände gehabt. Kimble saß auf dem brüchigen Ledersitz eines krankenhauseigenen Rollstuhls. Sie sah aus, als fühlte sie sich dort sehr gut aufgehoben. Meg fragte sich, ob der Rollstuhl in Kimbles Augen nur ein überdimensionaler Kinderwagen war, ein Beweis dafür, dass Menschen jeder Altersstufe gelegentlich der Fürsorge anderer bedurften. Als Tisch diente ihnen ein rollbares Tablett. Kimbles Wangen waren gerötet. Wann immer Meg sie nach einer Karte fragte, die Kimble nicht hatte, befahl sie: „Geh fischen!" Ihre Stimme bebte mit der überspannten Freude der völlig Machtlosen. Meg fiel auf, dass sie schon weniger zerbrechlich wirkte als am Tag ihres ersten Treffens im Zoo. Kimble würde nie ein wirklich kräftiges Kind sein, aber mittlerweile konnte Meg einen gewissen inneren Halt erkennen, der sich im Laufe der Zeit immer stärker entwickeln mochte.

Kimble wusste, warum sie hier waren. Meg hatte ihr gesagt, dass sie sich an diesem Tag vielleicht von ihrem Vater verabschieden müsste. Es war Meg zugefallen, ihr das zu sagen. Im Wagen auf dem Weg zum Krankenhaus war Meg der Schweiß ausgebrochen. Noch kurz vor dem Aufbruch hatte sie sich überlegt, Tina von REACH anzurufen und sie um Rat zu fragen, aber das war unmöglich. Zum ersten Mal in den sieben Jahren, die sie ehrenamtlich dort arbeitete, hatte sie die Organisation angelogen. Vor über einer Woche hatte sie Tina berichtet, dass Shirley Marzola heimgekommen wäre und Kimble zu sich geholt hätte. Es habe bei einer Freundin auf Long Island einen Notfall gegeben, hatte Meg erklärt, aber jetzt sei Kimble bei ihrer Großmutter. Damit hatte sie nur die Geschichte bestätigt, die Barry der Sozialarbeiterin im Krankenhaus erzählt hatte. Tina war froh gewesen und hatte gesagt, sie würde sich gemeinsam mit dem Sozialdienst vom St. Luke's darum bemühen, Shirley Marzola als Vormund einsetzen zu lassen. Hätte Tina gewusst, dass Shirl nicht einmal in New York war, hätte sie zweifellos eine Pflegestelle für Kimble gesucht. Bei REACH zogen Krisen immer Kreise – eine Krise zog eine weitere, größere nach sich. Nach sieben Jahren der Notlösungen hatte Meg beschlossen, zu lügen und die Lüge so lange wie möglich aufrecht zu erhalten.

Krankenhäuser nahmen in Megs Leben viel Raum ein. Selbst wenn ihre Klienten große, fürsorgliche Familien hatten, gehörte Meg oft zum engsten Kreis. Abwechselnd mit vier von Jerrys Freunden hatte sie die Nacht auf der Notliege neben seinem Bett verbracht. Die Schwestern der New Yorker Universitätsklinik hatten das erlaubt und die Nachtwache in Jerrys letzten Tagen sogar ermutigt. Das verschlissene, steife weiße Laken und die weiße Thermodecke waren Meg immer wie ein kalter Willkommensgruß erschienen, wenn sie mit ihrer Tasche dort auftauchte. Meist hatte Jerry die Nacht durchgeschlafen, während Meg jedesmal aufwachte, wenn eine Schwester hereinkam, um seinen Tropf zu überprüfen oder seinen Urinbeutel zu leeren, der mittlerweile regelrecht zu einem Teil seiner selbst geworden war. Zum Schluss war keine Stunde vergangen, in der nicht Urin oder Sputum oder Erbrochenes in ihre Beziehung trat, und nur selten ließen sie die Gelegenheit ungenutzt, über ihre Freundschaft zu scherzen. „Wie *verbindend*“, sagte Jerry oft, wenn er Galle in die kleine Nierenschale spuckte, die Meg ihm unter das Kinn hielt. Dann strich Meg ihm immer übers Haar und legte ihm die Hand auf die klamme Stirn.

Eines Morgens wachte er vor ihr auf. Er konnte ihr den Kopf nicht zuwenden, fragte sie jedoch, kaum dass sie sich rührte: „Hätten gnä' Frau heute gern Champagner zum Frühstück? Wir haben eine weitere Nacht durchgestanden.“

„*Du* hast sie durchgestanden“, hatte Meg erwidert. Sie hatte sich längst an seine ironische Nonchalence angepasst; nichts war tabu. Meg war langsam aufgestanden; sie hatte das Gefühl gehabt, als kribbelten winzige Insekten in ihren Augen. Ihr Rücken schmerzte. Da Jerrys Mitpatient im Bad war, ging Meg hinaus, um sich die Zähne zu putzen. Völlig gesund war sie in ihren Hausschuhen den Krankenhauskorridor entlanggeschluft. Als sie zurückkam, hatten drei Schwestern Jerry künstlich beatmet. Meg war wieder in den Flur gegangen und hatte sich in einen Rollstuhl gesetzt, bis Fran, Jerrys Lieblingskrankenschwester, herauskam und den Kopf geschüttelt hatte.

Jetzt saß Kimble in einem anderen Rollstuhl in einem schäbigeren Krankenhauskorridor. Unvermittelt schoss sie vom Sitz hoch, voller Stolz, als sie sich ihrer besseren Karten bewusst wurde. Meg wünschte, sie wäre irgendwo anders, nur nicht in diesem Krankenhaus. Was immer als nächstes für sie im Leben anstand – sie hatte genug davon, ständig in der Nähe des Todes zu sein.

„Geh fischen, Pissnelke, geh fischen!“

„Kimble, das ist absolut verboten, immer und überall!“

„Bei REACH sagen die das aber“, widersprach Kimble.

„Nicht, wenn ich in der Nähe bin. Und du sagst es auch nicht.“

Kimble gab keine Widerworte mehr, murmelte aber fast lautlos einen Singsang, der den Rhythmus von „Geh fischen, Pissnelke“ hatte. Meg wusste, dass sie diesen Protest hinnehmen musste. Es überraschte sie selbst, wie schwer ihr das fiel. Sie empfand das Bedürfnis, über dieses Kind zu triumphieren, Kimble zu beweisen, dass sie ihre kleinen Spielchen nicht dulden würde. Sie konnte nicht glauben, wie tief sie von dieser gedankenlosen Beleidigung einer Viereinhalbjährigen getroffen war. Nur mit Mühe konnte sie sich daran hindern, nicht zu schmollen, Kimble nicht zu bestrafen, ihre Karten hinzuwerfen und das Spiel abzubrechen.

Kimble summte immer weiter. Innerlich wurde Meg stahlhart. Eine Schwesternhelferin trat zu ihnen; sie kam aus Barrys Zimmer. In den Händen hielt sie zwei Tabletts mit dem Mittagessen, eines war unberührt. „Er will dich sehen", sagte sie und wies mit dem Kopf auf Kimble.

„Nur sie?" fragte Meg.

„Was anderes hat er nicht gesagt", antwortete die Schwesternhelferin. Meg nickte. Sie beobachtete einen erdbeerfarbenen Wackelpudding, der im Atemrhythmus der jungen Frau zitterte.

Kimble hörte auf, ihren Spott zu summen. Alle Farbe wich aus ihrem Gesicht. Jetzt hatte sie wieder das ätherische Aussehen, als wäre sie nicht von dieser Welt. Sie war wie eine Vision, die noch nicht vollständig herbeigezaubert war.

„Geh, Schätzchen", sagte Meg. „Ich warte hier."

Kimble stand auf. Ganz bewusst hatte Meg ihr an dem Morgen das Blümchenkleid angezogen. Jetzt glättete Kimble den bauschigen Rock. Sie legte die Finger mit den rosigen Gelenken aneinander und versuchte, mit dieser Fläche die weiten Falten ihres Kleides zu zähmen. Ihre Finger waren zu klein, um zu liebkosen, zu tugendhaft, um zu zögern. Sehr bewusst und zielstrebig fuhr sie über die Falten. Sie glättete und glättete, aber schließlich wurde ihr Blick leer, denn sie wusste nicht, was sie jetzt noch tun konnte. Meg legte ihr die Hand auf den Arm.

„Jetzt geh, Schätzchen. Du siehst wunderhübsch aus. Dein Daddy wird hingerissen sein."

Kimble ging auf Barrys Zimmer zu. Mit den flaumigen Haaren, die von ihrem rosigen Nacken abstanden, sah sie fast wie ein

Kleinkind aus, das seine ersten widerstrebenden Schritte in die von der Schwerkraft beherrschte Welt macht. Sie ging etwas schief, als zöge Roller Queen – die zur Feier des Tages einen Filzrock trug – sie nach unten.

Sobald Kimble verschwunden war, stand Meg auf und ging den Flur entlang, wobei sie bei jeder offenen Tür ins Zimmer hineinblickte. Nach sieben Jahren Krankenhausbesuchen hatte sie diese voyeuristische Neigung noch immer nicht aufgegeben. Der einzige Unterschied zwischen heute und der ersten Zeit ihrer ehrenamtlichen Tätigkeit war, dass die Krankheiten, die ihrem eigenen Körper erspart geblieben waren, ihr nähergerückt schienen – nicht als lauernde Bedrohung, sondern als Teil des Unvermeidlichen. Meg wich nicht mehr erschrocken vor der Welt der Kranken zurück, aber sie wusste selbst nicht, was sie dazu trieb, diese Welt wieder und wieder zu betreten. Und warum sie immer noch in die offenen Zimmer schaute, wollte sie erst recht nicht wissen. Zum zweiten Mal an diesem Tag beschloss sie, dass sie von Krankenhäusern genug hatte.

Meg fuhr im Lift in die Eingangshalle, stellte sich unter den an der Decke angebrachten Fernseher, wo eine Seifenoper lief, ärgerte sich automatisch über die Banalität der Sendung und fuhr schnell wieder nach oben. Sie steckte den Kopf zu Barry hinein, um ihn wissen zu lassen, dass sie da war. Kimble saß auf dem Stuhl neben ihm und hatte den Kopf auf sein Bett gelegt, mit dem Gesicht zu seinen bloßen Füßen, die unter der Decke hervorlugten. Doch Kimble sah nicht seine Füße an, die von der Psoriasis ganz schuppig waren, sondern Roller Queen, deren Meinung ihr offenbar in diesem Moment sehr wichtig war. Barry lag steif da, zwei frischbezogene Kissen im Rücken, und hatte die Hand auf Kimbles Kopf gelegt. Er wickelte sich gerade eine Strähne ihres Haares um den Finger. Sein eigenes Haar war sorgsam gekämmt worden. Zu seinem Krankenhausnachthemd trug er eine grell getüpfelte Fliege. „Heute geht es mir wirklich sehr gut“, sagte er zu

Meg. Was seine Stimme früher an Timbre besessen hatte, war jetzt durch das Zittern seiner unsäglichen Schwäche ersetzt worden. Er sah aus wie ein Toter. Meg zog sich zurück.

Fünf Minuten später kam Kimble zu ihr. Um Roller Queens Hals hing die getüpfelte Fliege.

„Er sagt, von jetzt an sollst du mir sagen, was ich tun soll", berichtete sie. „Wenn du willst, hat er gesagt, darfst du."

5

In den letzten Monaten hatte Meg, wenn sie den ganzen Tag lang an der Töpferscheibe stand und nur die Anrufer beim Sender WBAI ihr Gesellschaft leisteten, immer wieder der Wunsch überkommen, sich bei Sarina zu melden. Eine Sarina Willard zu finden sollte nicht allzu schwierig sein. Meg wusste, dass sie auf eine kleine Farm im Süden Vermonts gezogen war, wo sie freiberuflich als Verpackungsdesignerin arbeitete, den Saft von Ahornbäumen abzapfte und vorwiegend von Leah Bender lebte, der Erbin eines kleines Vermögens aus der weltweit ersten Produktreihe organischer Kosmetik. Soweit Meg gehört hatte, erklärte Sarina, als sie sich in Leah verliebte, habe sie sie für eine Studentin wie jede andere gehalten. Sie hatte nicht geahnt, dass Leah das Studium am Hunter College abbrechen würde, sobald es ihr zu anstrengend wurde, und das Geld für eine Farm in Vermont (Sarinas Lebenstraum) hinblättern würde. Meg hatte von verschiedenen Leuten gehört, dass die Beziehung der beiden recht gefestigt schien, aber sie war nicht davon überzeugt. Wenn dieser fast übermächtige Wunsch in ihr aufstieg, Sarina anzurufen, sagte Meg sich, dass deren Beziehung lieblos geworden war, dass Sarina nur wegen Leahs Geld bei ihr blieb. Sie sah sich selbst in der Rolle der heroischen Erlöserin. Sie malte sich ein glückseliges Wiedersehen aus, eine Versöhnung aller Enttäuschungen, die die letzten Monate ihrer Beziehung belastet hatten, zum Trotz – Monate, in denen Meg Sarina mit ihren Verlassensängsten verfolgt hatte. Als Sarina schließlich gegangen war, hatte sie keine neue Adresse hinterlassen. Sie hatten noch ein paarmal miteinander telefoniert, sich aber nicht mehr getroffen; sie hatten keinen „Abschluss" gemacht, wie Megs Freundinnen es nannten. Nur wegen dieses mangelnden Abschlusses, so behaupteten sie, verspüre Meg immer wieder den Wunsch, Sarina anzurufen. Und sie gaben ihr immer wieder denselben Rat: Gönn dir eine Affäre.

Natürlich hatte Meg Affären gehabt. Viel später, als sie sich schließlich die Überspanntheit ihrer Intimität mit Sarina eingestanden hatte – ihr Versprechen, gemeinsam zu sterben –, als sie ihre spätnächtlichen Schwüre als jugendliche Schwärmerei abtat, als sie endlich wusste, dass es beim Sex nicht darum ging, dass zwei Körper sich gegenseitig über frühere Enttäuschungen hinweghalfen, als sie die im Wind tanzende Wäsche vor dem Fenster ihrer Nachbarin als etwas sexuell Reizvolles betrachten konnte, statt als bloße Kleidungsstücke, da war sie zu einer Frau geworden, die Affären hatte, die verführte. Doch kaum war eine Woche vergangen, bestenfalls ein Monat, waren ihre Gedanken wieder zu Sarina gewandert.

An diesem Vormittag tat sie nichts anderes, als an sie zu denken. Kurz nach Mitternacht war Barry Toffler gestorben. Im Augenblick schlief Kimble unter einer „Kleine-Meerjungfrau"-Decke auf dem Futon hinten in ihrem Loft. Meg hatte keine Ahnung, wie es weitergehen würde. Sie erinnerte sich, dass Sarina sich oft ausgemalt hatte, Meg würde schwanger werden. Meg als abgeklärte Madonna. Diese lebhaften Bilder hatten Meg berührt, hatten ihr ermöglicht, sich den dringenden Wunsch nach einem Kind zu gegenwärtigen. Eben diese Erinnerung veranlasste sie jetzt dazu, anzurufen. Diesmal wollte sie von keiner Freundin daran gehindert werden. Sie griff nach dem Hörer und wählte die Nummer der Auskunft in Putney. Sarina lebte immer noch dort.

„Hallo!" Hinter der Munterkeit dieser Stimme konnte nur ein Trustfonds stecken.

„Hallo. Kann ich bitte mit Sarina sprechen?"

„Sie ist draußen. Wer ist am Apparat?"

„Meg. Eine alte Freundin."

Es war denkbar, dass Sarina Leah alles über Meg erzählt hatte; ebenso denkbar war, dass sie ihr gar nichts erzählt hatte. Genau diese Unergründlichkeit hatte Megs Vertrauen ständig untergraben.

„Einen Augenblick. Sie hat sich endlich drangemacht, den Rasentrimmer zu reparieren.“

Wie konnte Leah nur so reden, als gehöre Meg schon immer zu ihrem Leben? Wie konnte sie davon ausgehen, dass Meg von ihrem Rasentrimmer wusste und noch dazu, dass er reparaturbedürftig war? Wie konnte sie davon ausgehen, dass Meg ebenfalls der Meinung war, es sei an der Zeit, dass Sarina sich um den Rasentrimmer kümmerte? Meg missbilligte diese Art von Narzissmus, die sich innerhalb von fünfzehn Sekunden verriet.

Kurz darauf hörte sie, wie der Hörer aufgenommen wurde. „Hallo?“ Sarinas Begrüßung war zaghaft und sehr freundlich, wie früher. Wie konnte Meg der Frau, die diese Stimme besaß, nur je misstraut haben?

„Sarina ...“ Wider besseres Wissen sollte dieses Wort keine Begrüßung sein, sondern ein sicherer Hafen. „Meg Krantz.“

Stille am anderen Ende. Meg war nicht überrascht. Wollte Sarina jetzt am liebsten weglaufen? Rief der Rasentrimmer ihr zu, er könne nicht länger warten? „Meg. Wie geht's dir denn?“

„Na ja, was soll ich sagen? Ich weiß gar nicht, wie viele Jahre es her ist. Wie viele? Na, du weißt es wahrscheinlich auch nicht. Viele, auf jeden Fall.“ Du lieber Himmel, dachte Meg. Es wäre besser gewesen, wenn sie sich vorher ein paar Sätze zurechtgelegt hätte.

„So alt brauchen wir uns auch wieder nicht zu machen“, sagte Sarina. „Ist bei dir alles in Ordnung?“

Als könnte nur Krebs im Endstadium diesen Anruf rechtfertigen, dachte Meg, und ihr fiel wieder der Grund für ihr Misstrauen ein. „Doch, mir geht's gut. Ich bin seit ein paar Jahren selbständig.“

„Das habe ich gehört. Deine Töpferei. Soweit ich mitbekommen habe, läuft es sehr gut.“

Meg und Sarina hatten keine gemeinsamen Freundinnen mehr. Meg wusste nicht, wie Sarina von ihrer Selbständigkeit erfahren haben sollte. „Ja, stimmt. Es ist großartig, meine eigene Chefin zu sein. Und dir geht's auch gut?"

„Ja, doch." Sarinas Tonfall hatte immer vermittelt, ihr eigenes Wohlergehen sei völlig nebensächlich – während sie in Wirklichkeit tatkräftig an ihrer Zukunft arbeitete. „Ich glaube, das Landleben hat mich für die normale Gesellschaft verdorben. Ich bin geistig träge und exzentrisch geworden."

„Und – bist du glücklich?" Sie soll es sagen müssen, dachte Meg.

„Ja, ich bin glücklich. Und du?"

„Na ja, ich hab mich in eine merkwürdige Situation manövriert. Weißt du noch, kurz bevor wir uns getrennt haben, habe ich angefangen, ehrenamtlich bei REACH zu arbeiten? Also, ich bin immer noch dabei, und mein Klient ist letzte Nacht gestorben. Aber er hat eine Tochter, Kimble, sie ist viereinhalb Jahre alt."

„O mein Gott. Sie ist bestimmt am Boden zerstört."

„Ich hab's ihr noch nicht gesagt. Sie schläft hinten."

„Meg! Sie ist bei dir?"

„Sonst gibt es so recht niemanden."

„Meg." Sarina senkte die Stimme. „Schätzchen. Warum hast du mich angerufen?"

„Es tut mir leid. Ich weiß es nicht. Ich hab mich hinreißen lassen. Es tut mir wirklich leid, ich weiß es nicht." Und dann, schließlich: „Wir haben nie einen Abschluss gemacht." Meg konnte nicht glauben, dass sie das tatsächlich sagte. Eine unkontrollierbare Regung stieg in ihrer Kehle auf; es hätte ein Lachen sein können, kam aber als Schluchzen heraus.

„Meinst du nicht, dass du nur nervös bist, weil du nicht weißt, was du tun sollst?"

„Ja, das stimmt wahrscheinlich. Ich glaube, ich fühle mich überfordert."

„Geh mit ihr frühstücken. Bestell ihr Pfannkuchen, wenn sie

mag. Sag's ihr behutsam. Du machst das bestimmt sehr gut."

„Ihr Leben könnte schrecklich werden."

„Das wirst du nicht zulassen, Meg."

Mehr gab es nicht zu sagen. Libby hätte sie umgebracht, wenn sie bei diesem Gespräch mitgehört hätte. Meg tat dasselbe wie immer, wenn sie sich schutzlos fühlte – sie entschuldigte sich für ihre bloße Existenz. „Es tut mir leid, dass ich dich angerufen habe. Ich weiß nicht, warum ich's getan hab. Aber danke."

„Ach, Meg."

„Pass auf dich auf."

„Du auch. Mach's gut."

„Das habe ich vor", sagte Meg. In dem Moment hörte sie Kimble zum Bad trotten; die Gummisohlen ihrer Pyjama-Füßlinge schmatzten auf dem Boden.

Bei Barry Tofflers Beerdigung, die in Fanelli's Memorial Home in Astoria abgehalten wurde, standen lediglich Shirley Marzola am Sarg sowie ein Mitarbeiter von Fanelli's, ein Sargträger, mit dem Shirley offenbar eine Art Allianz eingegangen war. Insgesamt hatten nur wenige Leute an dem Gottesdienst teilgenommen, der von Honey rasch organisiert worden war: außer ihr selbst nur Meg und Shirley sowie einige Männer und Frauen, die Meg an ihrer Art zu reden sofort als ehemalige Drogensüchtige erkannte. Für die Orgelmusik hatte Fanelli's gesorgt, ebenso wie für den Trauerredner, einen leicht verlebten Priester von der Kirche gegenüber. Seine Zusammenfassung von Barrys Leben war derart banal gewesen, dass man sich mit Recht fragen konnte, wozu Barry überhaupt gelebt hatte. Kimble hatte der Priester mit keinem Wort erwähnt – eine Unterlassung, die Meg auf den Wunsch Shirley Marzolas zurückführte.

Shirley war vermutlich nur Kimbles wegen zu Barrys Begräbnis gekommen, aber Kimble war gar nicht da. Meg hatte sie bei REACH abgeliefert, wo Ray für den Nachmittag eine Sondervorstellung organisiert hatte. Jedesmal, wenn ein Elternteil eines der Kinder starb, kamen die Jolly Players. Ihre Vorführung drehte sich einzig und allein um ein bestimmtes Kind im Publikum: Ein freundlicher Hexenmeister in einem wallenden Gewand trat über die großen Kissen rund um die Bühne hinaus, sah sich suchend um und schwenkte einen glitzernden Zauberstab über dem Kopf des Kindes, dessen Vater oder Mutter gerade gestorben war. Damit übernahm das Kind die Rolle einer verzauberten Prinzessin oder eines verzauberten Prinzen – eine so erhabene wie einfache Rolle, die ganz in der Regie des wohlwollenden Hexenmeisters lag. Während Meg an Barrys Begräbnis teilnahm, fragte sie sich, wie Kimble wohl auf die zeitliche Fügung ihres Aufstiegs zum Star reagieren würde. Am Morgen hatte sie ihre Rice Krispies nicht angerührt und war nur sehr widerstrebend durch die Tür von REACH getreten. Auf der Schwelle zum Spielzimmer hatte sie sich geweigert, noch einen Schritt weiter zu gehen. Meg hatte sie in die Arme genommen und zu Ray getragen, der den Kopf zur Seite legte und sie schweigend ansah, bereit, ihr seine ganze Aufmerksamkeit zu schenken. Mehr als das brauchte Kimble nicht; sofort ließ sie ihrem Kummer freien Lauf. Sie war buchstäblich in seine Arme geflossen.

Meg und Shirley Marzola waren sich zwei Mal begegnet, beide Male sehr kurz. Das erste Mal war am vergangenen Dienstag beim St. Luke's gewesen. Am Abend des Tages, an dem Barry benommen mit seiner getüpfelten Fliege im Bett gesessen und Kimble seine abgemagerte, geäderte Hand auf den Kopf gelegt hatte, war er ins Koma gefallen. Shirley war nach zwei Wochen Abwesenheit schließlich in ihre Wohnung in Rego Park zurückgekehrt. Als Meg bei ihr anrief, hatte sie vergnügt „Hallo!“ gesagt. Sie hatte sofort gewusst, wer Meg war. Mit verblüffender Treuherzigkeit hatte sie Meg dafür gedankt, dass sie sich um Kimble gekümmert hatte, während sie selbst in Atlantic City gewesen war. Sie behauptete, ursprünglich habe sie geplant, sofort zurückzukommen, aber dann habe sie eine Glückssträhne gehabt und sei daraufhin mit ein paar ihrer Mädels nach Palm Beach gefahren. „Schließlich ist das Leben dazu da, um gelebt zu werden", hatte sie abschließend gesagt. Aber jetzt sei sie wieder zu Hause und müsse sich mit „dieser ganzen Sache" befassen. „Man kann davonlaufen, aber man kann sich nicht verstecken ..."

„Ist Ihnen klar, dass Kimble nur um Haaresbreite dem Pflegeheim entronnen ist?" hatte Meg sie unterbrochen. „Ich musste REACH anlügen, und Barry musste die Sozialarbeiterin im St. Luke's anlügen. Jetzt liegt Barry im Koma. Die Sozialarbeiterin glaubt, dass Kimble bei Ihnen ist, und ich wette, dass sie schon ein paarmal versucht hat, bei Ihnen anzurufen. Ich fürchte, Sie müssen sofort eine Entscheidung fällen, Mrs. Marzola. Wollen Sie das Sorgerecht für Kimble übernehmen, oder sollen wir andere Vorkehrungen treffen?"

„Andere Vorkehrungen! Mein Gott, was für andere Vorkehrungen denn? Natürlich kommt sie zu mir! Das steht doch außer Frage!"

Meg bemühte sich um einen neutralen Ton. Sie hatte Shirley Marzola gesagt, sie solle die Sozialarbeiterin vom St. Luke's anrufen und dorthin fahren, um einige Papiere zu unterzeichnen. Dann hatte sie Shirley den Namen des Cafés gegenüber vom Krankenhaus genannt, wo sie und Kimble sie erwarten würden.

Wieder einmal hatte es Meg überrascht, wie willfährig Kimble sich von einer Hand zur nächsten weiterreichen ließ. Nachdem sie im Café ihren Milchshake ausgetrunken hatte, hatte sie Roller Queen an einem ihrer Rollerblades gepackt und sich von Shirley hinausführen lassen. Mit ausdrucksloser Miene hatte sie Meg einen letzten Blick zugeworfen. Vage hatte Meg sich gefragt, an welchem Zeitpunkt Kimble aufgehen würde, dass sie Gefühle haben durfte zu all diesen Ereignissen, die ihr Leben so nachhaltig beeinflussten.

Zwei Tage später hatte Shirley bei Meg angerufen und sie gebeten, für ein paar Stunden auf Kimble aufzupassen. Dann, kurz bevor Kimble wieder nach Queens zurückkehren sollte, hatte Shirley erneut angerufen und gesagt, sie habe sich offenbar einen Virus eingefangen. Ob sie es Meg zumuten könne, Kimble noch bei sich zu behalten, bis es ihr, Shirley, besser ginge?

Und dann war Barry gestorben.

In Fanelli's Memorial Home trat Meg zu Shirley Marzola und streckte wortlos die Hand aus. Shirley packte den Fanelli-Angestellten am Arm. „Das ist Mr. Sal Zito", erklärte sie. „Er ist einfach großartig gewesen. Absolut wunderbar. Er hat sich um alles gekümmert, während ich krank war." Dann wandte sie sich an Sal. „Das ist Meg. Ich habe Ihnen von ihr erzählt. Ich habe wirklich großes Glück, von solch fürsorglichen Menschen umgeben zu sein. Fürsorglich und kompetent", fügte sie hinzu.

Sal Zito begrüßte Meg mit einem diskreten Lächeln, das sofort lüstern wurde, als er sich wieder Shirley zuwandte. Er war etwa Mitte Sechzig, kräftig und muskulös. Sein Gesicht glänzte sonnenstudiobraun. Es war unverkennbar, dass er es gar nicht erwarten konnte, sein Verführungsszenario zu Ende zu bringen. Shirley trug ein schwarzes Mieder und darüber ein tailliertes graues Jackett. An ihrem Revers steckten eine rosa Nelke und ein schwarzes Seidenband, auf dem in Goldbuchstaben FANELLI's stand. Sal Zito trug dasselbe Ansteckbukett.

Meg und Shirley hatten vereinbart, sich nach dem Gottesdienst bei Shirley zusammenzusetzen und zu reden. Jetzt wusste Meg nicht, was sie tun sollte. Sie stand nur da und nickte unbehaglich. Sie war sicher, dass ihr Gesichtsausdruck leicht ironisch wirkte.

Schließlich sagte Shirley: „Sobald ich wieder ganz auf den Beinen bin, können Sie Kimmy zu mir bringen. Nur noch ein paar Tage. Ich hoffe, das geht in Ordnung? Diese Viren sind so hartnäckig. Nach dem Friedhof lege ich mich gleich wieder ins Bett.

Kimmy geht es den Umständen entsprechend doch gut, oder?"
„Heute morgen wollte sie nichts essen", sagte Meg.
„Das ist nur allzu verständlich", meinte Shirley. „Wenn sie heimkommt, backe ich ihr kleine Gummibärchen-Kuchen. Die liebt sie."
Shirleys Naivität, gepaart mit ihrer Dreistigkeit, verschlug Meg beinahe die Sprache. Sie dachte an ihre nächste Sitzung bei Libby, wo sie bestimmt zu hören bekommen würde: „Was? Und du hast der alten Ziege nicht die Meinung gegeigt?"
„Shirley, ich bin nicht Kimbles Vormund. Bis vor kurzem kannte ich sie überhaupt nicht. Es tut mir leid, dass es Ihnen nicht gut geht, aber Sie und ich, wir müssen uns unterhalten. Wie wäre es mit morgen?"
In diesem Augenblick gab Sal einem Angestellten, der an der Eingangstür stand, ein Zeichen. „Es tut mir leid", sagte er gedämpft und devot, ganz professionelle Nachsicht. „Wir müssen mit der Prozession zum Friedhof beginnen." Er schloss die Augen, fasste Shirley Marzola am Ellbogen und schob sie vor sich her, als wäre sie ein kostbares Leuchtfeuer.

Als Meg das Spielzimmer betrat, um Kimble abzuholen, sah Ray völlig erschöpft aus. Sein Gesicht war totenbleich. Das Strassgehänge an seinem Ohr – das leicht frivole Markenzeichen seines Trotzes – hob die Blässe nur noch hervor. Meg hatte gehört, dass die Anzahl seiner Helferzellen sank. Bei REACH halfen die Kranken den noch Kränkeren.
Meg berührte Ray am Arm. Sein automatisches, freudloses Lächeln schnitt ihr ins Herz. „Hi, Meg. Wie geht's?"
„Gut. Wie war's hier?"
„Wie immer", sagte Ray. Er sah über Megs Kopf hinweg zu einigen Kindern, die über ein elektronisches Spielzeug stritten. Die Jolly Players packten ihre Sachen zusammen. Der Hexenmeister, noch im wallenden Gewand, steckte einige Requisiten in eine

große schwarze Tasche, darunter den glitzernden Zauberstab. Kimble stand neben der Bühne und sah ihm zu. Er eilte geschäftig umher, ohne auf sie zu achten. Es waren keine anderen Kinder in der Nähe. Alle hatten Kimble verlassen. Ganz allein stand sie da, mit aufgerissenem Mund, und wiegte sich auf den Fersen, während der Hexenmeister, der sie eben noch verzückt hatte, sich jetzt entzauberte. Meg war überrascht, wie wenig einfühlsam die Jolly Players waren. Wie konnten sie sich als Profis im Umgang mit Kindern bezeichnen, wenn sie nicht einmal wussten, dass sie deren Illusionen aufrechterhalten mussten? Jetzt schlüpfte der Hexenmeister aus seinem Satingewand, wischte einige Flusen von dem silbernen Blitz, der auf dem Rücken prangte, und stand als unscheinbarer junger Mann in schwarzer Jeans und engem schwarzen T-Shirt da. Meg war empört über diese Demaskierung. Genausogut hätte er den Hosenlatz öffnen und sich vor Kimble entblößen können. Doch als sie sich zu Ray umdrehte in der Absicht, ihn zu bitten, den Jolly Players zu sagen, sie sollten ihre Arbeit ernster nehmen, war dieser damit beschäftigt, den Streit um das Spielzeug zu schlichten und einem kleinen Jungen das Hemd in die Hose zu stecken. Er warf Meg einen Blick zu und begann dann zu husten.

Meg ging zu Kimble und fasste sie bei der Schulter. „Wie wär's, wenn du und ich jetzt essen gehen? Nur wir beide? Du kannst Pommes haben, wenn du willst."

„Er ist gar kein Zauberer!" rief Kimble. „Er ist bloß ein blöder *Mann!*"

Meg war um Worte verlegen. „Er ist ein Zauberer *und* ein blöder Mann", sagte sie und kitzelte Kimble an den Rippen.

„Das ist nicht komisch. Er ist gar kein Zauberer."

Eine andere Spielerin, die böse Königin, die noch ihr Kostüm trug, hörte Kimble und kam zu ihr.

„Er ist wirklich ein Zauberer, Kleines, ein Hexenmeister", sagte sie. „Aber wenn er auf die Straße geht, sollen die Leute nicht sehen, dass er ein Zauberer ist. Deswegen verkleidet er sich als blöder Mann."

„Du darfst nicht mit mir reden! Du bist die böse Königin. Verpiss dich, Pissnelke!"

„Kimble", sagte Meg. „Ich hab dir letzte Woche gesagt, dass solche Wörter nicht erlaubt sind. Und stell dir vor – das gilt diese Woche immer noch. Die Frau will nur nett sein."

„Ist mir egal."

„Aber mir nicht. Ich möchte, dass du dich bei ihr entschuldigst."

Den Spruch hatte Meg in ihrer Kindheit oft gehört. Sie war als kleines Mädchen keineswegs ungehorsam gewesen, nur sehr schweigsam, und in ihrer Erinnerung hatte Charlotte sie ständig angehalten, sich bei Leuten zu entschuldigen, weil sie auf deren Bemühungen, nett zu ihr zu sein, nicht eingegangen war.

Kimble wiegte sich nur weiter auf den Fersen und schaute an der bösen Königin vorbei zu dem Mann, der einmal ein Hexenmeister gewesen war. „Ich will mich aber nicht entschuldigen."

Meg bereute, dass sie diese Auseinandersetzung überhaupt begonnen hatte. Von Kimble an dem Tag, an dem ihr Vater beerdigt wurde, etwas zu verlangen, war einfach unmenschlich. „Heute entschuldige ich mich für dich", sagte sie zu ihr. Doch als sie der fremden Frau in die Augen sah, stellte sie fest, dass ihr die ganze Situation ungemein peinlich war. „Entschuldigung", murmelte sie, als wäre sie selbst ein Kind.

„Ach, lassen Sie nur", sagte die Frau. „Es ist unsere Schuld. Evan hätte wissen müssen, dass er das nicht tun darf." Sie beugte sich zu Meg vor. „Er ist neu."

„Ist Daddy draußen im Auto?" fragte Kimble, ohne auf die Königin zu achten.

Die Königin warf Meg einen erschrockenen Blick zu, dann wandte sie sich ab, blieb aber in der Nähe.

„Nein, Schätzchen."

Unvermutet tauchte Ray neben ihr auf und ging in die Hocke. „Kimble, ich hab deinen Daddy mal kennengelernt. Wusstest du das?"

„Nein ...", antwortete Kimble misstrauisch.

„Und weißt du, was er mir gesagt hat?"

„Nein ..."

„Er hat mir gesagt, dass er sehr, sehr krank ist und dass er sich eine Sache noch viel mehr wünscht als alles andere. Weißt du, was das war?"

Kimble schüttelte den Kopf. „*Wann* hast du meinen Daddy kennengelernt?"

„Ach, das ist noch gar nicht so lange her. Er hat gesagt, er wünscht sich, wenn ihm etwas zustößt, wenn er diese Welt verlässt und woanders hingeht, dann wünscht er sich, dass du glücklich bist, dass du bei jemand anders, der dich liebhat, wohnst und dass ihr zusammen viel Spaß habt."

Meg wusste nicht, was sie dazu sagen sollte. Seit sie über die Türschwelle des Spielzimmers getreten war, war alles schiefgegangen. Nie zuvor hatte sie sich so sehr gewünscht, das Verhalten anderer Menschen steuern und ihre Handlungen lenken zu können. In ihren Augen war es unverantwortlich, so mit Kimble zu reden. Sie hätte ihr nie erzählt, dass ihr Vater woanders hingegangen war und dass er so unbekümmert über ihr Wohlergehen gesprochen hatte.

„Ich weiß, dass Daddy gestorben ist", sagte Kimble. Sie schien die Königin zu betrachten, die mit dem Hexenmeister Evan sprach.

„Hast du Hunger?" fragte Meg. „Du hast doch bestimmt Hunger. Komm, wir besorgen dir Hamburger und Pommes und lauter so 'n Zeug."

„Ho-Hos?"

Die Jolly Players verließen den Raum. Der Hexenmeister, noch immer in Jeans und T-Shirt, trat mit dem Stab in der Hand auf Kimble zu und schwenkte ihn über ihrem Kopf.

„Du bist gar kein Zauberer“, sagte sie ihm. Dann ging sie zur Hakenleiste neben der Tür, um ihre Jacke zu holen.

Als Meg und Kimble abends in das Loft zurückkamen, war auf dem Anrufbeantworter eine Nachricht von Charlotte. Es war Zeit für ihr monatliches Mittagessen. „Hallo, Schätzchen. Ich hoffe, du hast die Tavern on the Green in deinen Terminkalender eingetragen. Ich weiß nicht, wie lässig es da heutzutage zugeht, aber ich würde lieber auf Nummer Sicher gehen. Zumindest einen Rock, bitte. Wir können uns um halb eins dort treffen, in Ordnung?“

„Wieder eine rhetorische Frage“, sagte Meg zu Kimble. „Dafür ist sie berühmt.“

Völlig ungerührt schaute Kimble zu ihr auf, dann lief sie in den hinteren Teil des Lofts. Als sie zurückkam, hatte sie die Puppe mit den Rollerblades bei sich, jetzt angetan mit Leggings und Knieschützern. „Roller Queen ist keine böse Königin. Nur die böse Königin ist böse, aber Roller Queen nicht.“

„Hm-hm.“ Meg öffnete gerade die Post. Als Absender auf dem Begleitschreiben war das St. Luke's angegeben. Außerdem enthielt der Umschlag eine gefaltete Serviette. Darauf stand in zittriger Schrift: „Hiermit verfüge ich, dass Shirley Marzola nie das Sorgerecht für meine Tochter Kimble Anita Toffler bekommen darf. Hochachtungsvoll, Barry Joseph Toffler.“

„Kann ich Rollerblades haben?“

„Später mal.“

„Wann?“

Meg hätte Kimble am liebsten fortgezaubert. Wie der Hexenmeister von den Jolly Players wollte sie ihren Zauberstab schwenken und Kimble verschwinden lassen. Sie konnte keine Fragen über Zeit beantworten („Wann?“). Sie konnte keine Fragen über Geld beantworten („Kann ich das und das haben?“). Sie wollte nichts als den Luxus, in Ruhe nachzudenken und zu planen. Diese Unablässigkeit würde sie zugrunde richten, würde sie dazu bringen zu sagen: *Nein, ich kann das nicht.* Praktisch von einer Sekunde zur nächsten, fast unmerklich, war aus ihr, einer völlig unabhängigen Frau, ein leeres Gefäß geworden, eine ihrer eigenen unfertigen, unverzierten Keramiken, die nur dazu da war, die Bedürfnisse eines Kindes zu befriedigen, nach Lust und Laune von einem Kind gefüllt und geleert zu werden, von einem Kind, dessen Langzeitgedächtnis noch nicht genügend entwickelt war, um sich die Tatsache vom Tod seines eigenen Vaters zu merken. Sofort stiegen Mitleid und Beklommenheit in Meg auf. Es wäre nur fair, dass Kinder und Erwachsene einen Kompromiss aushandelten, so dass jeder von ihnen abwechselnd einen gewissen Raum einnahm. Aber das ging nicht – die Tyrannei von Kindern bestand darin, dass sie einfach und kategorisch da waren.

„Wann kriege ich Rollerblades?"

„Kinder, die so klein sind wie du, können noch nicht auf Rollerblades rumflitzen", sagte Meg. Stimmte das? Sie glaubte schon.

„Warum nicht?"

„Ich muss jetzt jemanden anrufen, Kimmy. Warum schaust du nicht fern? Kommt jetzt nicht Mr. Rogers?"

„Nein! Es ist doch Abend. Nur blöde Gewalt."

Meg lächelte. Das hatte Kimble von ihr.

„Stell den Fernseher trotzdem mal an. Ich komm gleich zu dir, versprochen."

Kimble tat, was sie ihr sagte. Meg griff nach dem Telefon. Sie wollte sich vorher nichts zurechtlegen, sie wollte die Sache nur so schnell wie möglich hinter sich bringen.

„Hallo."

„Guten Abend, Liebes. Du hast meine Nachricht bekommen? Also dann bis morgen um halb eins? Oder um eins? Mir ist beides recht."

„Also, ehrlich gesagt glaube ich nicht, dass ich das schaffe."

„Na gut", antwortete Charlotte kühl. „Dann machen wir einen

neuen Termin aus. Aber es muss bald sein. Ich fahre in zwei Wochen, vergiss nicht."

„Ach, du meine Güte, das hatte ich ganz vergessen. Wie kommst du mit deinen Vorbereitungen voran?"

„Meg, warum geht es morgen nicht? Du weißt doch, das ist ein fester Termin. Warum hast du mich nicht früher angerufen?"

„Das Kind von dem Klienten ist noch bei mir."

Charlotte schwieg eine Weile. „Ja, ich verstehe, das ist ernst. Was ist denn los?"

„Ich muss mir über einiges klar werden. Der Sachverhalt ist ziemlich kompliziert."

„Vergiss den Sachverhalt. Was in aller Welt geht da unten vor sich?"

Charlotte bezeichnete die Duane Street als „da unten", weil sie südlich der Park Avenue lag, aber Meg wusste, dass die Bezeichnung auch als Anspielung auf die tiefsten Tiefen der Hölle diente.

„Wenn du in diesem Ton mit mir redest, leg ich gleich auf!"

„Ich will wissen, was du mit dem Kind machst. Das ist alles sehr mysteriös. Du liebe Güte, du kannst doch nicht erwarten, dass ich mir keine Gedanken mache. Man könnte glauben, du bauschst das Ganze eigens auf, um die Spannung zu steigern, Meg."

„Hm-hm", meinte Meg. „Vielleicht." Sie besaß nicht die Geistesgegenwart, um zu antworten, aber auflegen konnte sie auch nicht. Sie war in einem Zustand, den sie einzig als Reaktion auf Charlotte kannte, einem Zustand, in dem der Körper aussetzte, in dem alle automatischen Körperfunktionen – das Atmen, selbst die natürliche Tätigkeit ihrer Verdauungssäfte – innehielten und warteten. Es war, als würden selbst ihre Eingeweide eine keusche, unerträgliche Wartehaltung einnehmen.

„Meg, bitte sei so freundlich und beantworte meine Frage. Ich habe ein Recht zu wissen, was da unten vor sich geht."

Ach, ein *Recht*, dachte Meg.

„Mom, ich bin furchtbar müde. Ich habe einen langen Tag hinter mir. Wenn du willst, komm doch morgen her. Ich schaffe es diesmal einfach nicht, mich woanders zu treffen."

„Also gut, in Ordnung, ich komme zu dir. Um halb eins. Meinst du, ich soll die Galapagos-Inseln vorläufig stornieren?"

„Nein. Weshalb?"

„Ich weiß es nicht, Meg. Ich dachte nur, du könntest mich vielleicht brauchen."

„Ach", sagte Meg. Jahrelang hatte sie nichts gebraucht, als Charlotte nicht zu brauchen. „Es tut mir leid. Nein, du musst auf die Galapagos fahren. Schließlich passiert hier keine Tragödie."

„Na gut. Aber ich weiß doch, wie es um dich und Tragödien bestellt ist."

„Was soll denn das heißen?"

„Ach Meg, bitte. Sei nicht so empfindlich."

„Was hast du damit gemeint?"

„Es gibt Schlimmeres auf der Welt. Es hat einfach nur den Anschein, als würdest du dich zu Tragödien hingezogen fühlen, meinst du nicht?"

„Das verzeihe ich dir nie!" Irgendeine Energie ließ die Worte in Megs Hals anschwellen; dann brachte sie sie wie einen Gesang hervor.

Schon vor Jahren hatte Meg es aufgegeben, ihre Kleidung Charlottes Wünschen anzupassen. Mehr als einmal war sie zu ihren monatlichen Treffen in Leggings erschienen, dazu ein extra großer Pullover und ein indonesischer Schal, dessen Fransen ihre Mutter räudig genannt hatte, und darüber eine schwarze Lederjacke. Doch nach diesem Telefongespräch mit Charlotte schnappte sich Meg Kimble und ging mit ihr zu Wee Little People, einem Geschäft für Kinderbekleidung an der Madison Avenue. Dort kaufte sie ihr eine handgestrickte irische Wolljacke, einen Rock mit Applikationen und einen marineblau und grün karierten Pullover aus Edinburgh. Zu dem Pullover suchte Meg eine blassblaue Baumwollbluse mit Peter-Pan-Kragen und paspelierten Ärmeln aus. Natürlich war der Gedanke lachhaft, dass Kimble irgend etwas davon tragen würde, wenn sie Meg auf ihren Wegen durch TriBeCa begleitete. Meg stellte sich vor, wie sie mit Kimble in ihrem üblichen samstäglichen Coffeeshop saß – Kimble als süße Schäferin inmitten der Huren, Freier und Ausreißerinnen.

Gleich nach Wee Little People ging Meg zu Libby und erzählte ihr vom Kauf dieser Kleinmädchen-Garderobe. Libby hatte sich mit Verve in dieses Gespräch geworfen: Meg wollte ihrer Mutter also dieses entzückende kleine Mädchen vorstellen, ein vollkommenes Engelchen in Gestalt der Tochter eines Junkies. „Genial", sagte Libby anerkennend. Aber Meg betrachtete ihre Einkäufe nicht als klugen taktischen Schachzug gegen Charlottes Übermacht. Die Kleidung war irgendeine Art von Köder, aber das Traurige dabei war, dass Meg nicht einmal wusste, was sie damit fangen wollte.

Um Punkt halb eins am folgenden Tag läutete Charlotte an der Tür. Sie war seit zwei Jahren nicht mehr im Loft gewesen und hatte es überhaupt nur ein einziges Mal betreten. Über das Loft unterhielten sie sich nur selten; dass Charlotte diese Wohnung ablehnte, bedurfte keiner Worte. Sie wusste, dass die Legalisierung ein außerordentlich komplexer Prozess war, und verstand nicht, dass Meg sich freiwillig derartigen Schwierigkeiten aussetzte. Lage und Ausstattung des Lofts waren unterhalb jeder Kritik. Als Meg nun also erschien, um ihrer Mutter die riesige, mit Blech beschlagene Haustür unten an der Duane Street zu öffnen und dann mit ihr in dem früheren Lastenaufzug nach oben zu fahren (dessen Wände von Chris, dem Maler unter ihr, mit düsteren Darstellungen mittelalterlicher Kreuzzüge ausgeschmückt waren), wurde sie von Charlotte nur mit einem knappen, nervösen Lächeln begrüßt. Eine halbe Minute später kam Kimble zum Aufzug draußen auf dem Flur gerannt und stand in ihrem karierten Pullover vor Charlotte, das fliegende Haar von zwei marineblauen Spangen gehalten, doch Charlotte sah weder Kimble noch Meg an, sondern betrachtete das de-Chirico-Poster, das neben Megs Wohnungstür hing. „Du lässt das Kind dreißig Sekunden lang allein in dieser Wohnung?“ fragte sie.

Wie zur Antwort nickte Kimble und erklärte: „Ich bin Kimble Toffler. Mein Daddy ist gerade gestorben.“

„Gehen wir doch rein“, schlug Meg vor. Sie nahm Kimbles Hand und führte sie durch den langen Flur, wo unglasierte Gefäße und Formen auf Metallregalen gestapelt waren.

In der Küchenecke ging Meg sofort zum Tresen, stützte sich auf die Steinplatte, verschränkte die Arme und wartete. Nach einigen Augenblicken fragte sie: „Möchtest du etwas trinken? Einen Kräutertee? Ich habe Zimtrose, Minze, und ich glaube, auch English Breakfast. Oder hast du Hunger? Ich könnte uns überbackene Thunfisch-Sandwiches machen.“

„Ja, Thunfisch-Sandwiches!“ rief Kimble.

Charlotte sah sich im Loft um. Ihre Miene war zurückhaltend, streng. Meg wusste nicht, ob ihre Mutter sich ärgerte, weil sie kein Mittagessen vorfand oder weil Meg offenbar beschlossen hatte, sich auf Dauer hier in diesem Loft einzurichten.

„Wahrscheinlich willst du kein Thunfisch-Sandwich, Mom. Ich habe auch frisches Obst da. Soll ich einen Obstsalat machen?“

„Ich esse mit Kimble“, sagte Charlotte. Diese Bemerkung war wie der Startschuss zum Wettkampf.

Meg bat ihre Mutter, sich mit Kimble aufs Sofa zu setzen; sie würde das Essen herrichten. Während sie Gewürzgurken und Kartoffelchips auf den Tellern anordnete, hörte sie Charlotte und Kimble zu. Überrascht stellte sie fest, dass Charlotte ihre Stimme auf eine Tonlage anheben konnte, die hoch über ihrem üblichen kummervollen Timbre schwebte. Als die überbackenen Thunfisch-Sandwiches fertig waren, trug Meg zwei Teller zu der polierten Schiffstür hinüber, die ihr als Couchtisch diente. Kimble bestand darauf, den dritten Teller zu holen; sie kletterte vorsichtig auf den hohen Hocker, um an ihn heranzureichen; dann trug sie ihn mit übertriebener Achtsamkeit zum Tisch. Meg und ihre Mutter sahen ihr schweigend zu, als wären sie betäubt. Sie schauten sich nicht an.

Beim Essen schwieg Meg, während Charlotte Kimble Fragen stellte. Auch Erwachsene wurden diesem Verhör unterzogen. Dabei verfolgte Charlotte immer dasselbe Ziel: festzustellen, ob sie es mit einem wertvollen Menschen zu tun hatte. Wie oft hatte Meg sich verlegen gewunden, während ihre Mutter unverhohlen versuchte, sich ein Bild von Erziehung und Intelligenz einer neuen Bekanntschaft zu machen. Doch an diesem Tag war sie neugierig zu erfahren, ob Kimble intuitiv den wahren Grund von Charlottes Befragung merken würde.

„Du bist ja wirklich sehr hübsch angezogen, Kimble. Kennst du denn auch die Namen der ganzen Farben, die du da trägst?"

„Grün und Marineblau und Marineblau und Grün", krähte Kimble.

Klasse, dachte Meg. Wirklich großartig, denn Grün war die Hauptfarbe des Rockes mit den blauen Applikationen, Marineblau hingegen die des schottischen Pullovers.

„Du bist noch zu klein, um in die Schule zu gehen, oder?" fragte Charlotte.

„Ja, aber ich bin fast groß genug für den Kindergarten."

„Und was ist mit einer Tagesmutter? Gehst du zu einer Tagesmutter?"

Kimble sah Meg an.

„Das ist wie bei Ray", erklärte Meg.

„Ja", sagte Kimble. „Bei REACH. Jackie hat Aids. Tito auch, und Chantelle und Pauly. Und mein Daddy auch, aber der ist jetzt tot. Ich hab Ihnen gesagt, dass er gestorben ist. Aber Kevin hat's nicht, und ich auch nicht."

Charlotte schnitt angelegentlich die Kruste von ihrem Sandwich. Sie schlug die Beine übereinander. Sie wischte ein paar Krümel von ihrem Armani-Rock. „Hast du eine Serviette, Meg?" fragte sie.

„Ach, natürlich. Entschuldigung. Ich hatte sie bereit gelegt." Meg ging die Stoffservietten holen; sie steckten zusammengerollt in Alabasterringen, die Sarina vor vielen Jahren auf einem Flohmarkt gekauft hatte. Als sie zum Tisch zurückkam, zeigte Kimble Charlotte gerade den falschen Rubinring, den die Jolly Players ihr als Symbol ihrer Erhebung zur Prinzessin gegeben hatten.

Charlotte bewunderte den Ring. „Ich wette, dass du dich nach dem Essen ein bisschen hinlegen und schlafen willst", sagte sie dann.

„Ich schlaf nachmittags nie. Aber Meg manchmal."

Meg merkte, dass sie rot anlief. Sie hätte wissen müssen, dass ein Kind wenig vertrauenswürdig war, was heimliche Gewohnheiten anging. „Warum isst du jetzt nicht deine Chips auf und legst dich dann auf den Futon und versuchst ein bisschen zu schlafen? Dann kannst du heute abend länger aufbleiben."

Kimble traten Tränen in die Augen. Am liebsten hätte Meg sie an sich gedrückt und ihr über das unglaublich weiche Haar gestrichen, aber dafür war sie zu gehemmt. „Soll ich dich zudecken?"

„Ja. Und vielleicht schlaf ich dann, vielleicht auch nicht. Und vielleicht schläft Roller Queen und vielleicht auch nicht."

Als Meg zurückkehrte, wischte Charlotte gerade den Küchentresen mit einem Schwammtuch ab. Sie sah nicht auf. „Sie schläft auf einem Futon?"

„Im Augenblick schon."

„Und später?" Charlotte zog einen Hocker an den Tresen und setzte sich. Sie richtete sich auf und massierte sich den unteren Rücken. „Meg, ich kann es ja verstehen, dass du ein Kind haben willst. Das überrascht mich gar nicht, überhaupt nicht. Ich weiß schon lange, dass Kinder ein Thema sind, mit dem du noch nicht abgeschlossen hast; aber das hier ist wirklich eine sehr ernste Angelegenheit. Bist du dir überhaupt bewusst, *wie* ernst es ist? Dass es um ein Menschenleben geht?"

Meg sah ihrer Mutter ins Gesicht, sah den neuen schimmernden ziegelroten Lippenstift, den sie zwei Monate zuvor für sich und für Meg gekauft hatte. Da sie beide denselben Teint hätten, hatte Charlotte erklärt, würde die Farbe auch Meg ausgezeichnet stehen. Was meinte ihre Mutter mit „ein Menschenleben"?

„Du weißt doch überhaupt nicht, was hier läuft." Meg setzte sich ihrer Mutter gegenüber.

„Ich weiß sehr wohl, was hier läuft. Du willst das Kind retten. Das ist heldenmütig von dir, aber auch sehr problematisch."

„Ich will keine Heldin sein!" widersprach Meg. Es gab noch Bände zu sagen („Die Wahrheit, schlicht und bündig", wie Libby sie auffordern würde), aber die Worte wollten sich nicht einstellen.

„Das war nicht richtig von mir, das zu sagen", erwiderte Charlotte. „Es tut mir leid. Ich glaube, dass alle Frauen einen Mutterinstinkt haben. Das weißt du. Ich sehe in dir sehr tiefe Muttergefühle, Meg. Diese ganze Unabhängigkeit, die du dir erarbeitet hast – die du glaubst, dir erarbeitet zu haben –, hat deinen grundlegenden Mutterinstinkt nicht außer Kraft gesetzt."

„Ich bin nicht bereit, darüber zu reden", protestierte Meg schwach.

„Es gibt viele andere Möglichkeiten, Meg. Wir leben hier doch nicht in Bangladesch oder in Biafra. Wir kümmern uns um unsere Kinder."

„Guter Gott, Mom! Wach auf! Wir kümmern uns *nicht* um unsere Kinder."

„Nun ja", meinte Charlotte beschwichtigend, „im Augenblick willst du vielleicht nicht glauben, dass wir das tun, aber ..."

„Wir tun's auch nicht. Wir kümmern uns um süße kleine Neugeborene, und einige wenige Leute – Heilige – nehmen kranke oder behinderte Waisen auf. Die restlichen können sehen, wo sie bleiben."

„Können wir jetzt nicht einmal kurz vom hohen Ross steigen, auf das du dich geschwungen hast? Du musst immer gleich ins Extrem verfallen. Du und ich, wir wissen doch, dass kleine weiße Mädchen ... Jetzt geh nicht in die Luft, Meg, ich hab die Welt nicht gemacht."

„Sie ist viereinhalb. Mit jedem Monat wird sie weniger vermittelbar. Und ihre Eltern sind beide an Aids gestorben. Sie ist nicht krank, aber viele Leute haben trotzdem Bedenken. Deswegen ..."

„Das ist ja sehr interessant, Meg. Es ist überaus interessant, dass du ihr schweres Los übertreibst. Es ist sehr aufschlussreich, zu sehen, wie du die Tatsachen so verdrehst, dass sie dir genehm sind. Dein Vater konnte das übrigens auch sehr gut. Deswegen war er als Geschäftsmann auch so erfolgreich."

„Ich weiß noch nicht, was ich tun werde. Kimmy hat eine Großmutter, die Mutter ihrer Mutter, die jetzt die Vormundschaft hat. Ich muss mich mit ihr auseinandersetzen. Sie will Kimble nicht haben, aber aus irgendeinem Grund behauptet sie das Gegenteil. Ich muss noch vieles ergründen und herausfinden."

Charlotte achtete nicht auf sie. Sie fuhr mit den Fingern über den Rand ihres Glases. „Vielleicht glaubst du, du könntest einige der Probleme zwischen uns durch die Beziehung zu dieser Kleinen lösen, aber ..."

„Verdammter Unsinn!"

„Du fluchst!" rief Kimble triumphierend vom Futon aus.

„*Unbewusst*, meine ich", flüsterte Charlotte.

Meg erhob sich. Beim Aufstehen spürte sie die Anstrengung eines jeden Muskels, der sich für diese Bewegung einsetzen musste. Absurderweise dachte sie, dass ihre Muskeln viel älter waren als die ihrer Mutter. „Fahr auf die Galapagos, Mom. Mach dir eine schöne Zeit. Wir reden weiter, wenn du zurückkommst."

„Aber in der Zwischenzeit könnte alles mögliche passieren!“ stieß Charlotte hervor. Ihre Blick wanderte wild umher.

„Ja, alles mögliche könnte passieren“, stimmte Meg zu. Ihr entschlossener Ton verlangte ihr die letzte Energie ab, die sie in diesem Moment noch besaß.

6

Während Charlotte Krantz auf einem frisch renovierten Kreuzfahrtschiff zu den Galapagos-Inseln reiste, fuhr Meg nach Süd-Jersey, um auf dem Kunstgewerbemarkt von Somerset ihre Keramiken zu verkaufen. Kimble saß auf dem Beifahrersitz neben ihr und redete von der Kimble-Schüssel, die Meg ihr versprochen hatte, wenn sie wieder in New York waren. „Wird da mein ganzes Gesicht drauf sein oder nur ein Teil? Und bin ich da hübsch oder hässlich?"

Meg antwortete, ohne groß nachzudenken. Auf diese Weise, so hatte sie festgestellt, ging das Gespräch freundlich hin und her, wie ein Singsang. „Natürlich wirst du hübsch sein, bildhübsch sogar", sagte sie. In Gedanken war sie weder bei Kimble noch bei der Kimble-Schüssel, sondern bei Cami Porter.

Meg hatte Cami bei ihrem ersten Besuch in Somerset kennengelernt. Cami war frech und gesprächig und künstlerisch auf eine Art, die Meg nervös machte. Sie verkaufte selbstgemachten Schmuck aus Origami und Papiermaché, wobei sie sich nicht damit begnügte, ihre Origami-Ohrringe höchst eigenwillig zu formen – sie besprühte sie auch noch mit Glitzer. Die Armreifen aus Papiermaché waren mit Regentropfen und Tränen verziert, mit Sternschnuppen und Katzenaugen. Der Schmuck fand reißenden Absatz.

Im ersten Jahr in Somerset hatte Meg in drei Tagen ganze zwei Keramiken verkauft. Sie hatte das Wochenende damit verbracht, *Die weiße Göttin* zu lesen. Cami Porters Erfolg in dem Jahr hatte alle anderen Ausstellerinnen und Aussteller schockiert. Die Organisatoren des Kunstgewerbemarktes waren mehrmals herumgegangen, um Camis Verkaufszahlen zu verkünden – zur Ermutigung, wie sie glaubten. Aber es war alles andere als ermutigend gewesen – sie alle hatten Camis Schmuck gesehen. Wie Meg zu der Frau am benachbarten Stand sagte, waren die Origami-Ohrringe in Wirklichkeit Talismane, die eine magnetische Wirkung auf die Portemonnaies der Käuferinnen ausübten.

In jenem ersten Jahr hatte Meg sich damit verausgabt, ihre Keramiken mehrfach aus- und wieder einzupacken und daraufhin beschlossen, noch eine Nacht im Motel zu bleiben, bevor sie nach Manhattan zurückfuhr. An dem Abend hatte Cami, überwältigt von ihrem Erfolg, sich Meg vorgestellt und sie zu einem Drink eingeladen.

Das Phantastische an ihrer Beziehung war, dass sie von Anfang an keine Erwartungen aneinander gestellt hatten. Ihre Affäre hatte zwei Wochen später begonnen, als Cami von Delaware nach New York kam, um ihre Ohrringe einigen Geschenkläden anzubieten. Im Bett mit Cami war Meg in die Rolle anderer Personen geschlüpft. Ermutigt durch Camis Lachen und ihre Bereitwilligkeit, sich hinzugeben, hatte Meg sich in eine Shaker-Schulmamsell der Jahrhundertwende verwandelt, eine Jungfrau, deren unerfülltes sexuelles Verlangen sie ständig erbeben ließ. Sie war Die Mit Gütern Gesegnete Baroness geworden, die ihr endloses Vermögen darauf verwendete, Nymphen von pazifischen Inseln zu importieren. Sie war sogar Ben Benson geworden, ein pflichtbewusster Ehemann, der eines Nachts seine heimlichen Sehnsüchte in der Herrentoilette des Bahnhofs von Larchmond auslebte. Zu Megs Überraschung hatte sie all diese Gestalten im Verlauf einer einzigen Woche in New York entworfen und sie bei den folgenden Kunstgewerbemärkten in Somerset ausgebaut.

Die Dauer ihrer Affäre erstaunte sie beide. Meg kokettierte gern mit dem Gedanken, dass Cami eine gewisse Ehrfurcht vor ihr empfand. Cami war davon überzeugt, dass Megs Keramikgefäße eine tiefe Bedeutung besaßen, dass sie mythologische Botschaften vermittelten, die das Leben der Menschen verändern konnten. Nur einmal gab Meg zu bedenken, dass die Leute in ihren Schalen Reinigungszettel und Ersatzschlüssel aufbewahrten. Danach beließ sie Cami in ihrem Glauben. Camis Bewunderung führte oft zu einem Sturm von Berührungen, dann zu Sex, der Meg in die Trauer einbezog, die Camis ständigem Lächeln zugrundelag. Und später folgte wieder Bewunderung, wieder ein Sturm von Berührungen, und Die Mit Gütern Gesegnete Baroness hatte ihren Auftritt, oder die Shaker-Schulmamsell, deren Beine Cami mit unerbittlicher Geduld spreizte, oder Ben Benson, dessen Phantomschwanz zwischen Megs Beinen anschwoll, während sie sein nächtliches Leben in der Herrentoilette des Bahnhofs von Larchmont beschrieb.

Diesen Herbst, ihrem sechsten in Somerset, ging Meg mit Kimble Toffler an der Hand zu Camis Stand. Natürlich hatte sie Cami geschrieben und ihr erzählt, dass sie sich in einer seltsamen Situation befand, mit diesem Kind, das in ihr Leben gerufen worden war. (Cami glaubte, dass Menschen in das Leben anderer gerufen würden. Meg glaubte nur an das Gesetz des Zufalls. Abgesehen von der Ungerechtigkeit, die die Geburt mit sich brachte, war alles im Leben reiner Zufall.)

„Das ist sie. Ihre Königliche Hoheit Kimble Anita Toffler. Kimble, das ist meine Freundin Cami Porter."

„Cami wasnoch Porter?" wollte Kimble wissen.

Meg schaute zu Cami, die sie mit unverhohlener Begierde betrachtete – die Folge der Mutterschaft.

„Ja, ehrlich gesagt, das weiß ich nicht – Cami wasnoch Porter?" fragte sie Cami. Sie konnten sich kaum in die Augen sehen. Was war erotischer, als sich vor einem kleinen Mädchen, das altmodische Blümchenmuster liebte, wie platonische Freundinnen verhalten zu müssen?

„Cami Toosdaneldanewspickle Porter."

Kimble hob zwei rosige Fäuste an den Mund. Ihre Wangen blähten sich auf, ihre Schultern bebten vor Lachen. „So heißt du nicht!"

„So heiß ich doch", antwortete Cami. „Die Mutter meiner

Mutter hieß Toosdanelda, die Mutter meines Vaters hieß Newspickle. So ehre ich das Andenken meiner beiden Großmütter."

„Meine Mutter hieß Anita", sagte Kimble.

„Hättest du gerne ein Paar Ohrringe?" fragte Cami. „Welchen Vogel magst du denn am liebsten?"

„Rotkehlchen. Die sind nämlich auf meiner Unterhose. Das sind die Unterhosen-Vögel."

„Also, Rotkehlchen hab ich keine, aber wie wär's mit zwei Rubinkehlkolibris mit einem Zylinder auf dem Kopf?"

„Au ja!"

Cami entfernte die Ohrringe aus Kimbles Ohrläppchen und steckte ihr die Kolibris an. Die kleinen Goldknöpfe waren Meg gleich aufgefallen, als sie Kimble das erste Mal sah. Sie wusste, dass sie snobistisch war, aber sie mochte es nicht, wenn kleine Kinder Ohrringe trugen; der Schmuck kam ihr immer wie das Symbol einer arrangierten Ehe mit Gott vor. Doch sie hatte sich nie getraut, Kimble die Ohrringe abzunehmen.

Das Wetter am ersten Tag des Kunstgewerbemarktes versetzte die Leute in Kauflaune. Beständig wehte eine Brise, Wolken rasten über den Himmel und spielten Versteck mit der Sonne. Nachdem die Luft einige Tage drückend über dem Land gelastet hatte, war der leichte Wind belebend, ließ die Menschen das Blut in ihren Adern spüren. Unter dem Einfluss der sinnlichen Witterung wollten sie sich noch mehr Wohlbefinden kaufen. Wer Farbe liebte, ging zu Cami. Wer Formen liebte, ging zu Meg. Kimble lief zwischen den beiden hin und her. An Camis Stand packte sie Ohrringe sorgsam in fuchsienfarbenes Seidenpapier, steckte die Päckchen in eine marmorierte Tüte und verschloss sie mit einem goldenen Siegel, auf dem CAMI PORTER, LTD. stand. An Megs Stand streute sie händeweise Holzwolle über die Gefäße, die Meg in Luftpolsterfolie eingeschlagen und in Kartons gepackt hatte. Als Gegenleistung für Kimbles Hilfsdienste versprachen Meg und Cami ihr das leinene Trägerkleid, das am Stand der Amish hing.

Auf den Saum des Kleides waren rundum Schafe und Maiskolben gestickt.

Kimble war bester Laune. Zweimal sah Meg ihr zu, wie sie Cami half, und dachte, dass niemand auch nur ahnen würde, was dieses Kind kürzlich durchgemacht hatte.

Als Kimble gegen vier Uhr wieder zu Meg kam, reichte sie ihr ein gefaltetes Blatt Papier, das mit Camis Goldetikett versiegelt war. Meg unterhielt sich gerade mit einer Frau und deren Mann über ein neues Fruchtbarkeitsmedikament. Die beiden betrachteten Kimble nachdenklich, dann sagten sie Meg, ihre Keramiken gefielen ihnen sehr gut, und gingen weiter.

„Ach, jetzt hat sie dich auch noch als Botin engagiert? Ich weiß ja nicht“, meinte Meg, während sie das Blatt auffaltete. „Das grenzt ja fast an Übervorteilung.“

„Tut's nicht“, widersprach Kimble beleidigt. „Was steht drin?“

Cami schrieb, eine Bekannte, die in Somerset lebte, würde am Abend mit zweien ihrer Kinder zu einer High-School-Aufführung von *Der Mikado* gehen, in der die Schwester der beiden auftrat, und diese Frau erbot sich, Kimble mitzunehmen.

„Was steht drin?“

„Hier, Schätzchen, bringst du das Cami?“ Hinten auf das Blatt hatte Meg geschrieben: „Die ewige Ränkeschmiedin – DMGGB.“

Kimble verrenkte den Hals, um die letzten Buchstaben zu lesen. „D-M-G-G-, und was ist das nächste, Meg?“

„Das ist ein B“, sagte Meg. „Nur ein paar Buchstaben, nichts weiter, Schätzchen. Nur ein kleiner Spaß.“

Die Einrichtung der Motelzimmer, in denen sie im Verlauf der Jahre übernachtet hatten, half ihnen jedes Mal, wieder zu einer Gemeinsamkeit zu finden. Meg fand es interessant, dass Camis Origami- und Papiermachéschmuck keineswegs ihren eigentlichen Geschmack widerspiegelte; der Schmuck war eine bloße Ware in einer verkitschten Welt. Es war zum Ritual geworden, dass sie das Motelzimmer kommentierten, sobald sie es betraten. An diesem Abend stach Cami als erstes die Nachttischlampe ins Auge. „Habe ich dir je gesagt, wie sehr ich mir einen von Plastikefeu umrankten Keramikscheit wünsche?"

„Nein, das wusste ich nicht", staunte Meg. „Die Seite an dir kannte ich noch nicht. Aber ich habe derweil alles darangesetzt, ein Originalbild der Freiheitsstatue aufzutreiben, die umrahmt ist von den Porträts unserer Gründerväter."

„Ja", meinte Cami, „ich verstehe, dass meine Sehnsüchte einer Patriotin wie dir unbedarft erscheinen müssen."

„Deine Sehnsüchte – unbedarft?" schoss Meg zurück. Und damit nahm der Abend seinen Lauf. Aber nur der Anfang dieses Abends erinnerte an die vielen anderen, die Meg mit Cami verbracht hatte. Cami war ganz sie selbst, aber Meg war seit ihrem letzten Treffen ein anderer Mensch geworden. Sie blieb an der Oberfläche und hatte weder die Energie noch den Wunsch, tiefer vorzudringen. Sie merkte, dass Cami sich zurückhielt und keine Leidenschaft offenbaren wollte, die nicht erwidert wurde, aber Meg konnte sich einfach nicht gehen lassen. Immer wieder wanderten ihre Gedanken zu *Der Mikado*, ein Stück, das für Kimble viel zu anspruchsvoll war – ein Stück, bei dem ihre Gedanken abschweifen und sie plötzlich merken würde, dass sie mit wildfremden Leuten in einer wildfremden Umgebung war. Plötzlich richtete Meg sich auf und knipste die unsägliche Nachttischlampe an. „Bist du sicher, dass du deiner Freundin die Nummer von hier gegeben hast?"

„Zwei Mal", sagte Cami und blinzelte.

„Es war ein Fehler", sagte Meg. „Ich hätte mitgehen sollen."

Cami setzte sich auf und lehnte sich an das Kopfende – plastikverhüllter Kunstsamt, der knisterte. Meg registrierte das Geräusch, kommentierte es aber nicht. Cami zündete sich eine Zigarette an.

„Kann ich auch eine haben?“

„Du machst Witze.“

„Nein.“ Meg streckte zwei Finger aus, und Cami schob ihr eine Merit dazwischen. „Was soll ich tun?“ fragte sie.

„Hör auf, dir ständig den Kopf darüber zu zerbrechen. Wenn du sie adoptieren willst, dann tu's. Wenn nicht, dann nicht.“

„Au weia. Du bist sauer, stimmt's?“

„Die Baroness zerbricht sich nicht den Kopf, sie handelt.“ Cami wurde nachdenklich. „Sie kauft sich Flittchen und Huren aus aller Damen Länder. Hier hat sie eine, die aus dem Herzen des exotischen Somerset importiert wurde. Die hat Seltenheitswert, eine einmalige Chance.“

„Ich bin nicht die Baroness“, wandte Meg ein. „Ich bin die Shaker-Schulmamsell.“

Cami lachte. „Und das nicht zu knapp.“

Meg zog an der Merit. Es war ihre erste Zigarette seit sieben Jahren. Sie hustete zwar, nahm aber schnell noch einen Zug. Sie hatte damals nicht aus den üblichen Gründen aufgehört. Bei der ersten Zigarette des Tages war immer eiskalte Angst in ihr aufgestiegen, eine ungeheure körperliche Angst, die Reaktion des Körpers auf tödliche Gefahr. Vielleicht hatte auch Adrenalin eine Rolle gespielt, aber die erste Zigarette war jedesmal wie ein Blick auf den Tod gewesen. Jetzt empfand Meg dasselbe Gefühl von Todesnähe. Sie drückte die Zigarette aus. „Ich weiß, dass ich zuviel grüble“, räumte sie ein, „aber die Sache macht mir wirklich zu schaffen, Cami.“

„Was willst du als nächstes tun?“

Cami war eine Macherin, wie Charlotte es nannte.

„Ich weiß es nicht. Im Augenblick handele ich gesetzwidrig. Es ist einfach unglaublich – ich habe sie gekidnappt. Bei REACH denken sie, dass sie bei ihrer Großmutter ist, und die Sozialarbeiterin vom St. Luke's glaubt das auch. Shirley – das ist die Großmutter – hat ein paar Papiere wegen der vorläufigen Vormundschaft unterschrieben, aber sie wird bald Rechenschaft ablegen müssen, und damit muss ich mich auseinandersetzen, ob ich will oder nicht."

„Und was ist mit dieser Großmutter?" Cami sah müde, aber höchst interessiert aus.

„Ich weiß es nicht. Da gibt's irgendeine seltsame Geschichte. Die muss es geben – sie hat Kimbles Mutter ins Kloster getrieben."

„Meinst du nicht, dass du mit ihr reden solltest?"

„Scheiße, ich hab keine Lust dazu. Aber ich muss. Bald."

„Ja", stimmte Cami zu und drückte ihre Zigarette aus. Sie strich Meg eine Haarsträhne aus dem Gesicht. „Das solltest du wirklich." Ihre Stimme war gedämpft, respektvoll.

„Cami, ich weiß nicht, was ich tun soll." Meg versagte fast die Stimme. „Ich bin einfach unschlüssig – wie eine dieser pathologisch wankelmütigen Frauen, die nie wissen, was sie wollen. Aber es geht um dermaßen viel. Ja, ich weiß, Millionen von Frauen werden Mütter, ohne groß darüber nachzudenken, und die sind nur halb so alt wie ich. Warum fällt mir das so schwer?"

Zuerst gab Cami keine Antwort. Fast fürchtete Meg, sie würde sagen: „Das weißt nur du selbst."

Doch statt dessen sagte Cami: „Zu zweit ist es leichter." Ihre Worte waren kaum zu vernehmen. Sie waren gemessen. „Zwei Eltern haben es unbestreitbar nur halb so schwer. Zwei Einkommen."

In dem Augenblick wurde Meg bewusst, was das wirklich Schreckliche an diesem Zimmer war – seine gespenstische Stille. Nichts rührte sich, nichts bewegte sich, nirgendwo verschmolzen Formen zu einer dynamischen Einheit. Und die Luft stand. Die doppelten Gardinen waren so dick und schwer, dass keine Brise sie zu bewegen vermochte. Die Braun- und Olivtöne des Teppichs schluckten das Licht. Die Zimmerdecke war sehr niedrig, und die Gipskreisel, die die Wände in unabänderlicher Wiederholung bedeckten, waren eine Beleidigung für den Geist. Das einzige

Geräusch in diesem gedrungenen rechteckigen Raum war das Röcheln der Heizung hinter den Fußbodenleisten.

„Vielleicht ist es das letzte, was du im Augenblick hören willst, aber ich glaube, dass zwei Eltern besser sind", wiederholte Cami. „Das macht alles verdammt viel leichter."

Meg schloss die Augen. Einmal, vor dreieinhalb Jahren, als ihr Geschäft sehr schlecht lief und Cami Rekordumsätze verzeichnete, war sie für ein langes Wochenende nach Delaware gefahren. Auf dem Hinweg hatte sie sich eine Zukunft mit Cami ausgemalt. In ihrem Kopf war ihr gemeinsames Leben sowohl leidenschaftlich als auch geordnet, und Meg hatte sich dem Gedanken hingegeben, das könnte von Dauer sein. Doch im Verlauf des Wochenendes hatte sie gemerkt, dass die Leidenschaft nur flüchtige Lust war und die Ordnung Langeweile. Am Sonntagnachmittag steigerte sich das Kläffen von Camis Pekinesen in Megs Ohren zu feindlichem Beschuss. Meg hatte nur noch in ihren Bus steigen, die I-95 nach Norden brausen und Keith Jarrett hören wollen.

Auch wenn Meg Cami jetzt die Hand drückte und sich unter der Decke an sie schmiegte, hielt sie die Augen geschlossen, um den Tod der Shaker-Schulmamsell zu betrauern, der Mit Gütern Gesegneten Baroness und des jämmerlichen Ben Benson. Und in dem Augenblick konnte sie endlich loslassen. Sie räkelte sich und improvisierte mit dem bisschen Liebe, das sie empfand, als wäre diese Liebe ein Klumpen widerspenstiger Ton, der unter Megs beharrlichen Händen endlich nachgab und sich auf der Töpferscheibe aufwölbte.

Am nächsten Nachmittag saß Kimble auf dem Parkplatz des Kunstgewerbemarkts auf einem Stein und studierte den Saum ihres neuen Trägerkleides. Meg war am Packen, kletterte in den Bus hinein und kam wieder heraus. Zwei Mal hatte sie nach Kimble gerufen, aber Kimble hatte nicht reagiert. Jetzt ging Meg auf sie zu. „Komm, Kimmy."

„Ich komm ja schon", antwortete Kimble, ohne aufzuschauen. Meg merkte, dass der Saum zu ihrer Welt geworden war. Sie brachte es nicht fertig, den Blick davon loszureißen. Plötzlich fiel Meg wieder ein, wie sie selbst als Kind völlig in ihre private Welt eingetaucht war. Kimble hielt den Saum mit einer Hand hoch und befingerte ihn mit der anderen, streichelte jedes winzige gestickte Schaf. Die Maiskolben drückte sie fest zusammen, als wollte sie die Hülsen zwischen ihren Fingern glätten. Sie beugte sich tiefer vor, ihre Lippen bewegten sich andächtig.

„Jetzt komm, Schätzchen, lass uns fahren."

Langsam hob Kimble den Kopf. Einen Moment glaubte Meg, Kimble habe eine bukolische Landschaft gesehen, habe etwas außerhalb ihres Erfahrungshorizontes erblickt. Kimbles Gesicht war bleich, ihre grünen Augen ungewöhnlich hell. „Was ist mit Toosda Nelda? Was ist mit Toosda Nelda Newspickle?"

„Sie lebt nicht in New York."

„Warum nicht?"

„Ich weiß es nicht. Wahrscheinlich gefällt es ihr dort nicht."

„Ich will aber, dass sie mitkommt."

Nicht zum ersten Mal war Meg beleidigt. Das musste sie sich abgewöhnen, sagte sie sich; darüber musste sie mit Libby reden.

„Ich glaube, dass sie das bestimmt gerne tun würde, aber heute geht es nicht. Warum steigst du jetzt nicht einfach ein?"

„Toosda Nelda kommt nicht mit, weil du's nicht willst."

„Kimble, kommst du jetzt oder kommst du nicht? Ich kann dich auch einfach hierlassen, wenn du das willst."

Kimble fing wieder an, mit ihrem Saum zu reden. Meg brannten die Ohren vor Scham. Sie war grausam und brutal. Einem elternlosen Kind so etwas zu sagen! Da konnte selbst Libby ihr nicht mehr helfen. Libby war eine großartige Therapeutin für Menschen, die frühere Therapien schon auf die richtige Bahn gebracht hatten. Meg wusste nicht, an wen sie sich in dieser Sache wenden konnte.

„Herzchen, das habe ich nicht so gemeint. Ich würde dich nie einfach zurücklassen. Nie und nimmer. Bist du müde? Soll ich dich tragen?"

Kimble blieb einfach sitzen. Meg nahm sie in die Arme und war dankbar, dass sie eine zweite Chance bekommen hatte. Sie fuhren los, Kimble in den Sicherheitsgurt geschnallt, Kissen um sie herum gestopft. Sie schlief, ihr Atem ging keuchend. Immer wieder streichelte Meg ihr die linke Hand, mit der sie den Schäfchensaum umklammert hielt. Nach rund siebzig Kilometern bog Meg auf den Parkplatz einer Raststätte ein.

Die Bedienung brachte Kimbles Bestellung. Der Hot dog sah gummiartig aus, die Bohnen schwammen in einer dünnen, orangefarbenen Sauce. Aber Kimble achtete nicht auf den Teller, der vor sie hingestellt wurde; sie deutete auf ein Eichhörnchen, das draußen einen jungen Baum hinaufhuschte. Und dann, als sie sich der Kellnerin zuwandte, spannte sich ihr Hals plötzlich so stark an, dass die Luftröhre stark hervortrat. Zuerst wurde sie leichenblass, aber gleich darauf lief sie leuchtend rot an, als hätte sie sich verbrüht, vom Hals bis zum Scheitel. Sie machte keine Atemzüge, nur saugende Geräusche. Ihr Brustkorb hob und senkte sich nicht, sondern bewegte sich seitwärts, heftig und unrhythmisch. Wie der Blitz sprang Meg auf und lief zum Telefon beim Eingang.

„Ich mach schon", sagte die Kellnerin und stellte den Teller hastig in der Mitte des Tisches ab. Sie überholte Meg und bedeutete ihr, zum Tisch zurückzugehen.

„Den Notarzt!" schrie Meg. „Den Notarzt!"

Wieder am Tisch hob sie Kimble aus dem Kinderhochstuhl und legte sie mit dem Gesicht nach unten auf die Sitzbank. Dann presste sie mit den Handballen in Kimbles Rücken, unterhalb der Rippen. Sie hatte keine Ahnung, was sie da tat, außer dass sie Luft in Kimbles Lunge zu pressen suchte. Kimbles Füße drückten sich gegen Megs Oberschenkel.

„Der Notarzt ist schon unterwegs", berichtete die Kellnerin, eine Frau um die Fünfzig mit einer schwarz gefärbten Pagenfrisur. „Was soll ich ihm sagen? Was hat sie denn?"

„Ich weiß es nicht", antwortete Meg. Sie schämte sich ihrer Unwissenheit, hatte panische Angst vor den möglichen Folgen. Sie drehte Kimble auf den Rücken. Kimble rang immer noch verzweifelt nach Luft. Die zarten Gesichtszüge, die ihr ihr ätherisches Aussehen verliehen, traten jetzt deutlich hervor. Während Megs Angst wuchs, sah sie, wie Kimbles Gesicht zu dem einer Erwachsenen reifte.

„Kindchen, das ist Asthma! Das hat mein Neffe auch", rief die Kellnerin erfreut. „Haben Sie denn kein Spray?"

Verwundert schüttelte Meg den Kopf. Einen Augenblick war sie überzeugt, dass Kimble doch ein Asthmaspray hatte, dass sie mit ihm ausstaffiert war wie Roller Queen mit Knieschützern, nur dass Meg das noch nie aufgefallen war.

Kimble keuchte stöhnend und stieß Megs Hand fort. Die Sirene des Krankenwagens heulte laut auf, als er direkt vor dem Fenster an Megs Tisch zum Stehen kam.

Während Kimble in der Notaufnahme untersucht wurde, musste Meg Formulare ausfüllen, die sich als wahres Arsenal bedrohlicher Fragen erwiesen. Schließlich musste Meg der Frau an der Aufnahme gestehen, dass sie die gewünschten Antworten nicht geben konnte. Sie erklärte, dass Kimble keine Eltern mehr besaß und dass die Großmutter die vorläufige Vormundschaft für das kleine Mädchen hatte, Mrs. Marzola aber leider nicht zugegen war, um die Formulare zu unterschreiben. Des weiteren erläuterte Meg, dass sie eine Freundin von Shirley war, die Kimble übers Wochenende zum Kunstgewerbemarkt in Somerset mitgenommen hatte, und sie sich auf dem Heimweg befanden, als dieser schreckliche Vorfall passierte. Die Frau warf ihr einen misstrauischen Seitenblick zu, vor allem, als Megs Stift bei der Rubrik „Krankengeschichte des Patienten“ zögerte. Jetzt bedauerte Meg, dass sie Barrys und Kimbles Aufnahmeprotokoll nie gelesen hatte. Aber hätte Tina gewusst, dass Kimble an Asthma litt, hätte sie es Meg bestimmt gesagt. Vielleicht war dies ihr erster Anfall.

„Was kostet das?“ fragte Meg, um sich wenigstens finanziell als zuverlässig auszuweisen. Sie öffnete ihr Portemonnaie und betrachtete ihre Kreditkarten.

„Das kommt darauf an, welche Maßnahmen erforderlich sind“, antwortete die Frau gleichmütig. „Ist der Vormund versichert?“

„Nein, ich bezahle.“

Daraufhin holte die Frau ein weiteres Formular hervor, das Meg zu unterschreiben hatte. Darin versicherte sie, dass sie für die Kosten aufkommen würde, sollte die Krankenversicherung die Notbehandlung nicht übernehmen.

Um zwei Uhr morgens verließ Meg die Krankenhausapotheke mit einem Bronchodilator und einem Medikament, das den Worten des Arztes zufolge die Entzündung lindern würde, wegen der dieser Anfall so heftig verlaufen war. Während Kimble eine Infusion bekam, hatte der Arzt erklärt, dass man bei der Behandlung von Asthma mittlerweile zweigleisig verfuhr: Man versuchte, die Entzündung zu lindern und gleichzeitig der Verengung der Bronchien entgegenzuwirken. Vermutlich würden sich Kimbles Anfälle während der Pubertät von selbst geben, hatte er gesagt. „Aber im Augenblick müssen Sie genau auf ihre Atemgeräusche achten“, hatte er sie gewarnt und auf Kimble gedeutet, die hinter dem offenen Vorhang lag. „Es geht darum, den Anfall abzufangen, bevor er so schlimm wird wie heute.“

Meg hatte ihm gedankt und dann zusammen mit Kimble den Rest der Nacht im Krankenhaus verbracht. Noch immer erschüttert, war sie am nächsten Morgen nur widerstrebend bereit, das kleine Provinzkrankenhaus zu verlassen, diesen sicheren Hafen, der den Hilfsbedürftigen vorbehalten war. Als zwei Schwestern Meg erklärten, sie müssten das Bett für den kommenden Tag herrichten, stand Meg schließlich auf, zog Kimble ihre Turnschuhe an und ging mit ihr ins Foyer. Kimble atmete jetzt normal. In der Lobby streckte sie die Arme aus, damit Meg sie hochnahm. Das hatte sie noch nie getan. Meg trug sie zum Bus und erlaubte ihr, sich nicht anzuschnallen, sondern sich auf den Vordersitz zu legen. Als sie durch den Holland Tunnel nach New York hineinfuhren, vergrub Kimble ihren Kopf tief in Megs Schoß. Meg sagte nichts von der Gefahr – was passieren würde, wenn sie plötzlich bremsen müsste. Sie ließ Kimble einfach dort liegen und schweigend mit einem Knopf an Megs Pullover spielen, den sie mit einem der gestickten Schäfchen auf dem steifen Saum ihres neuen Trägerkleides zu paaren versuchte.

Zu Hause saß Kimble für den Kimble-Topf Modell. Das Gefäß stellte eine Kimble dar, wie sie künftig aussehen könnte – ein freundliches Gesicht mit breiten Wangenknochen, umgeben von hochgekämmten Locken. Meg ringelte die Locken zu einem Deckel und formte den Knoten als Griff. Der Kimble-Topf würde als Keksdose dienen, sagte Meg, und immer mit Ho-Ho's und Twinkies gefüllt sein. Doch Meg wusste, wann immer sie das Gefäß sah, würde sie darin die Erinnerung an eine unbarmherzige Zeit sehen, eine Zeit, in der kinderlose Fremde aufgeregt auf Kinder zueilten, deren Leben ihnen bis dahin völlig gleichgültig gewesen war.

7

„Du käust dieses Thema ja endlos wieder", sagte Libby.

Es war Dienstagnachmittag. Meg saß in Libbys blauem Ruhesessel, rechts von dem Alfred-Sisley-Druck, der zu tief hing. „Genau das mag ich so an dir, Libby. Dass du nie von der orthodoxen freudianischen Technik abweichst."

Libby lächelte. Das Thema hieß Privilegiertheit. Im Verlauf der Therapie war Meg immer wieder auf das Schuldgefühl zu sprechen gekommen, eine privilegierte Kindheit verbracht zu haben.

„Na ja, Wiederkäuen hat auch seine Vorteile", sagte Libby. Ihre Umkehrsätze gehörten zu ihrem ausgesprochen eklektischen Ansatz.

„Ich kann das Leben, das sie geführt haben, einfach nicht mit dem zusammenbringen, das ich heute führe."

„Warum solltest du auch?"

Meg schwieg.

„Und warum sollte jemand von dir erwarten, dein Leben so zu führen?"

„Das tut niemand, aber viele Leute führen ein solches Leben." Meg merkte selbst, wie jämmerlich sie klang. „Viele Kinder der Freunde meiner Eltern sind zum Abklatsch ihrer Eltern geworden."

„Soll ich dir jetzt dazu gratulieren? Das wäre eine Möglichkeit. Ich könnte deine Cheerleaderin sein. Aber ich würde automatisch sehr viel mehr von dir erwarten, als dass du dich in eine Kopie deiner Mutter verwandelst. Übrigens, wie geht's ihr?"

„Wer weiß? Sie ist mit Ida Tree und Juliet Wie-heißt-sie-noch-gleich?, Idas Tochter, unterwegs. Juliet ist frisch geschieden, also sind sie mit ihr auf die Galapagos gefahren. Du weißt doch, je abgeschmackter die Scheidung, um so exotischer das Schmerzmittel. Das ist ein ungeschriebenes Gesetz."

Gewöhnlich wäre Libby jetzt in ihrem Sessel nach vorn gerutscht, begierig auf die Details des dekadenten Urlaubs. Doch heute schwieg sie nur. Sie sah Meg an und seufzte.

„Sie wollten, dass ich mitfahre!“ fuhr Meg empört fort. „Kannst du dir das vorstellen? Für sie existiert die ganze exotische Tierwelt einzig zu dem Zweck, Juliet Wie-heißt-sie-noch-gleich? von ihrer hässlichen Scheidung abzulenken. Die wissen gar nicht, wie obszön sie sind. Und meine Mutter glaubt noch, sie wäre vornehm.“

„Ich wette, du gäbst was drum, auf die Galapagos-Inseln zu fahren“, sinnierte Libby.

„Du meinst, ich hätte mitfahren sollen.“

„Keineswegs“, antwortete Libby. Sie klang aufrichtig. Meg war stets erleichtert, wenn ihren Befürchtungen widersprochen wurde. Nichts brauchte sie so dringend wie Libbys Ermutigung, sich gegen die Vereinnahmung durch ihre Mutter zur Wehr zu setzen. Wieder einmal war Meg die Kundin und Libby die Verkäuferin. Wieder und wieder musste Meg sich ein gutes Gewissen kaufen. Sie war siebenunddreißig Jahre alt, und hier saß sie wie ein Kind in der Schule und wollte hören, dass sie ein reines Gewissen haben durfte.

„Warum fährst du nicht allein auf die Galapagos?“ schlug Libby vor. „Du bist unabhängig.“

Das war typisch. Es genügte ihr nicht, Meg das Gefühl zu vermitteln, dass sie recht gehandelt hatte, nicht mit den anderen mitzufahren. Am liebsten wäre es Libby, wenn sie in der Stunde, in der ihre Mutter heimkehrte, nach Ecuador abflog.

„Wenn du mir etwas derart Extremes vorschlägst, etwas so *Sadistisches,* bezweckst du damit doch nur, dass ich mich nicht schlecht fühle, wenn ich ein normales Maß an Unabhängigkeit wahre.“

Libby lächelte nicht. „Bist du nicht ein bisschen zu alt, um das frühreife Kind zu spielen?“

Meg schaute über Libbys Kopf hinweg auf ein Poster von Ansel Adams mit riesigen Redwoods; es hing ein Stück zu hoch. „Außerdem bin ich nicht mehr unabhängig“, sagte sie. „Jetzt habe ich Kimble.“

Libby musterte ihre lackierten Nägel.

„Ich versuche gerade, mich zu erinnern, wie ich mir das Leben vorgestellt habe, wenn ich einmal groß sein würde“, erzählte Meg. „Hol ein bisschen aus.“

„Nicht nur mein Leben, sondern das von allen privilegierten Kindern in den sechziger Jahren. Wir lebten einfach in den Tag hinein, auf Kosten von weniger Begünstigten, ohne einen Gedanken daran zu verschwenden. Es war unglaublich. Meine Mutter denkt noch heute nicht darüber nach. Meine Freundinnen und ich gammelten in dem perversen Country-Club in Westchester auf Liegestühlen um den Pool herum, schmierten uns alle Stunde mit Coppertone ein und unterhielten uns über das Geld, das wir von unseren Eltern für Klamotten bekamen, und dann gingen wir in den Club und verprassten Unsummen; die Rechnung ging an unsere Eltern. Tatar um zwei Uhr nachmittags – ich bitte dich! Ich sage dir, wir haben uns nie überlegt, dass Erwachsene, dreimal so alt wie wir, ihr Geld damit verdienten, ihr Leben damit verbrachten, uns von vorne bis hinten zu bedienen. Wir sahen sie nicht einmal an, wir dachten nie über sie nach, wir haben nichts wahrgenommen außer uns selbst.“

„Und jetzt musst du den Rest deines Lebens Buße dafür tun“, erwiderte Libby trocken.

„Was hab ich mir gedacht, wie mein Leben aussehen würde? Ich glaube, ich stellte mir vor, dass es immer so weitergehen würde. Dass es *uns* und *sie* gäbe, bis in alle Ewigkeit ...“

„Was hast du gemacht, wenn deine Freundinnen auf Jungen zu sprechen kamen?“ unterbrach Libby. Ihre Frage klang wirklich interessiert.

„Ich bin ausgewichen. Es ist nicht mal aufgefallen. Ich hab mir dieses unabhängige Künstlerinnenimage zugelegt. Sie fanden es amüsant, dass ich mich nicht für Jungen interessierte. Ich war eine Art Maskottchen. Wie eine geschlechtslose Ziege."

Libby nickte, lächelte aber nicht. „Also warst du damals unabhängig?"

„Ja, sehr. Unabhängigkeit im Rahmen absoluter finanzieller Sicherheit ist meine Stärke."

„Und was bist du jetzt?"

Meg betrachtete das geräumige Zimmer, in dem Libby einen Großteil ihrer Zeit verbrachte. Es war weitaus weniger prachtvoll eingerichtet als selbst das bescheidenste Zimmer in der Wohnung ihrer Mutter, aber doch sehr viel behaglicher als Megs Loft. „Ich weiß es nicht."

„Was würdest du brauchen, um unabhängig zu sein, Meg?"

„Ich müsste ein Vermögen verdienen."

„Hör auf. Wir haben nicht den ganzen Nachmittag Zeit." Libby griff hinter sich nach einer Zigarette.

„Was ist aus dem Pflaster geworden? Hat es nicht funktioniert?"

„Das tut jetzt nichts zur Sache."

„Viel Geld zu haben würde es mir erleichtern, mich wegen dieser Adoption zu entscheiden."

Libby nickte. „Das kann ich nachvollziehen. Warum fragst du sie dann nicht? Ich glaube nicht, dass du dadurch in größere Abhängigkeit geraten würdest. Ich glaube vielmehr, es würde dir ermöglichen, etwas zu tun, das dir ein Gefühl größerer Vollständigkeit gäbe."

Meg war unfähig, darauf etwas zu erwidern. Dies war einer der Augenblicke in Libbys Raum, in dem sie viel zuviel von sich weisen musste. Viele Jahre waren Meg ihr Alleinsein und ihre Freiheit in Liebesdingen wichtiger gewesen als alles andere. Bevor Kimble in ihrem Leben auftauchte, hätte sie die Vorstellung als lächerlich empfunden, sie könne sich wegen ihrer Kinderlosigkeit möglicherweise unvollständig fühlen. Schließlich war das die abgedroschenste Phrase, die das Patriarchat zu bieten hatte. Doch am vergangenen Wochenende mit Kimble in ihrer Wohnung, als sie ihre Züge in den feuchten Ton, den sie gerade gedreht hatte, modellierte, ihrer zärtlichen Zuneigung greifbaren Ausdruck verlieh, hatte Meg ein so starkes körperliches Bedürfnis empfunden, sie zu beschützen, dass es sie völlig überwältigt hatte. Es war eine Macht, die das Leben dieses Kindes wichtiger werden ließ als ihr eigenes. *Dein Leben wird meines bestimmen,* war die unausgesprochene Botschaft. Die Worte schienen aus einer uralten Vergangenheit aufzusteigen, und sie bereiteten Meg mehr Angst, als sie Libby je würde vermitteln können.

„Ich werde mich nicht vollständiger fühlen“, brachte sie schließlich hervor. „Ich weiß nicht, wie ich mich fühlen werde.“

„Du hast Angst, dass sie dich nie in Ruhe lassen wird“, sagte Libby. „Du hast Angst, dass sie dich ebensowenig in Ruhe lassen wird wie du deine Mutter.“

Wie oft schon waren in diesem Raum ihre grundlegendsten Befürchtungen unerbittlich konstatiert worden? Meg schwieg.

„Das ist absolut nachvollziehbar, Meg. Du hast noch nicht alles getan, was nötig ist, um dich von deiner Mutter zu lösen. Deshalb kannst du dir nur allzugut vorstellen, wie es wäre, wenn Kimble dich nicht in Ruhe lassen und sich nicht von dir lösen würde.“

„Was soll ich tun, Libby?“ Meg fühlte, wie ihr Gesicht heiß wurde. „Ich lebe in einer anderen Welt – gesellschaftlich, politisch, sexuell. Ich verdiene mein eigenes Geld. Ich wehre mich gegen sie, wo immer es nur geht. Was muss ich tun, um endlich unabhängig zu werden? Soll ich ihr im Flughafen zuwinken, wenn sie von den Galapagos-Inseln zurückkehrt und ich gerade dorthin abdüse?“

Libby stieß genüsslich den Rauch durch die Nase und drückte die Zigarette aus. „Nein“, antwortete sie. „Du solltest sie um

Geld bitten, damit du das Kind eines Heroinsüchtigen großziehen kannst."

Obwohl Libby diese Aufforderung in demselben Ton vortrug, in dem sie auch sonst provokante Äußerungen von sich gab, obwohl ihre Stimme leichthin war, fast singend, erfasste Meg sofort den klugen Gedanken, der dahintersteckte. Libby wusste genau, was sie sagte.

„Das kann ich nicht", antwortete sie.

„Du glaubst, dass du über das ‚Wir und die anderen'-Gefühl hinausgewachsen bist, dass du gesellschaftlich freizügiger geworden bist – aber das stimmt nicht. Du hast die Chance, Kimble ein gutes Leben zu ermöglichen, und du hast Angst davor, es zu tun, weil deine Mutter glaubt, sie wäre eine von *denen*. Wieso bist du dann besser als deine Mutter?"

„Ich bin auch nicht besser als meine Mutter."

„Du betonst immer wieder, dass du in einer anderen Welt lebst als sie. Ich glaube, du *siehst* eine andere Welt als sie. Das ist sehr schön, ist aber etwas anderes, als darin zu *leben*."

Wieder sah Meg sich in Libbys Sitzungszimmer um. Da war der Kamin, der große Eichenschreibtisch, zwei üppig wuchernde Farne rechts und links einer Wand mit Bleiglasfenstern, gerahmten Postern und Aquarellen, ein türkischer Kelim auf dem alten Parkett. Was wusste Libby schon von Crack-Höhlen, vom Leben am Rande des Abgrunds? Doch letztlich wusste Meg sehr wenig von ihrer Therapeutin, Libbys unorthodoxen Methoden zum Trotz.

„Meg ... was für eine Art Mutter würdest du gerne sein?"

„Eine lässig-gelassene, Libby. Ich wäre gern eine lässig-gelassene Mutter. Ich will Kimble die Welt nicht deuten. Ich will sie nicht mit Lektionen überschütten und ihr einhämmern, dass diese Lektionen ihr Leben bereichern sollen. Ich will nicht ihre Innenwelt durchforsten und mir vorstellen, dass genialische Ansätze in ihr schlummern. Ich will sie anderen gegenüber nicht in den Himmel heben. Ich will, dass sie ein eigenständiges Leben führt, losgelöst von meinem, und ich glaube nicht, dass ich so sein kann."

Libby warf einen Blick auf die Uhr und beugte sich vor. „Lass mich dir etwas sagen. Kimble ist längst losgelöst von dir, und dagegen kannst du nicht die Bohne unternehmen. Du hast gerade die Mutter einer bestimmten Gesellschaftsschicht beschrieben. Vielleicht ist das für dich die Schicht der *anderen*, aber in die wurde Kimble hineingeboren. Jetzt brauchst du nur zwei und zwei zusammenzuzählen. Und das weißt du auch. Ich glaube, das ist der Grund, weswegen du dich anfangs zu ihr hingezogen gefühlt hast." Libby schaute kurz zu Boden. „Jetzt müssen wir leider aufhören."

Sie schlug die bestrumpften Beine auseinander, und dabei öffneten die Knie sich weiter, als Libby beabsichtigt hatte. Als sie sich erhob, um Meg zur Tür zu begleiten, vergaß sie, welches Bein ihr Standbein sein sollte, und wäre beinahe gestürzt, taumelte für einen scheinbar unendlich langen Moment, und die ganze Zeit sah Libby Meg direkt in die Augen; sie beide ignorierten die Schwäche, die diese Sitzung in ihrer Erinnerung beherrschen würde, wenn sie es zuließen.

Zum ersten Mal hatte Meg für Kimble einen Babysitter engagiert gehabt – Jeb, den vierzehnjährigen Stiefsohn des Malers Chris, der im Stockwerk unter ihr wohnte und den Lastenaufzug mit Bildern der christlichen Geschichte ausgestattet hatte.

„Meg-Meck!" rief Kimble, kaum schloss Meg die Wohnungstür auf. Diesen Namen hatte Kimble ihr drei Wochen zuvor gegeben, als in einer Gutenachtgeschichte das Wort „Heckmeck" aufgetaucht war. „Meg-Meck, rette mich!"

„Wovor?" fragte Meg, während sie ihre Schlüssel in eine asymmetrische Schale legte, die sie nicht verkauft hatte.

„Tod und Zerstö... – *Zerstörung*."

„Jeb, woher hat sie das?"

„Megasis. Wir sind zum Spielen runtergegangen. Dad hat gesagt, das wär in Ordnung."

Waren das die Dinge, mit denen sie sich würde auseinandersetzen müssen? fragte Meg sich. Dass Kinder auf Kinder aufpassten? Benommen, wie sie nach der Sitzung mit Libby war, ersparte sie Jeb eine Predigt über sinnlose Gewalt und bezahlte ihn, damit er wieder nach unten verschwand. Dann kochte sie sich einen Kaffee und setzte sich an den Küchentresen, um ihre Post zu öffnen. Kimble gab sie ein Glas Milch und einen Ho-Ho. Aus ihrem Rucksack holte sie ein Ausschneidebuch mit Figuren der englischen Königsfamilie und erklärte Kimble, dass sie gleich die königlichste Familie der Welt in Unterwäsche sehen würde. Wenn sie hoch und heilig versprach, nur ihre Schere mit der stumpfen Spitze zu verwenden, dürfte sie sie ganz nach Lust und Laune anziehen. Kimbles Augen weiteten sich vor Begeisterung.

Meg legte zwei identische Flugblätter beiseite, die sie aufforderten, ihren Abgeordneten wiederzuwählen; darunter lag eine Postkarte. Die Handschrift darauf entfachte in ihr einen Wirbelwind von Gefühlen – Begeisterung, Triumph, gefolgt von Schrecken:

Liebe Meg,
in der zweiten Oktoberwoche besuche ich einen neuen Kunden in New York. Ich hätte nie gedacht, dass ich so tief sinken würde, Verpackungen für die Savory Sachet Company zu entwerfen, aber so ist es. Am Dienstagabend hätte ich Zeit und würde gern mit Dir essen gehen. Vielleicht können wir uns um sieben Uhr im Blue Rooster treffen? Hinterlass einfach eine Nachricht auf Band – bei uns ist meist der Anrufbeantworter an.
Ich würde mich riesig freuen, Dich zu sehen!

Sarina

Das Blue Rooster, ein kleines, hinter Spitzengardinen verstecktes Lokal an der Eighth Avenue, gab es schon seit Jahren nicht mehr. Und ebenso lange war Meg dankbar, dass sie auf dem Weg zu den Läden in Chelsea, die ihre Keramiken in Kommission hatten, nicht mehr daran vorbeigehen musste, denn obwohl es eines ihrer Lieblingsrestaurants gewesen war, hatte dort auch ihre Trennung begonnen – direkt vor dem gemauerten Kamin, direkt neben dem antiken Kaminbesteck. Meg wusste noch, dass sie sich in ein Tableau aus der amerikanischen Kolonialzeit versetzt hatte, als Sarina ihr sagte, sie fände, es sei an der Zeit, weiterzuziehen. *Weiterzuziehen* hatte sie gesagt, als müsse sie neue Weidegründe aufzusuchen. Megs Blick war auf das Kaminbesteck gefallen, und sie hatte sich in Quäkerkleidung gesehen, wie sie den Blasebalg betätigte. Anfangs gelang es ihr nicht, die klobigen Griffe zu umfassen, aber allmählich – während Sarina vorsichtig das Thema ansprach, wer die Katze bekommen sollte – hatte sie beim Pumpen zu einem wütenden Rhythmus gefunden, so dass die Flammen aus dem Kamin herausloderten und das Blue Rooster mitsamt allen Gästen verschlang. Nach der Schließung des Restaurants hatte Meg sich umgehört, warum es zumachen musste, und beinahe erwartet zu erfahren, dass ein Feuer ausgebrochen war. Doch wie sich herausstellte, hatte das Finanzamt die Schließung wegen nicht beglichener Steuerschulden verfügt.

Einen ganzen Monat nach jenem Essen im Blue Rooster hatte Meg schamlos und mit allen Mitteln versucht, Sarinas Interesse wiederzubeleben. Sie schlug vor, eine offenere Beziehung zu führen. Sie erkundigte sich nach dem betriebswirtschaftlichen Kurzstudiengang an der Columbia University und stellte sich vor, schnell und steil Karriere zu machen, um Sarina das heißersehnte Haus auf dem Land zu kaufen. Eine Woche lang war Meg in dem Glauben, sie könnte mühelos das große Geld verdienen, durch die Wohnung stolziert und hatte mit dem Jargon der erfolgsverwöhnten Geschäftemacher um sich geworfen. Sarina hatte sie nur mitleidig angesehen, ihre Sachen gepackt und den Möbelwagen bestellt. Zum Schluss hatte Meg auf charakterliche Denunzierung zurückgegriffen und Sarina der Oberflächlichkeit geziehen, der Angst vor Nähe. („Angst vor Nähe!" hatte Libby Jahre später geschnaubt, als Meg über die Trennung sprach. „Was soll das denn sein? Du hast wohl Dr. Cleo Cliché in *Glamour* gelesen, wie? Die Frau wollte einfach nicht mehr mit dir zusammensein. Was zum Teufel ist Angst vor Nähe?")

„Guter Gott, das Blue Rooster", murmelte Meg jetzt.

„Was ist, Meg-Meck?"

Überrascht sah Meg auf. „Nichts, Schätzchen. Das ist nur der Name eines Restaurants. Wie kommst du voran?"

„Gut."

„Schön", sagte Meg und schaute auf die Anziehpuppen. „Sehr schön." Kimble hatte Prinz Charles einen Plastron vor den Unterleib gehängt und Prinzessin Diana eine Tiara in keckem Winkel auf den Kopf gesetzt. Sonst waren sie unbekleidet.

„Die gehen zum Essen aus", erzählte Kimble.

„Wie nett, Schätzchen. Haben sie denn reserviert?"

„Was ist das?"

„Das ist, wenn man vorher bei einem Restaurant anruft und einen Tisch bestellt."

Erschrocken sah Kimble auf. „Nein! Sie haben nicht rewerwiert. Das haben sie vergessen!"

„Das macht nichts. Dann rufen einfach wir beim Blue Rooster an. Soll ich einen Tisch für zwei oder für vier bestellen? Vielleicht haben wir ja Lust mitzugehen."

„Für vier! Und ich ess für sechs!"

Lächelnd ging Meg in ihre Schlafecke, um Sarina eine Nachricht auf Band zu sprechen. Sie nannte ihr den Namen eines Pasta-Restaurants einen Block vom ehemaligen Blue Rooster entfernt. Als sie zurückkam, hatte Kimble Prinz Charles' Plastron durch eine Reithose ersetzt, und Prinzessin Di trug ein Chanel-Kostüm. Die geschmackvolle Zusammenstellung dieser Kleidung enttäuschte Meg so sehr, dass sie nur schwach nicken konnte, als Kimble ihr die Puppen vorführte. Kimble starrte sie frohlockend an, als hätte sie soeben die Vorteile ihres anpassungsfähigen Wesens entdeckt.

8

An einem böigen Samstagnachmittag Anfang Oktober standen Meg und Kimble vor einem riesigen Wohnblock und sahen an ihm empor. Es war eines von drei identischen Apartmenthäusern in Rego Park, Queens. Kimble erklärte, sie wisse genau, welche Wohnung Grandma Shirl gehöre, zählte acht Stockwerke hinauf und einen Balkon links vom Eingang. „Da wohnt sie! Und das ist mein Dreirad. Daddy hat's mir gekauft, und dann hat Grandma Shirl es geklaut und allen erzählt, sie hätt's mir geschenkt."

„Wirklich? Erfindest du die Geschichte jetzt nicht bloß?"

„Nein. Chantelle, die erzählt die ganze Zeit Geschichten, die sie erfindet, und Tino manchmal auch. Aber ich nicht, ich erfind nie Geschichten. Das ist die echte Wahrheit."

Meg nahm Kimble an die Hand und ging mit ihr über den Parkplatz. Die Leute legten jeden Monat ordentlich Geld hin, um hier zu wohnen, hielt Meg sich vor Augen. Sie wohnten gern hier. Das konnte sie nicht verstehen. Einen anderen Grund, als sich selbst auszulöschen, konnte es ihrer Ansicht nach nicht geben, wenn jemand freiwillig in einen dieser anonymen Wohnblöcke zog. Doch sie wusste, dass die Leute hier vermutlich mehr Mühe auf ihre Wohnungen verwendeten als sie auf ihr Loft – sie klebten Fliesen an die Wände, montierten Lampenaufhängungen aus Zinn, bauten HiFi-Regale zusammen. Meg zwang sich, einen Fuß vor den anderen zu setzen und Shirleys Wohnblock zu betreten. Neben dem Eingang saß ein Portier hinter einer Theke, auf der ein Korb mit getrockneten Herbstblumen stand. Im Korb prangte ein Blechschild, auf das eine „Ode an den Herbst" gestanzt war. Der Portier war so in seine Rennformulare vertieft, dass er nicht einmal aufschaute, als Meg und Kimble vorübergingen.

Das Treffen mit Shirley war zweimal bestätigt worden. Kaum hatte Meg geklopft, öffnete sich bereits die Tür. Shirley kam frisch vom Friseur; ihre Haare sahen aus wie ein steifer Helm.

„Pünktlich auf die Minute!“ sagte Shirley und zeigte, an Kimble gewandt, auf ihre Armbanduhr. „Wie geht es dir, Herzchen?“

„Gut. Hast du Gummibärchen-Kuchen?“

„Natürlich. Kommt rein. Ich nehm euch die Jacken ab. Meg, machen Sie es sich bequem. Mit einem kleinen Gummibärchen-Kuchen kann ich Sie wohl nicht verlocken?“

„Nein danke.“ Betroffen sah Meg sich um. Sie hatte nicht erwartet, dass Shirley in einem Ein-Zimmer-Apartment leben würde, und darauf gebaut, dass sie Kimble zum Fernsehen ins Schlafzimmer schicken könnten. Doch es gab nur diesen einen Raum mit einer kleinen Schlafnische. Das beherrschende Möbelstück war eine schwere Mahagonikommode, deren Türen offen waren. Auf den Regalen standen lauter gerahmte Aufnahmen von Herbstwäldern.

„Das sind die Blue Ridge Mountains“, erklärte Shirley, als sie sah, dass Meg die Fotos betrachtete. „Meine Freundin hat sie mir von ihrem Urlaub letztes Jahr geschickt. Ich versuche, auch hier in der Wohnung den Jahreszeiten zu folgen. Im Grunde meines Herzens bin ich ein Naturkind.“

„Hm-hm“, sagte Meg. „Shirley, ich glaube, Kimble würde gern fernsehen, während wir uns unterhalten. Haben Sie einen Fernseher?“

„Aber natürlich!“ ereiferte Shirley sich. „Glauben Sie, ich wäre keine richtige Amerikanerin? Püppchen, zeig Meg, wo der Fernseher ist.“

Kimble ging zu einem weiteren Mahagonischrank und drückte oben auf die Tür. Ihr Lächeln wirkte etwas gekünstelt, fand Meg, als die Tür aufschwang und einen Sony mit überdimensionalem Bildschirm freigab.

Meg hatte den Besuch genau auf die Zeit von Kimbles Lieblingssendung gelegt. Shirley schaltete den Fernseher ein und holte Gummibärchen-Kuchen für Kimble aus der Kitchenette. Als Kimble sich im Schneidersitz auf den Boden setzte, fiel ihr Asthmaspray aus der Tasche ihres Pullovers. Sie ließ es neben sich liegen und legte beschützend die Hand darauf. Shirley gesellte sich zu Meg. „Also, wir müssen reden“, sagte sie, als stammte der Vorschlag für dieses Treffen von ihr, als läge ihr die Sache so sehr am Herzen.

Die Couch war mit lilafarbenem Brokat bezogen; darauf lagen eine kleine bunte Wolldecke und mehrere Satinkissen. Meg schob die Kissen zur Seite, um etwas mehr Platz zu haben. Shirley setzte sich neben sie, legte die Füße auf den Couchtisch und breitete die Decke über ihre Beine. „Schlechte Durchblutung“, erklärte sie, denn es war sehr warm im Raum.

Auf dem Couchtisch lagen einige Ausgaben von *People*, ein Bildband über Glasbläserei und zwei eselsohrige Kinderbücher.

„Ich komme gleich zur Sache, Mrs. Marzola.“

„Du liebe Güte, Schätzchen, nennen Sie mich doch Shirley. Übrigens, wie alt sind Sie eigentlich?“

Meg errötete. Natürlich war sie schon längst über das Alter hinaus, in dem sie ältere Menschen förmlich anzusprechen brauchte. In gewisser Hinsicht war sie selbst bereits ein älterer Mensch.

„Shirley, wie Sie wissen, habe ich Barry nicht sehr lange gekannt, und es tut mir leid, dass ich Anita überhaupt nie kennengelernt habe. Doch ich bin Barry zu einer Zeit begegnet, als sein Leben eine entscheidende Wende nahm. Er hat mir viel erzählt, und ich glaube, dass alles, was er mir erzählt hat, direkt von Herzen kam.“ Meg senkte ihre Stimme beinahe zu einem Flüstern. „Schließlich lag er im Sterben. Er sagte ... er ließ durchblicken, dass Ihnen nicht ganz wohl ist bei dem Gedanken, Kimble großzuziehen. Stimmt das?“

Shirley sah zu Kimble hinüber, die mit der Nase am Fernseher klebte. „Herzchen, setz dich nicht so nah an den Bildschirm. Deine Augen sind kostbar.“ Es bereitete ihr offensichtlich Mühe, wieder zu Meg zu blicken. Sie neigte den Kopf zur Seite und schwieg. Ihre Miene war undurchdringlich.

In der Außentasche von Megs schwarzem Lederrucksack steckte das Kuvert vom St. Luke's Hospital, das Meg nach Barrys Tod zugeschickt worden war. Darin war die Serviette, auf die er seinen letzten Wunsch geschrieben hatte. „Hiermit verfüge ich ...", als besäße er als Todkranker die Macht, die ihm im Leben versagt geblieben war. Meg war froh, dass sie den Umschlag mitgebracht hatte, aber im Augenblick konnte sie sich nicht vorstellen, dass sie ihn Shirley zeigen würde. Das, was Barry als bindende Anweisung betrachtet haben wollte, war ja nicht mehr als ein letzter Herzenswunsch. Sie schlug die Beine übereinander. „Soweit ich mich erinnere, sagte Barry, Sie hätten sich als ‚zu alt und müde' bezeichnet, um noch mal ein kleines Mädchen großzuziehen. Zitiere ich Sie da richtig?"

„Wahrscheinlich zitieren Sie mich ganz richtig, aber ich würde nicht behaupten, dass das, was ich damals gesagt habe, heute noch zutrifft. Die Dinge ändern sich, nichts bleibt, wie es ist. Atmen heißt, sich zu verändern. Kimble ist die Tochter meiner Tochter. Mein Schwiegersohn war der letzte Dreck, wirklich, der allerletzte Dreck, aber sie ist die Tochter meiner Tochter. An was hatten Sie denn gedacht?"

Meg hatte sich auf Hässlichkeiten bei diesem Treffen gefasst gemacht. Bei einem Gespräch mit Honey hatte sie erfahren, dass Shirley eines Tages, als Anita acht war, einfach verschwunden war und sie nur mit dem Gefrierschrank voll Fertiggerichte zurückgelassen hatte. Vor dem Familiengericht war sie dem Richter so lange um den Bart gestrichen, bis sie ihre Tochter zurückbekommen hatte. Doch sie war immer wieder für ein paar Tage verschwunden, bis weit in Anitas Pubertät hinein. „Man braucht nicht Einstein zu sein, um sich das Leben im Kloster auszurechnen", hatte Honey gesagt. „Im Kloster wird niemand einfach verlassen. Die weltlichen Güter werden einem abgenommen", hatte sie gelacht, „aber man wird nie einfach verlassen."

Meg war bereit, Shirley mit diesem Wissen zu konfrontieren, ihr wenn nötig alles auf den Kopf zuzusagen. Doch trotz der vielen Szenarien, die sie sich für dieses Treffen ausgemalt hatte, war ihr nie in den Sinn gekommen, dass Shirley Marzola versuchen könnte, ihre Enkelin zu verschachern.

„Ich weiß nicht. Ich wollte mit Ihnen reden, um herauszufinden, ob Barry recht hatte – dass es Ihnen zuviel wäre, Kimble großzuziehen. Ich brauche Ihnen wohl nicht eigens zu sagen, dass ich sie in den letzten Wochen sehr ins Herz geschlossen habe. Aber rein rechtlich gesehen haben natürlich Sie die Vormundschaft."

„Dass Sie sie ins Herz geschlossen haben, sehe ich", antwortete Shirley. Sie deutete mit dem Kopf auf Kimble. „Unsere biologischen Uhren ticken komisch, nicht? Atmen heißt, sich zu verändern; eigentlich kann man nichts im Leben wirklich vorhersagen. Ich könnte mir eventuell vorstellen, das Sorgerecht abzugeben. Entschuldigen Sie, wenn ich das sage – aber Adoptionen sind heutzutage nicht gerade billig. Haben Sie sich erkundigt? Sie kosten ein Vermögen, aber warum auch nicht, wenn's man recht bedenkt ... Ein Menschenleben ist kostbar. Trotzdem, ich bin der Ansicht, dass jemand wie Sie nicht aufs Muttersein verzichten sollte." Shirley blickte Meg nicht an. Sie sah zum Fernseher hinüber, in dem ein Zeichentrickfilm mit einem Superhelden lief, der aufgebracht ewige Rache schwor. Sie sah über Kimbles Kopf hinweg. Die Haare der Kleinen waren statisch geladen von der Trockenheit in dem überheizten Zimmer. Flaumige blonde Haare standen ihr vom Kopf ab wie ein Heiligenschein. Shirley hielt den Blick darauf gerichtet.

Meg blickte Shirley ebenfalls nicht an. Sie nickte nur langsam und sagte dann: „Die Symptome sind vor einem Monat zum ersten Mal aufgetreten. Aber seit sie AZT bekommt, hat sie wieder normalen Appetit."

Shirleys Blick wanderte vom Fernseher zum Asthmaspray, zu dem merkwürdigen Heiligenschein, dann wieder zum Bildschirm.

Sie öffnete den Mund, als wollte sie etwas sagen, dann schloss sie ihn wieder. Aus dem Fernseher kam das Geräusch von Gewehrfeuer; in Wirklichkeit waren es Bohnen, die ein blauer Kojote aus einer Waffe abschoss. Kimble lachte lauthals.

Schließlich wandte Shirley sich Meg zu. „Barry Toffler war zweiunddreißig Jahre auf dieser Erde, und zweiunddreißig Jahre lang hat er nichts als Lügen verbreitet. Wissen Sie, was er Anita erzählt hat, als sie ihn kennenlernte? Dass er eine Baufirma mit zwanzig Angestellten hätte. Sie erfuhr, dass er im Gefängnis gewesen war, aber wissen Sie, was sie glaubte? Er hätte einen Mann angegriffen, der seine Frau auf offener Straße zusammenschlug! Er sagte Anita, der Mann wäre mit dem Kopf auf einen Feuerhydranten gefallen und zwei Tage später gestorben. Und die Frau hätte sich geweigert, beim Prozess für ihn auszusagen. Können Sie sich das vorstellen? Er hat nichts als Lügen erzählt, also warum nicht auch über Kimble?“ Shirley deutete auf das Kind. „Der Mann hat meine Familie zerstört. Es gibt Leute, die sind vom Tag ihrer Geburt an nichts als verderbt – verderbt durch und durch.“

Wie oft hatte Meg im Laufe ihrer Jahre bei REACH Menschen andere mit eben den Worten beschimpfen hören, die auf sie selbst zutrafen? Es war, als stünden sie unter einem Zwang, die verdammenden Worte auszusprechen – ohne sie jedoch an sich selbst zu richten.

Shirley lehnte den Kopf an die Rückenlehne der Couch und schaute zur Decke. „Na ja, es ist mir ja etwas peinlich, das zu sagen, in meinem Alter, aber ich habe einen Mann kennengelernt. Ach, Sie sind ihm übrigens begegnet – Mr. Zito von Fanelli's Bestattungsinstitut. Er ist Witwer, seine Kinder sind schon erwachsen, und, um ehrlich zu sein, mit Kindern hat er noch nie viel anfangen können.“

„Ahhh!“ schrie Kimble, die noch immer auf dem Boden saß. Eine lederbehandschuhte Faust füllte den ganzen Bildschirm aus, dann schossen bunte Blitze in alle vier Ecken.

„Vielleicht ist das genug Gewalt für einen Tag“, sagte Meg.

Kimble stand auf und kam zur Couch. Sie trug den karierten Pullover, den Meg ihr geschenkt hatte. Er würde ihr bald schon zu klein sein, ihr Bauch zeichnete sich bereits darunter ab. „Kann ich noch einen Gummibärchen-Kuchen haben, Grandma Shirl?“

„Ich glaube nicht“, wandte Meg ein. „Die vielen Süßigkeiten nehmen allmählich überhand.“

„Aber es ist doch gut, wenn sie isst“, widersprach Shirley. Sie verschwand kurz in der Kitchenette – gerade lange genug, dass Meg Kimble auf den Schoß nehmen, ihr den abstehenden Haarflaum glätten und die Hand auf den Kopf legen konnte, eine Sühne, die Meg sich stillschweigend gestattete. „Das hast du nicht gehört“, flüsterte sie. „Das hat kein Mensch auf der Welt gehört.“ Sobald Shirley mit einem Teller voll Gummibärchen-Kuchen erschien, entwand Kimble sich ihren Armen. Ihre Hand, ihr Kopf und Hals reckten sich nach dem Küchlein, dessen rosa Zuckerguss am höchsten aufragte.

9

Am folgenden Samstagvormittag rief Meg wieder bei Jeb an. „Vergiss es“, sagte er. „Fußball.“

Vierzehnjährige! dachte Meg. „Hm. Hör mal, kennst du vielleicht jemand anderen? Jemand aus deiner Klasse, der oder die sich das Taschengeld aufbessern möchte?“

„Nee. Und ich mein’s ja nicht bös, aber so interessant ist das nun auch wieder nicht. Also, dieser Roller-Queen-Kram geht einem nach ’ner Weile ganz schön auf ’n Senkel. Die ist ja besessen davon. Sie könnten’s mit Amanda Kroll probieren, dieser öden Tusse, mit der hab ich Sozialkunde.“

Das war zwar keine großartige Empfehlung, aber Meg hatte nicht die Zeit – oder auch nicht den richtigen Köder –, um einen qualifizierteren Babysitter zu finden. Es war zuviel von Jeb verlangt, Amandas Telefonnummer zu wissen, aber er sagte Meg, sie wohne irgendwo in der Nähe.

Drei Stunden später stand Amanda vor der Tür.

„Ich fahre die Park Avenue rauf zu meiner Mutter“, erklärte Meg. „Die Telefonnummer liegt ...“

„Was ist denn das?“ Amanda deutete auf eine von Megs Keramiken, eine Saucière in Gestalt einer liegenden nackten Frau – ein Porträt von Cami Porter, entstanden in der Woche, als sie ein Liebespaar wurden.

„Eine Saucière.“

„Ach, echt?“

Meg rief Kimble, die in ihrem Blümchenkleid erschien und dazu eine Strickjacke, Spitzensöckchen und Lacksandalen trug – alles aus dem Koffer, den Meg mit Honeys Hilfe Wochen zuvor gepackt hatte.

Amanda sah zweifelnd drein, als wäre Kimbles Kleidung ein Scherz. „Hast du dich für mich in Schale geworfen?“ fragte sie, und an Meg gewandt: „Zieht die sich immer so an?“

„Sie freut sich einfach, neue Leute kennenzulernen“, erklärte Meg. Sie zeigte Amanda den Zettel mit Charlottes Nummer, der neben dem Telefon lag, und ging.

„Es ist so schön, wieder in den eigenen vier Wänden zu sein“, sagte Charlotte, als sie schwungvoll die Tür öffnete. Meg war erstaunt – weniger wegen der Äußerung ihrer Mutter als vielmehr wegen ihrer eleganten neuen Donna-Karan-Kombination – eine schwarze Weste über einem wadenlangen Rock, der seitlich hoch geschlitzt war.

In Megs Kindheit und Jugend hatte Charlotte stets biedere Wollkostüme und Seidenblusen mit breiten Rüschenkragen getragen, Kaschmir-Twinsets und an Sommerabenden Kleider aus Rohseide mit passenden Jäckchen. Ihre komplizierte Frisur aus Garbenzöpfen war alle drei oder vier Tage von einem Hotelcoiffeur neu arrangiert worden, bei dem sie jahrelang Stammkundin war. Fachmännisch geflochten und hochgesteckt, hatte sie mit diesen Zöpfen wie ein exotisches Kind ausgesehen. Schon als kleines Mädchen war Meg aufgefallen, dass ihre Mutter irgendwie weniger erwachsen wirkte als andere Mütter. Allerdings gab die Frisur einen perfekten Rahmen für ihr herzförmiges Gesicht ab.

Jetzt war Charlottes silbern getöntes Haar streichholzkurz geschnitten, wie bei ihren Freundinnen, und sie kleidete sich wie diese in Armani und Donna Karan. Aber Ida Tree und die anderen sahen ledrig und zäh aus; sie hatten die hohen, eingefallenen Wangen und den spöttischen Mund der abgeklärten Damen von Welt, während Charlotte mit ihren dreiundsiebzig Jahren noch immer so erwartungsvoll wirkte wie ein junges Mädchen. (Meg gegenüber verfiel sie zwar oft in einen klagenden Tonfall, aber Meg wusste, dass sie das nur bei ihr tat. Einmal hatte sie im Guggenheim direkt hinter ihrer Mutter gestanden und sie einen romantischen Song aus einem Broadway-Musical trällern hören.)

Auch ihre Hände und Arme unterschieden sich von denen ihrer Freundinnen – Frauen, die ihren kostspieligen Modeschmuck über knochige Handgelenke auf Unterarme schoben, die glatt und alterslos waren – bis sie den Arm umdrehten, um auf die Armbanduhr zu schauen. Dann spannte sich diese Haut in ein zartes, ansprechendes Netz von Falten. Die Haut auf Charlottes Unterarmen hingegen war teigig. Ihre Handgelenke waren rundlich, und wenn sie verärgert war oder gereizt, bog sie sie oft durch, so dass sich tiefe Falten bildeten. In früheren Zeiten hätte ein Frauentyp wie ihre Mutter Hüte mit breiter Krempe und Kleider mit weiten Röcken getragen. Charlotte in enganliegender Gabardine war eine Frau, die ihr Gleichgewicht jeden Morgen neu ausloten musste.

„Die Reise war wunderbar, ich kann dir sagen", erzählte sie, noch bevor Meg wirklich eingetreten war. „Ich konnte es kaum erwarten, dir die Dias zu zeigen, deswegen habe ich sie beim Schnellservice entwickeln lassen. Wie geht es dir, mein Schatz? Es ist ziemlich kalt draußen, nicht? Ich habe einen Rémy da – möchtest du einen zum Aufwärmen?"

„Das wäre nett", sagte Meg, die selten trank.

„Ich genehmige mir auch einen, und dann fangen wir gleich an. Und hinterher reden wir. Du verzeihst mir doch diese kleine Unhöflichkeit, nicht wahr? Ich bin einfach so aufgeregt!"

Charlotte hatte das Magazin bereits geladen – zum Glück, dachte Meg, denn sie begriff, dass dieser Rémy für ihre Mutter nicht der erste war. Charlotte hatte sehr ungewöhnliche Trinkgewohnheiten. Soweit Meg wusste, trank Charlotte – außer bei ihren gemeinsamen Mittagessen – ausschließlich samstags- und sonntagsnachmittags, und während dieser „erlaubten" Zeiten trank sie häufig sehr viel. Diese Angewohnheit war in Megs Augen ein Spiel, das ihre Mutter mit sich selbst spielte – sie gab mit der einen und nahm mit der anderen Hand. Als sie vorhin die Tür geöffnet hatte, war ihr Gesicht gerötet gewesen. Jetzt brauchte sie sich nur auf die Couch zu legen, Cognac zu trinken und auf die Fernbedienung des Diaprojektors zu drücken.

„Ich habe alles aufgeschrieben, bin also gut vorbereitet“, flötete Charlotte. „Vielleicht sind sie ein bisschen durcheinander ... ach, *schau doch!*“ Auf der Leinwand tauchte ein seltsames Reptil auf, größer und kräftiger als eine Eidechse, über dessen Kopf und Nacken eine gezackte Mähne verlief.

„Du liebe Güte“, sagte Meg. „Das sieht ja aus wie der Nachfahre eines Dinosauriers!“

„Ja, nicht? Das ist eine Meerechse. Ich finde, sie sieht aus wie ein Bilderbuchdrache. Sind die Farben nicht phänomenal? Das ist das wirklich Erstaunliche an der Tierwelt dort unten – die Farben. Im Vergleich dazu wirken unsere Tiere alle blass.“

Charlotte hatte die Dias nicht nach Inseln, sondern nach Tierarten geordnet. Sie sahen eine Reihe Meer- und Landechsen und Schildkröten. Auf einem Dia beugten sich Ida und Juliet über eine Riesenschildkröte. Ida hielt ihre Kamera auf den Panzer der Schildkröte gerichtet, Juliet untersuchte das Muster der dicken Schuppen auf den Vorderbeinen. Ihre Wildledersandalette stand direkt neben dem schlammigen Fuß der Schildkröte.

„Das sieht ja witzig aus.“ Meg trank einen kleinen Schluck Cognac.

Charlotte sagte nichts; sie drückte auf die Fernbedienung, ohne dass etwas passierte. „Was ist denn da los?“ fragte sie herrisch.

Während ihre Mutter sich erhob, um das Magazin zu überprüfen, dachte Meg an das, was sie sich für diesen Nachmittag vorgenommen hatte. Ihr Herzschlag beschleunigte sich. Der Cognac und die exotischen Aufnahmen lenkten sie ab. Sie konnte sich nicht mehr entsinnen, mit welchen Worten sie ihre Mutter hatte fragen wollen. Sie hatte mit Libby am Telefon jedes Wort einstudiert. Diese Worte hatten sich zu einer eleganten Bitte gefügt, aber es war dennoch eine Bitte. Ein bisschen anders formuliert konnte es leicht wie Nötigung wirken.

„So, jetzt geht's weiter. Vögel! Diese Vögel, Meg ... sie sind einfach unbeschreiblich. Das ist ein Wellenalbatross. Ida und ich haben gesehen, wie er einen anderen Albatross verführen wollte. Er hat sich im Kreis gedreht und mit den Flügeln geschlagen."

„Wie interessant", sagte Meg. Nur Geduld, gebot sie sich. Zeig dich interessiert, wie sie es von dir erwartet. Lass dich nicht ablenken. Bleib auf Kurs.

„Jetzt sind wir auf der Insel Hood, im südöstlichen Teil des Archipels. Das ist der berühmte Blaufußtölpel. Der hier ist direkt auf Juliet zugegangen. Viele von den Tieren und Vögeln haben sich regelrecht zu ihr hingezogen gefühlt. Offenbar hat sie ein Händchen für wilde Tiere."

„Wahrscheinlich eher als für domestizierte."

„Sehr komisch, Meg. Die Reise war genau das richtige für sie. Sie hat dadurch eine neue Perspektive gewonnen."

Meg nickte. „Entschuldige", sagte sie. „Das war nicht nett von mir." Ihre Nervosität ließ nicht nach. Was sollte sie denn bloß sagen? Vielleicht: „Übrigens, wann willst du eigentlich den Putnam-Fonds flüssigmachen?" Diese Frau war ihre Mutter. Vielleicht warf sie einen Teil ihres Geldes Donna Karan in den Rachen, aber ein Teil war auch ihre Alterssicherung. Meg konnte nur hoffen, dass ihre Mutter lediglich auf ein paar Designerkleider verzichten musste, um sie Kimbles wegen zu unterstützen. Doch selbst wenn – woher wusste Meg, was diese Kleider, die Charlotte gegen den ihr ureigenen Stil eingetauscht hatte, ihr wirklich bedeuteten?

„Soll ich dir jetzt noch das Charles-Darwin-Forschungszentrum zeigen, oder heben wir uns das fürs nächste Mal auf?" Ihre Mutter sprach jedes Wort überdeutlich aus, was bedeutete, dass sie betrunken war.

Als Meg nicht sofort antwortete, ließ Charlotte die Dias in rascher Folge durchlaufen.

„Halt!" rief Meg, aber da war Charlotte bereits bei dem Luxusliner angekommen, der sie nach Quito zurückgebracht hatte.

Schließlich hielt sie bei einem Dia inne, das Ida und Juliet im Speisesaal zeigte, wie sie einen extravaganten Aufbau tropischer Früchte anlächelten. War dieses Foto gestellt? fragte Meg sich. Mutter und Tochter, bei deren identischem Ausdruck ihr ein kalter Schauer über den Rücken lief. Wie sollte sie darauf reagieren?

„Du findest die Aufnahme vermutlich dumm", räumte Charlotte ein.

„Gar nicht", log Meg.

Charlotte klickte nicht zum nächsten Bild weiter, sondern nannte den Namen einer jeden Frucht in der Pyramide. Sie beschrieb ihre Farbe und Konsistenz und verglich den Geschmack mit dem anderer Früchte. Das nahm längere Zeit in Anspruch, und währenddessen musste Meg ständig die nichtssagenden, strahlenden Gesichter Idas und Juliets betrachten, die in ihresgleichen und ineinander verliebt waren.

„Das Schiff sieht sehr schön aus", sagte sie. Sie schenkte sich etwas Rémy nach, auch wenn er ihr im Hals brannte.

„Ja, es war ganz schön, aber kein Vergleich zu dem Luxusliner, auf dem dein Vater und ich damals zu den Virgin Islands gefahren sind." Klick. Jetzt war die Kabine ihrer Mutter zu sehen, die Kommode passgenau zwischen zwei Einbauschränke gefügt. „Der übertraf alles. Solche Schiffe werden heute gar nicht mehr gebaut. Marmorsäulen im Speisesaal, Mahagonivertäfelung in den Kabinen."

Die Reise zu den Virgin Islands – Meg war damals acht gewesen – war der einzige Urlaub, den ihre Eltern gemeinsam verbracht hatten. Als Erklärung hatte es immer geheißen, dass Steven mit seiner Arbeit verheiratet sei. Charlotte hatte ihn den Begründer eines Reiches genannt, was ihr offensichtlich große Genugtuung bereitete. Auch Meg war stolz auf ihn gewesen. Steven stellte Fakturiermaschinen her, die in die ganze Welt exportiert wurden. Meg war der Zusammenhang zwischen den lauten Druckmaschinen ihres Vaters und dem Ruhm des Römischen Reiches zwar stets verborgen geblieben, doch das hatte sie auf ihr mangelndes Wissen von der Welt geschoben.

„Wo seid ihr damals eigentlich genau gewesen?“ fragte Meg.

„Ach, du weißt schon, die ganzen Saint-Sowieso-Inseln. Nichts Großartiges. Kein Vergleich zu dieser Reise.“

„Wie hast du ihn überhaupt dazu gebracht, diese Reise mit dir zu machen? Sonst seid ihr doch nie zusammen weggefahren.“

„Das war der Unterschied zwischen mir und meinen Freundinnen“, sagte Charlotte. „Die sind mit ihren Ehemännern verreist und ich mit dir. Nicht dass mir das keinen Spaß gemacht hätte – du hast immer köstlichen Unfug angestellt. Weißt du noch, damals in Portugal, als du dich im Hotelzimmer eingesperrt hast?“

Meg erinnerte sich zwar an die Reise, nicht aber an diesen Zwischenfall, den Charlotte immer wieder anführte. Alles, was sie noch wusste, war, dass sie von den Meeresfrüchten Durchfall bekommen hatte und dass ihre Mutter sich über den Preis von Leinen auf Madeira beschwerte, das teurer war als bei Lord & Taylor.

„Na ja, wenn Daddy mit dir verreist wäre, wäre ich nicht so viel herumgekommen – ich will mich gar nicht beschweren“, meinte Meg. „Aber wie hast du ihn denn nun dazu gebracht, das eine Mal mit dir in den Urlaub zu fahren?“

„Ach ...“, sagte Charlotte. Ihre Stimme erstarb.

Meg wartete.

„Es war kein sonderlich gelungener Urlaub“, gestand ihre Mutter.

„Und warum nicht?“

„Meg, du gehst zur Therapie, oder?“

Meg hatte Libby nie mit einem einzigen Wort erwähnt. „Ja, und?“ entgegnete sie vorwurfsvoll, eine trotzige Herausforderung, die Antwort eines Kindes. Sie schämte sich sofort dafür.

„Das habe ich mir gedacht. Ich möchte darüber kein Urteil fällen. Ich bin mir sicher, dass dein Leben seine eigenen Probleme mit sich bringt. Aber nur weil du eine Therapie machst, heißt das noch lange nicht, dass jeder in deiner Umgebung seine tiefsten Tiefen ergründen muss."

„Du lieber Himmel, Mom! Ich will doch gar nicht, dass du irgend etwas ergründest." Das Dia der Schiffskabine prangte noch immer an der Wand. Meg schaute verärgert auf die sorgsam aufgereihte Lancôme-Kosmetik, die dort genauso angeordnet war wie auf der Frisierkommode ihrer Mutter hier zu Hause.

Auch Charlotte schaute unverwandt auf das Dia. „Dein Vater hat die Reise mit mir unternommen, weil er angeblich von einer Frau loskommen wollte. Er wollte sie nicht heiraten; er wollte mit mir verheiratet bleiben, aber er wollte sich nicht von ihr trennen. Das ist nichts Neues. Du hast die Geschichte vielleicht von mir noch nicht gehört, aber keine meiner Freundinnen hat nicht etwas ähnliches erlebt."

Meg schlug die Beine übereinander und lehnte sich auf dem harten Zweisitzer zurück. Sie wollte nicht den Eindruck erwecken, als würde sie Charlotte in irgendwelche Tiefen locken. „Etwas ähnliches bestimmt, aber sicher gab es auch Unterschiede", sagte sie in neutralem Ton.

„Ja, es gab ein paar Unterschiede." Charlottes Mund trug nur noch Spuren ihres Lippenstifts. Ihre Lippen waren blass und faltig, die Mundwinkel leicht herabgezogen. Einen Augenblick wünschte Meg sich, ihre Mutter würde in das kleine Bad neben der Wohnungstür gehen und in erneuerter Aufmachung zurückkommen, die Falten geglättet, die Farben strahlend, eine junge Heldin aus einem Film der dreißiger Jahre, eine kokette Frau, die ihren Mann zu Hause zu halten verstand.

„Redet ihr, du und deine Freundinnen, über solche Sachen? Tauscht ihr eure Erfahrungen aus?"

„Schätzchen", fuhr Charlotte auf, „vielleicht sitzt du mit deinen Freundinnen zusammen, mit denen von REACH oder so, und diskutierst und analysierst mit ihnen. Schön, wenn dir das wichtig ist, warum nicht; aber meinen Freundinnen würde es keine Befriedigung bereiten, wenn ich mich in einer derartigen *Sitzung* vor ihnen erniedrigte."

„Aber ich rede doch nicht von Erniedrigung! Darum geht es doch überhaupt nicht."

„Meg, können wir dieses Thema bitte beenden?"

„Du warst es doch, die von den Virgin Islands angefangen hat." Meg fand ihren beleidigten Ton selbst erbärmlich.

„Ich habe dich eingeladen, um dir meine Dias zu zeigen – ich wollte, dass wir sie uns gemeinsam ansehen. Ich dachte, sie würden dich interessieren ... Du interessierst dich doch für fremde Länder. Warum müssen unsere Begegnungen immer so emotionsgeladen verlaufen?"

„Hast du das Gefühl, dass ich emotionsgeladen bin?" fragte Meg und hob die offenen Hände, als wollte sie damit ihre Ruhe und Gelassenheit demonstrieren.

„Ich kann dir sagen, was an meiner Geschichte anders war, wenn es dich denn glücklich macht. Der Unterschied bestand darin, dass dein Vater zwar einwilligte, mit mir auf die Virgin Islands zu fahren, aber der Frau den Flug nach St. Croix bezahlte und dass sie schon im Hotel auf ihn wartete, als wir dort eintrafen. Sie wusste nicht, dass ich mitkommen würde, und ich wusste nicht, dass sie dort sein würde."

Geistesabwesend drückte Charlotte auf die Fernbedienung, und das nächste Dia erschien; es zeigte den Souvenirladen des Kreuzfahrtschiffes.

„Verdammter Misogynist", sagte Meg.

„Langsam, langsam", beschwichtigte ihre Mutter.

„Und was ist dann passiert?"

Charlotte sog eine Wange ein und blickte zur Decke. „Wir sind beide geblieben und haben beide jahrelang voneinander gehört. Steven beschloss, mich ins Vertrauen zu ziehen. Was sie hatte, das mir fehlte. Er ging davon aus, dass solche Offenbarungen seine Beziehung zu mir nicht belasten würden. Ich kann mir nicht vorstellen, was er ihr von mir erzählt hat, aber es war gewiss keine Auflistung all meiner Vorzüge. Dein Vater hat immer wieder betont, dass ich versorgt wäre, wenn er nicht mehr sein sollte, sie hingegen nicht. Damit wollte er sich wohl ein besseres Gewissen erkaufen. Sie ist vor ungefähr fünf Jahren gestorben, unter wenig glücklichen Umständen, wie ich gehört habe. Die Unterschiede zwischen deiner und meiner Zeit sind doch beträchtlich, nicht wahr?"

Meg konnte nicht den Blick von ihrer Mutter wenden, ihrem müden Gesicht über der enganliegenden schwarzen Weste. Was sollte sie tun oder sagen? Charlotte war ihr Leben lang an der Oberfläche verharrt. Meg hatte sich oftmals bei Libby beschwert, dass sie überhaupt nichts vom Leben ihrer Mutter wusste, dass es unnatürlich war, wie wenig sie wusste; und jetzt, innerhalb von fünf Minuten, hatte sie plötzlich etwas außerordentlich Bedeutsames erfahren. „Das ist ja ganz schön heftig", sagte sie, und zu ihrem Entsetzen war ihre Stimme ein Singsang, stieg sie entschlossen in die Höhe, genau wie Charlottes Stimme sich meist über die bloßen Tatsachen erhob.

„Ja, aber du wärst überrascht, wie häufig so etwas vorkommt. Oder etwas ähnliches. Idas Mann weigerte sich, ihre Schecks, die sie auf das gemeinsame Konto ausstellte, einzulösen. Er gab ihr eine feste Summe Haushalts- und Taschengeld und ließ sie jeden Monat darum betteln. Du kannst froh sein, dass du in einer anderen Zeit lebst, und vielleicht solltest du froh sein, dass ..." Charlotte ließ den Kopf sinken, und in diesem Augenblick wurde Meg bewusst, dass ihre Mutter nur sehr selten den Kopf senkte. „Möchtest du noch einen Rémy?"

„Nein, danke. Ich muss jetzt wirklich gehen. Ich habe Kimble mit einer Babysitterin allein gelassen."

„Kimble! Und ich rede und rede, während dir die Sache mit der Kleinen unter den Nägeln brennt!" Charlotte setzte sich auf.

Wenn sie Zeit hätte, sagte Meg sich, würde sie über Nacht bleiben – was sie nie zuvor getan hatte –, und dann würden sie beide so lange reden, bis Charlottes Wangen wieder Farbe bekämen und sie anfinge, romantische Musicalsongs zu summen. Doch Meg hatte keine Zeit. Sie erhob sich vom Sofa in genau dem Moment, als das nächste Dia auf der Leinwand aufblitzte. Es zeigte eine Reihe Blaufußtölpel im Souvenirladen des Kreuzfahrtschiffes; dem Schild nach zu urteilen enthielten sie Badezusätze. Die Plastikvögel lächelten etwas dümmlich, doch von ihren fernen lebenden Verwandten wurde ebenfalls erwartet, dass sie reinigende Kraft hatten – dass sie ganzen Schiffsladungen von seelisch angeschlagenen Amerikanerinnen zu neuer Lebensenergie verhalfen.

„Davon habe ich Kimble einen mitgebracht", fiel Charlotte ein. „Warte, ich hole ihn."

Sie blieb eine ganze Weile fort. Meg dachte an ihren Vater und die andere Frau in St. Croix. Mit welchen Worten konnte sie sich von ihrer Mutter verabschieden? Mit welchen bedeutungsvollen Worten, die vielleicht Trost bargen? Würden sie beim nächsten Mal wieder darüber reden? Oder würden sie die Sache nie mehr erwähnen? Und wer würde das entscheiden – Meg oder Charlotte?

„Hier ist er!" sagte Charlotte. Ihr Gesicht war frisch geschminkt. „Ich habe dir auch etwas mitgebracht, aber es ist irgendwo unter all meinen Sachen vergraben."

„Dann gib's mir beim nächsten Mal", meinte Meg und nahm den Blaufußtölpel entgegen. Während sie ihre Mutter umarmte, heftete sie ihren Blick auf den Souvenirladen mit dem Badeschaum, den Plüsch-Albatrossen und den vielen Postkarten, auf denen das türkisfarbene Wasser der Galapagos-Inseln prangte.

Es flirrte schwarz vor Megs Augen, als sie hastig das Loft durchquerte. Der Fernsehbildschirm, der Sessel mit dem Lederpolster und den Kelim-Kissen, die Gefäße auf dem Trockenregal, der Shaker-Schrank mit den Glastüren – alles war mit schwarzen

Klecksen verschmiert. Es war zwar nur Temperafarbe, aber das matte, dick aufgetragene Schwarz erschütterte Meg in den Grundfesten – wo immer es war, gab es kein Licht, wurde kein Licht reflektiert.

„Amanda!“ rief Meg. „Amanda, wo zum Teufel steckst du?“

Keine Antwort.

Meg blieb mitten im Loft stehen und lauschte. „Amanda! Kimmy! Jetzt *sagt* doch was!“

Aus dem hinteren Teil des Lofts war ein leises, schabendes Geräusch zu vernehmen. Meg folgte ihm. Da lag Kimble auf dem Futon, das Gesicht nach oben gewandt. Die zu ihren Füßen fortgestrampelte Decke war mit schwarzer Farbe beschmiert. Kimble starrte vor sich hin. In der Hand hielt sie einen Pinsel, mit dem sie rhythmisch über den Boden fuhr. Daneben lag noch ein größerer Pinsel, an dessen Borsten die schwarze Farbe bereits getrocknet war. Kimbles Atem ging mühsam, aber sie rang nicht nach Luft. Meg holte ein Asthmaspray aus ihrem Rucksack und hielt es Kimble an die Lippen. Bereitwillig öffnete sie den Mund, wie ein Baby an der Brust. Meg empfand so große Erleichterung, dass sie sich einen Augenblick wie berauscht fühlte. Kimble inhalierte einmal, dann schaute sie Meg schweigend an.

„Was ist passiert? Wo ist Amanda?“

„Nicht da.“

„Ich weiß, dass sie nicht hier ist, Kimble. Aber wo ist sie?“

„Nach Hause gegangen.“ Kimble hob die Hand und fuhr sich mit dem Pinsel über die Wangen.

Meg packte sie am Handgelenk. „Hör mir mal gut zu. Ich weiß nicht, was mit Amanda los ist, aber es war sehr böse von ihr, einfach zu gehen. Verstehst du das? Babysitter lassen Kinder nicht allein, unter keinen Umständen.“

„Au!“ schrie Kimble. „Du tust mir weh!“

Meg ließ sie los. Kimble drehte sich auf den Bauch und stieß mit den Füßen nach der Decke. Sie trug noch ihr geblümtes Kleid und die Strickjacke. Sie wollte schreien, aber ihre Stimme versagte.

„Wer hat hier alles angemalt?"

„Manda."

„Kimble ... ist das die echte Wahrheit?"

„Ja."

„Warum sollte Amanda das tun? Warum hat sie alles schwarz angemalt?"

„Vielleicht hasst sie alles."

„Vergiss Amanda. Hasst du alles?"

„Nicht Roller Queen. Ich hab ... Ich meine, Manda hat Roller Queen nicht angemalt."

„Hier sieht es wirklich sehr wüst aus, Kimble. Es wird Tage dauern, die ganze Farbe wegzukriegen. Und meine Gefäße sind vielleicht völlig ruiniert."

„Ich hasse deine Gefäße."

„Was hasst du nicht?"

„Hab ich dir doch gesagt – Roller Queen."

„Ah ja. Roller Queen. Darf ich mich zu dir legen?"

„Mir egal." Tränen glitzerten in Kimbles Augen. Zwischen den schwarzen Farbschmierern waren ihre Wangen marmoriert, als würde das Blut in ihren feinen Adern funkeln und ihre Haut nie ebenmäßig färben.

„Aber den Kimble-Topf hast du nicht angemalt." Meg nahm ihren Rucksack ab und legte sich auf den Futon. Kimble rührte sich nicht, drehte auch nicht das Gesicht fort. Ihr Atem ging jetzt sehr flach.

„Ich heb ihn auf. Für Daddy."

Meg lag nur da und lauschte auf Kimbles Atem und ihren eigenen, ein und aus im wechselseitigen Rhythmus. „Dein Daddy kommt nicht wieder zurück", sagte sie schließlich. „Ich weiß, dass du das weißt. Glaubst du, du kannst versuchen, keine Angst zu haben?" Unbewusst senkte sie bei diesen Worten die Stimme und gab ihnen dadurch noch mehr Gewicht.

„Ich hab keine Angst!" widersprach Kimble. Ihre Rippen hoben und senkten sich an Megs Oberkörper. „Ich hasse alle. Alle haben Aids, und alle hassen sich, und dann sterben sie alle."

„Was hat Amanda dir erzählt?"

„Sie hat gesagt, sie weiß, dass Daddy gestorben ist. Sie hat gesagt, das tät ihr leid."

„Ist das schlimm?"

„Das geht sie nichts an!"

„Da hast du wohl recht. Aber ich glaube nicht, dass sie etwas Schlimmes gesagt hat, Kimmy. Sie hat etwas Schlimmes *getan*, etwas ganz Schlimmes, weil sie dich einfach allein gelassen hat, aber was sie gesagt hat, das war nichts Schlimmes."

„Wann wird Daddy eine Blume?"

Meg lauschte dem leise streichenden Geräusch, mit dem der Pinsel über den Holzboden fuhr.

„Hat Amanda das gesagt? Dass dein Daddy eine Blume wird?" Meg bemühte sich, mit ruhiger, gefasster Stimme zu sprechen, obwohl sie wieder einmal erschrocken war – wie vielen unterschiedlichen Gedankenwelten ein Kind begegnete! Amandas Äußerung klang in Megs Ohren verdächtig fundamentalistisch.

„Ja. Dann kommt er in den Kimble-Topf. Wenn er eine Blume ist."

Meg umfasste Kimbles freie Hand. Sie war winzig und beinahe leblos, ohne jede Kraft. Ihre Nägel waren so rosig wie die Fingerspitzen. Innen auf der Handfläche blätterte Temperafarbe ab. So sehr Meg auch versuchte, sich auf diesen Augenblick zu konzentrieren, auf Kimble und das, was sie getan hatte – beim Anblick dieser kleinen farbverschmierten Hand kam ihr in den Sinn, wie lange es her war, dass sie sich so eingehend mit der Hand einer Geliebten beschäftigt hatte, einer zupackenden Hand, die Dinge kannte, einer erwachsenen Hand, der ihr Wissen von der Welt anzusehen war. Menschen, die an Aids starben und zu Blumen wurden. Über diese Vorstellung würde sie sich gern mit einer Erwachsenen unterhalten, die den Gedanken in den Bereich heuchlerischer Frömmigkeit verwies; mit jemandem, der ein gewisses Verständnis von der Welt hatte.

„Kimmy, hör mir mal zu. Du weißt doch, dass Kevin, den du von der Spielgruppe kennst, schon lange bei seiner Tante Gwyn lebt?"

„Ja, weil er kein Aids hat, aber seine Mom schon. Aber seine Tante Gwyn nicht."

„Genau." Kevins Mutter war durch eine CMV-Infektion erblindet und würde vermutlich innerhalb eines Monats sterben. Seine Tante bemühte sich bereits um seine Adoption. „Genau. Und du lebst bei mir, ungefähr so, wie Kevin bei seiner Tante Gwyn lebt."

„Aber du bist nicht meine Tante."

„Das stimmt, die bin ich nicht, weil wir nicht blutsverwandt sind."

Kimble schaute zu Meg. „Das ist gut, weil sonst könntest du Aids kriegen."

Bislang war Meg nie der Gedanke gekommen, dass eine Viereinhalbjährige konkrete Vorstellungen von ihrer Rolle in der Welt haben könnte. Kimble ging davon aus, dass sie eine Gefahr darstellte. In ihren Augen konnten Menschen von Glück reden, nicht mit ihr verwandt zu sein. Kimbles Denken nach musste Meg vor ihr beschützt werden. Durch diese Umkehrung der Rollen, wurde Meg klar, würde ihre Beziehung in den kommenden Jahren gelegentlich unerträglich werden. Libbys Überzeugung zum Trotz, dass Meg Kimbles Herkunft als Beweis für ihre getrennten Persönlichkeiten erachtete, hatten sie beide das Kräftemessen stillschweigend bereits begonnen – wer von ihnen würde die Widerstandsfähige sein, wer die Schwache?

Meg glättete Kimble die Haare. An ihrem Haaransatz klebten kleine Farbklumpen. „Du weißt, dass ich kein Aids bekommen werde. Ganz bestimmt nicht. Aber jetzt hör mir zu. Bald wird

Kevin richtig bei seiner Tante Gwyn wohnen, und dann wird sie sich die ganze Zeit um ihn kümmern."

„Weil seine Mom an Aids stirbt?" fragte Kimble. Sie löste ihre Hand aus Megs Griff und pellte die Farbe von der Innenfläche.

„Ja, so ist es. Aber Kevins Tante Gwyn ist eine wunderbare Frau, und ich glaube, dass Kevin gerne bei ihr leben wird."

Meg schwieg eine Weile und hoffte, dass Kimble eine Parallele zu ihrem eigenen Leben zog. Sie hätte es genausogut direkt sagen können: Verlassene Kinder können ein Zuhause bei wunderbaren Frauen finden, die nicht ihre Mütter sind. Kimble sagte nichts; sie rieb nur die Handflächen aneinander, so dass Flocken schwarzer Farbe auf das Laken rieselten. Dann setzte sie sich auf und fragte: „Kann Kevin morgen kommen?"

Meg kitzelte sie. „Du kannst ihn doch gar nicht leiden. Du hast mal gesagt, er wäre ein Pavian, weißt du noch?"

„Nein!" rief Kimble ausgelassen.

Meg legte ihr den Finger auf die Lippen. „Jetzt habe ich eine ernste Frage an dich", sagte sie. „Hast du jemals einen Blaufußtölpel voll mit Schaumbad gesehen?" Sie stand auf und holte das Geschenk aus ihrem Rucksack.

„Was ist das?" wisperte Kimble.

„Das kommt von ganz, ganz weit weg, von den Galapagos-Inseln, das sind verzauberte Inseln im Pazifik. Hier, riech mal." Meg schraubte den Verschluss ab und hielt Kimble den rosa Badeschaum hin. „Damit geht's jetzt ab in die Wanne, und dann rufe ich Amandas Eltern an und sage am Telefon ganz viele Flüche. Wenn du willst, darfst du zuhören. Aber eins musst du wissen – wenn du noch einmal die Farbe aufmachst und sie auf irgend etwas anderes als Papier ..."

Doch Kimble war schon aufgesprungen und lief zum Bad. Unterwegs streifte sie die Strickjacke ab, dann das Blümchenkleid und schließlich die Samtschleife, alles dick mit schwarzer Farbe verschmiert.

Zwischen den Räumen von REACH und denen des Jugendamtes lagen Welten. In Megs Augen war dieser Unterschied ein anschauliches Beispiel dafür, was passierte, wenn eine Hilfseinrichtung für Krisensituationen im Laufe der Zeit zu einer festen Institution wurde. REACH war eine Privatinitiative und noch sehr neu. Großzügige Philantropen hatten Hunderttausende von Dollar gestiftet und spendeten auch weiterhin. Die wohlhabendsten Mitglieder der Schwulenszene hatte alle paar Monate großzügige Schecks ausgestellt; diejenigen, die noch lebten, taten dies auch weiterhin. Luxusgegenstände waren gestiftet worden: Eine führende Design-Firma hatte Wandleuchter gespendet, Ventilatoren aus Milchglas in unterschiedlichen Farbtönen je nach Stockwerk, insgesamt einhundertfünfzig Stück. Die Wände waren in farblich abgestimmten Grau- und Pflaumentönen gehalten. Der Herausgeber einer Architektur-Zeitschrift, der vor zwei Jahren gestorben war, hatte sieben Konferenzräume mit weichen Ledersofas ausgestattet. In der Weihnachtszeit wurden einige Türrahmen mit immergrünen Zweigen geschmückt und mit weißen – stets weißen – Lichterketten. Geld war hereingeströmt und strömte immer noch herein. Eine Hilfseinrichtung für Krisensituationen, die aufs Edelste ausgestattet war. Und warum auch nicht, hatten viele gesagt. Einige fanden es unpassend. Sie sprachen von anderen Einrichtungen, etwa dem Sozialamt oder dem Jugendamt. Diese Institutionen, aus der Not heraus geboren, hatten nie viel Geld gehabt. Die Menschen betrachteten sie als notwendiges Übel, niemand verließ sie mit einem beschwingten Gefühl. Mit Geld kann man wirklich etwas bewirken, hatte das Management von REACH gesagt. (Und wenn nicht, hatte eine ehrenamtliche Mitarbeiterin ergänzt, dann ist zumindest die Mittagspause angenehm.) Meg merkte nur, dass sie an dem Tag, als sie von REACH direkt zum Jugendamt ging – zwei Tage nach Kimbles Farbattacke –, innerlich so viele Abstriche machen musste, dass sie kaum an sich halten konnte, nicht auf der Stelle kehrtzumachen und nach Hause zu gehen.

Bei REACH hatte Meg Kimble zur Spielgruppe gebracht und war dann zu ihrem Elf-Uhr-Termin mit Tina nach oben gegangen. Tina, die unweigerlich rote Wangen und platinblond gefärbtes Haar hatte, nahm all ihre langjährigen Ehrenamtlichen zur Begrüßung in den Arm. Sie war die ideale Frau für ihren Job. Ihren langen Arbeitstag bewältigte sie mit Hilfe von Adrenalinstößen. Bei jeder Krise sprang sie ein, rang die Hände und tätigte fürsorgliche Anrufe bei Klienten, deren Fälle in der Schwebe hingen. Ihr Einsatzeifer war rein missionarischer Art. Wie es hieß, war sie eine gläubige Katholikin gewesen, die sich nunmehr zum Atheismus bekannte; sich um andere zu kümmern war ihre zweite Natur. Sie lebte sehr bescheiden in einer dunklen Wohnung an der Upper West Side, betonte aber immer wieder, ihr privilegiertes Leben verlange von ihr, sich unermüdlich für weniger Begünstigte einzusetzen, ohne aber dasselbe von Menschen zu fordern, mit denen das Leben es noch viel besser gemeint hatte.

Über ihre sexuelle Neigung schwieg Tina sich aus. Im Laufe der Jahre hatte sie andeutungsweise von Frauen gesprochen, hatte Männer erwähnt, und im tiefsten Winter machte sie Witze über Ding-Dong, ihren Riesenschnauzer. Sie war eine Frau, die immer alterslos sein würde; die Schätzungen schwankten zwischen dreißig und fünfzig. Mit ihrem unermüdlichen Eifer hatte sie einige neue Ehrenamtliche abgeschreckt, viele der „Altgedienten" aber aufgebaut. Allerdings konnte auch Tinas Munterkeit ihre Unfähigkeit, sich wirklich auf Menschen einzulassen, ihre hochtrabenden Ideale abzulegen und sich auf ihre eigenen Bedürfnisse zu konzentrieren, nicht verbergen. Meg hatte im Laufe der Jahre oft mit Tina gesprochen, aber unter der überschäumenden Herzlichkeit stets auch einen Hauch Verachtung wahrgenommen.

„Setz dich, Schätzchen", sagte Tina mit dröhnender Stimme, sobald Meg ihre kleine Arbeitsnische betrat. „Wir haben uns ja ewig nicht mehr gesprochen – wie lang ist es her? Es müssen Wochen sein ... Ich will dich ja nicht unter Druck setzen, indem ich dir erzähle, dass achtzig Klienten auf unserer Warteliste stehen und du eine unserer erfahrensten Mitarbeiterinnen bist. Nicht im mindesten", sprudelte sie hervor. „Ab und zu verdienst du ein bisschen Urlaub, klar, so lange du willst. Mein Job ist es, meine Buddys zu hätscheln und zu hegen, meine Schulter dient einzig dazu, dass ihr euch an ihr ausweint, aber *bitte*", sie lachte, „sag mir, dass du bereit bist, ab gestern einen neuen Klienten zu übernehmen. Hier ..." – sie schob eine Schachtel Konfekt zu Meg hinüber – „bedien dich. Die stammen von der dankbaren Mutter einer Klientin, also können wir sie selbst nicht für den Inhalt verantwortlich machen. Wie geht's dir denn, Schätzchen?"

Meg lächelte matt. All ihre Gedanken kreisten um die Lüge, die sie Tina vor einigen Wochen erzählt hatte. Mit der Unwahrheit hatte sie immer schon Schwierigkeiten gehabt. Sie war sechs gewesen, gerade eineinhalb Jahre älter als Kimble, als sie zum ersten Mal gelogen hatte. Im Westchester Club, wo sie an vielen Aktivitäten teilnahm, war Fotoprojekttag gewesen. Steven hatte ihr seine Nikon geborgt, was Meg als Beweis für sein wachsendes Vertrauen in ihre Reife gesehen hatte. Er hatte ihr gezeigt, wie der automatische Belichtungsmesser funktionierte und wie man den Auslöser betätigte. Dann hatte er gesagt: „Ich vertraue dir eine Kamera der Luxusklasse an." Dabei hatte er ein sehr feierliches Gesicht aufgesetzt, ebenso wie Charlotte. Als Meg und ihre Mutter an der Straßenecke standen und auf den Bus warteten, der Meg zum Club nach Westchester bringen würde, hatte Charlotte ihr eingeschärft, die Kappe des Objektivs erst abzunehmen, unmittelbar bevor sie eine Aufnahme machte; sie dürfe den Auslöser um keinen Preis drücken, bevor sie im Club ankam. Im Bus hatte Meg die Kamera aus der steifen Lederhülle genommen und ihre körnige Oberfläche untersucht, die Chromknöpfe und die vielen bunten Zahlen auf dem Ring am Objektiv. Je mehr unbekannte

Vorrichtungen sie entdeckte, desto mehr wuchs ihre Panik. Sie wusste nicht einmal mehr, mit welchem Knopf sie den Belichtungsmesser betätigte und wo sie nach dem beweglichen kleinen Pfeil suchen sollte, den ihr Vater ihr gezeigt hatte. Vor lauter Konzentration – und vielleicht auch aus unterschwelliger Neugier – war Megs Finger abgerutscht und auf den Auslöser geraten. Daraufhin hallte ein lautes Klicken durch den Bus. Plötzlich konnte sie sich nicht mehr erinnern, welche Folgen ihre Eltern ihr für diesen Fall angedroht hatten. Als der Bus schließlich im Club ankam, war Meg überzeugt, dass die Kamera jederzeit explodieren könnte und dass die Nikon-Leute, die durch einen sechsten Sinn über ihr Verbrechen informiert waren, sie ins Gefängnis stecken könnten. Sie hatte keine einzige Aufnahme gemacht, und als sie abends wieder heimkam, hatte sie Steven die Nikon zurückgegeben und gesagt, es wäre doch kein Fotoprojekttag gewesen. Seitdem empfand sie panisches Grauen, wenn sie die Unwahrheit sagte.

Als sie vor Wochen REACH erklärt hatte, Kimble sei wieder bei Shirley Marzola, war ihr Herz gerast, als hätte sie gerade auf den verbotenen Auslöser gedrückt.

„Mir geht's gut", antwortete sie jetzt auf Tinas Frage. „Aber ich muss dir etwas Wichtiges sagen. Weißt du noch, dass ich dir erzählt habe, Barry Tofflers Schwiegermutter habe das vorläufige Sorgerecht für Kimble?"

„Jaaa." Tina nickte bedächtig.

„Das stimmt auch. Aber es ist nicht die ganze Wahrheit, Tina. Ich meine, die Großmutter hat tatsächlich die Papiere unterschrieben, im Krankenhaus, als Barry im Koma lag. Und Kimble ist zu ihr gegangen. Aber die Wahrheit ist ... jetzt ist sie wieder bei mir."

Tina hatte sich gerade eine dunkle Praline in den Mund gesteckt. Sie zupfte ein Papiertuch aus der Schachtel neben ihrem Computer und spuckte sie hinein. Dann betrachtete sie sie. „Ich hasse Kokosnuss", sagte sie ruhig. „Red weiter. Ich hör dir zu."

Meg lachte nervös. „Siehst du, das kommt davon, dass ihr noch immer keine richtige Satzung auf die Beine gestellt habt."

Tina blickte Meg schweigend an. Meg überlegte, dass sie doch eher fünfzig sein musste. Ihr ewiges Lachen und ihr Überschwang ließen über die tiefen Sorgenfalten hinwegsehen, die Meg heute zum ersten Mal bemerkte.

„Meg, ich kann nicht glauben, was ich da höre. Das ist ernst, sehr ernst sogar; das weißt du auch. Erzähl mir genau, was passiert ist."

„Weißt du noch, bevor Barry Toffler starb, als er im Krankenhaus lag und ihr die Großmutter nicht finden konntet? Also, wie sich herausstellte, hatte sie in Atlantic City ein bisschen Geld gewonnen und ihre Freundinnen nach Palm Beach eingeladen. Als sie heimkam, habe ich mit ihr gesprochen, und sie ist zur Sozialstelle vom St. Luke's gegangen, um die Papiere wegen der einstweiligen Vormundschaft zu unterschrieben. Die Sozialarbeiterin hat alles erledigt, die Sache ging den üblichen Gang. Aber ein paar Tage später hat die Großmutter mich angerufen und gebeten, Kimble wieder zu mir zu nehmen. Letztlich kümmert sie sich einen Dreck um sie."

„Das heißt, Kimble ist nach all dieser Zeit immer noch bei dir?"

„Ja. Ich kümmere mich um sie." Ihre Stimme war so kraftlos, so leise, als wäre sie wieder beim Fotoprojekttag.

Mehrere Leute gingen an Tinas Nische vorbei. Sie senkte die Stimme, eine unmissverständliche Aufforderung an Meg, dasselbe zu tun. Sie klopfte mit dem Zeigefinger der rechten Hand auf das Handgelenk der Linken. „Hast du beim Jugendamt angerufen? Wissen die dort, was da läuft? Sie müssen die Großmutter überprüfen. Wenn sie nicht in der Lage ist, für Kimble zu sorgen, kommt das Kind ins Pflegeheim. Dann wird sie von Leake and Watts weitervermittelt. Oder von Harlem Dowling. Das sind absolut zuverlässige Adoptionsvermittlungsstellen."

Bevor Meg etwas erwidern konnte, entschuldigte Tina sich. Als sie zurückkam, führte sie Meg in einen leeren Konferenzraum und schloss die Tür hinter ihnen. Früher hatte Tina immer darauf bestanden, dass Meg sich auf das tiefe Ledersofa setzte. An diesem Tag streckte sie sich selbst der Länge nach dort aus und massierte sich die Schläfen, während Meg sich für einen Stuhl mit Peddigrohrsitz entschied, der an der Wand stand.

„Hast du eine Ahnung, auf welchem Pulverfass du da sitzt? Nein, Entschuldigung, auf dem REACH mit dir sitzt? Wenn unsere Rechtsabteilung davon erfährt, ist der Teufel los. Lass mich dir was sagen, Meg. Vor zwei Wochen fragte ein Klient auf unserer Warteliste, ob unsere Mitarbeiter auch gut angebunden sind. Wir fanden das ziemlich lustig. Tagelang gingen wir rum und kicherten und rissen Witze über flüchtende Mitarbeiter und lange Leinen. Jetzt finde ich diese Frage nicht mehr so abwegig, Meg." Tina fuhr sich ein letztes Mal über die Schläfen. Meg bemerkte ihren hellbraunen Haaransatz und die rosafarbene Kopfhaut am Scheitel. „Meg, du hast bislang immer großartige Arbeit geleistet. Du kennst die Regeln, und wenn du sie nicht kanntest, hast du sie intuitiv erfasst, weil sie völlig logisch sind."

In den vergangenen sieben Jahren hatte Meg immer nur bescheiden mit den Schultern gezuckt, wenn sie das unvermeidliche „Ich weiß nicht, wie du das schaffst" oder „Das könnte ich nie, ich bewundere dich wirklich sehr" hörte. Als sie jetzt mit Tina im Konferenzraum saß und die Wand aus Milchglassteinen betrachtete, wurde Meg bewusst, dass ihr Motiv für ihren ehrenamtlichen Einsatz alles andere als ehrenhaft gewesen war. In gewisser Hinsicht hatte sie geglaubt, es würde sie von jeder Strafe freisprechen, wenn sie etwas für andere tat. Die Vergeltungsmaßnahmen, die in der realen Welt ergriffen wurden, in Stevens und Charlottes Welt, galten irgendwie nicht für Menschen, die sich ehrenamtlich für das Gemeinwohl einsetzten. Deswegen hatte Meg sich bei REACH unabhängiger gefühlt als jemals in den Töpferwerkstätten, in denen sie gelernt und später auch gelehrt hatte, sehr viel unabhängiger als in den vielen Bürojobs, die sie angenommen hatte, bevor ihr Geschäft zu florieren begann. Die ehrenamtliche Arbeit hatte ihr ermöglicht, Fragen selbstbewusst zu beantworten, Trost zu spenden, ohne verschwommen etwas dafür zu erwarten, einen Schub Selbstvertrauen zu bekommen, wenn sie in einer Krise das Richtige tat. Megs ehrenamtlicher Einsatz hatte ihr einen gewissen Hochmut verliehen, wurde ihr jetzt bewusst – als hätte sie all die Jahre das unvorstellbare Leid nur mitangesehen wie eine Voyeurin, die sich davon entfernen konnte – gewandelt zwar, aber ohne jemandem Rechenschaft schuldig zu sein.

„Ich bin gefeuert, oder?“ fragte sie Tina.

„Das weiß ich nicht. Darüber werden wir uns in der Abteilung unterhalten müssen. Wahrscheinlich schon. Aber davon abgesehen – ich gehe jetzt in mein Büro und ruf beim Jugendamt an.“

„Tina, der Grund, warum ich dir das so lange nicht gesagt habe, ist – ich will versuchen, Kimble zu adoptieren. Das ist nicht nur eine Laune von mir.“

Meg sah, dass Tina weinte. Seltsamerweise war ihr Gesicht jetzt nicht gerötet. Es war ungewöhnlich, dass es so starr, dass sie so betroffen war. „Ich weiß, du warst in einer Klemme, aber du hättest uns informieren müssen. Jetzt kannst du sie kaum noch adoptieren. Nicht nach dem, was passiert ist ...“

„Du lieber Himmel!“ stieß Meg hervor. „Du willst beim Jugendamt anrufen und denen davon erzählen? Also gut, ich habe vielleicht fahrlässig gehandelt, dumm sogar, aber wenn du da anrufst und dieses Kind einem schrecklichen Pflegeheim überlässt ...“

„Die sind nicht alle schrecklich. Überhaupt nicht.“

„Ich kann ihr das College finanzieren, Tina. Die ersten Jahre ihrer Kindheit waren schrecklich, aber ich kann ihr ein Studium ermöglichen.“

Tina richtete sich auf und faltete die Hände im Schoß. Sie blinzelte. Meg sah, dass sie zitterte. „Geh nach unten zu Ray. Er hat

Kontakte zum Jugendamt. Wenn es dort jemanden gibt, der dir helfen kann, der sich für dich einsetzt, dann kennt Ray diese Person. Ich hätte nie gedacht, dass ich so mit dir sprechen müsste, Meg, ausgerechnet mit dir, aber ich muss dir sagen, ich bin *verpflichtet*, beim Jugendamt anzurufen. Doch weil du's bist und weil du uns im Laufe der Jahre mit so vielen Klienten geholfen hast, lasse ich dir einen Tag Zeit, dich darauf einzustellen – zu versuchen, Hilfe zu finden. Aber morgen rufe ich dort an, und dann nimmt die Sache mit Kimble ihren regulären Lauf. Wir sind dem Staat gegenüber rechenschaftspflichtig, und wenn jemand das herausfindet ... Das wäre eine Katastrophe für uns. Also, wir brauchen dir nicht zu kündigen, in Ordnung? Wir einigen uns darauf, dass du aufhörst. Und jetzt geh hinunter und rede mit Ray."

Bevor Meg etwas erwidern konnte, erhob sich Tina und hielt ihr die Tür des Konferenzraums auf. Kaum waren sie im Flur, kam ein Mitarbeiter, den alle den „Makler mit Herz" nannten, auf Tina zu und umarmte sie.

„Hallo, Schätzchen!" rief Tina. Ihre Stimme klang wieder warm, die für sie typische Röte stieg ihr wieder in die Wangen. „Warte in meinem Kabäuschen auf mich. Ich muss nur eben eine von diesen scheußlichen Pralinen auskotzen, die die Mutter einer Klientin uns geschenkt hat. Das ist der Dank für unsere Mühe."

Sie ließ Meg mitten im Flur stehen.

„Ray Tee Ray! Ray See Ray!" riefen die Kinder, die sich um den Leiter der Spielgruppe scharten.

„Ray Fee Ray", steuerte Ray lachend bei und warf Meg ein Lächeln zu, als sie in den Raum trat.

Mittlerweile kannte Meg die Kinder alle: Jackie, Tito, Kevin, Pauly, Chantelle. Und wie Kimble hatte sie die Liste im Kopf: ja, ja, nein, ja, ja.

„Pauly Faulie Pauly", rief Kevin.

„Pauly Maulie Pauly", stimmte Chantelle ein.

„Jetzt wird's aber gemein. Seid ein bisschen nett zueinander", sagte Ray. „Es ist nie zu spät, damit anzufangen. Kimble, Meg ist gekommen."

„Meg-Meck-Meg!"

Sechs Kinder beim Spielen, dachte Meg. Sechs Kinder, die vor Energie bersten und diese Energie nur aneinander auslassen können. Zwei Tage zuvor hatte Kimble Megs Loft mit schwarzer Temperafarbe angemalt. Die Farbe hätte Teer sein können. Wer wusste, was die anderen fünf Kinder an dem Samstag getan hatten – Kinder, die nichts mehr zu verlieren hatten, vor allem keine Zeit.

„Ich gewinne!" rief Kimble. „Ich gewinne mit Meg-Meck-Meg."

„Ich weiß nicht, wie du das schaffst", sagte Meg zu Ray. Sie fand es anstrengend genug, sich um *ein* Kind zu kümmern. Doch als sie jetzt Kimble sah, mit ihren rosigen Wangen, Kimble, die Meg für sich beanspruchte, empfand sie fast schändlichen Stolz, als wäre Kimble ein Ei-Baby, das sie erfolgreich vor den Gefahren dieser Welt geschützt hatte. Meg erinnerte sich noch sehr gut an Trixie, das Ei-Baby, denn dieses Projekt hatte ihre Umschulung von der staatlichen Schule an der Upper East Side in Manhattan zu einer Privatschule in Riverdale veranlasst. Trixie war am Ende der sechsten Klasse ihr Schützling im Fach Hauswirtschaftslehre gewesen. Jedes Mädchen hatte ein Ei bekommen, dem sie einen Namen geben, das sie baden und eine Woche lang überall mit hinnehmen musste, ohne dass das Ei zu Bruch ging. Also hatte Meg dafür zu sorgen, dass ihm während des Unterrichts und bei ihren sonstigen Unternehmungen tagsüber und abends nichts zustieß. Sinn und Zweck dieses Projektes bestand darin, zu erfahren, wie schwierig es war, allein ein stummes Ei ungefährdet durchs Leben zu bringen. Durch den Namen wurde das Ei zu einer Persönlichkeit. Wenn das „getaufte" Ei zerbrach, wurde der Schmerz greifbar. Bei neunzehn der sechsundzwanzig Mädchen war das Ei vor Ende der Projektwoche kaputtgegangen. Einige hatten es absichtlich fallengelassen oder zum Fenster hinausgeworfen. Meg hatte Trixie beschützt. Sie war nicht vor den Schwierigkeiten ungeplanter Mutterschaft zurückgeschreckt, sondern hatte sich weit über das Projektende hinaus noch um Trixie gekümmert. Die Familie Krantz war über Trixies Namen nicht minder entsetzt gewesen als über die Erkenntnis, dass Megs Klassenkameradinnen allesamt potentielle ledige Mütter waren. Ganz bewusst hatte Steven Trixie eines Samstags zu einem Omelett verquirlt. Im Schuljahr darauf hatte Meg sich in einem getäfelten Auditorium in Riverdale wiedergefunden, wo sie als eine der weiblichen Führungspersönlichkeiten der Zukunft begrüßt wurde.

„Ach, das ist gar nicht so schwer“, sagte Ray. „Ich nehme einfach Xanax, Prozac und Ecstasy zu gleichen Teilen. Mein Arzt ist *sehr* mitfühlend.“

Meg lachte. Beruhigungsmittel, Antidepressivum, Aufputschmittel. Sie hatte gehört, dass Rays Arzt auch sein Geliebter war. „Hast du vielleicht ein paar Minuten Zeit? Ich muss etwas mit dir besprechen.“

Ray schaute sie an. „Klar.“ Er griff nach dem Piepser, den er am Gürtel trug. REACH hatte ein Helfersystem eingeführt, sowohl innerhalb als auch außerhalb der Institution. Wenn ein Mitarbeiter Hilfe mit einem Klienten brauchte, gab es mehrere Springer, die schnell zur Stelle sein konnten. Meg dankte Ray. Dann kam ihr die Frage in den Sinn, ob Tina eben auch ihren Piepser dabeigehabt hatte. Fünf Minuten später tauchte ein kleiner Mann in der Tür zum Spielzimmer auf, den Meg ein oder zwei Mal im Freizeitraum gesehen hatte. Sie begrüßte ihn mit einem Lächeln, genau wie Ray. „Hallo, Bill. Also, ein Notfall ist das nur, wenn du glaubst, dass man vor Glück sterben kann“, sagte er. Alle sechs Kinder waren mit Feuereifer dabei, auf den Luftmatratzen, auf denen sie eigentlich ihren Nachmittagsschlaf halten sollten, Purzelbäume zu schlagen. Sie zogen die Stöpsel heraus und kreischten vor Lachen, als zischend die Luft herausströmte.

„Na, danke für die Einladung“, sagte Bill.

„Die Freude ist ganz meinerseits“, antwortete Ray, während er mit Meg zur Tür hinausging. „Du hast was bei mir gut.“

Im Atlantis Coffee Shop an der Eighth Avenue bestellte Meg sich einen Kräutertee und fragte dann Ray, wie es ihm ginge.

Er machte eine vage Handbewegung. „Mittelprächtig“, antwortete er. „Also, was ist los?“

„Es geht um Kimble. Du weißt ja, dass ihr Vater kürzlich gestorben ist.“

„Ja. Das letzte, was ich gehört habe, ist, dass die Großmutter einstweilen das Sorgerecht hat. Doch ich habe mich schon gefragt, was mit dir los ist, Meg. Ich meine, ich weiß, dass das dein erster Klient mit Kind war, aber es wundert mich, warum sie dich noch nicht zu einem Abschluss bestellt haben. Ist das Wort nicht einfach umwerfend? Abschluss. Ich habe noch nie mit jemandem einen Abschluss gehabt. Vielleicht sollte ich jetzt, wo's mit mir bergab geht, den ganzen Tag durch die Stadt rennen und alle Leute, die ich seit Jahren nicht gesehen habe, schrecklich in Verlegenheit bringen. ‚Entschuldigung, aber ich kann nicht ins Paradies eingehen, bevor wir nicht einen Abschluss gehabt haben.‘“

Meg lachte. Sie wünschte sich, sie hätte damals Ray anrufen können, als ihre Freundinnen sagten, ohne Abschluss mit Sarina sei es kein Wunder, dass sie nicht von ihr los käme.

Der Kellner servierte Meg ihren Kräutertee und Ray einen Schokoladen-Milchshake. Meg blinzelte. „Ich habe dich neulich abends im Fernsehen gesehen. In den Nachrichten auf Channel 5.“

„Ja, das haben alle gesehen. Wer hätte gedacht, dass diese dünnen Beinchen einen drei Meter hohen Zaun überwinden können?“

Ray war zusammen mit einigen anderen Leuten beim versuchten Einbruch in das Verwaltungsgebäude eines Pharmakonzerns in New Jersey verhaftet worden. Sie waren über den geplanten Einsatz zivilen Ungehorsams hinausgegangen und hatte einige Zeit im Gefängnis verbracht.

„Es ist großartig, was du da machst, Ray. Ich stehe hundert Prozent hinter euch. Um ehrlich zu sein, ich übertrete im Augenblick auch das Gesetz, aber ich glaube, das Ganze ist etwas außer Kontrolle geraten."

Ray steckte einen Strohhalm in seinen Shake und verrührte einen Klumpen Eiscreme. „Ich kann es nicht leiden, wenn sie ihn nicht richtig verrühren. Ich weiß schon, die Milchshakes bei McDonald's bestehen nur aus Gelatine und Chemie, aber zumindest sind sie richtig cremig. Also ... wie kann ich dir helfen?"

„Kimbles Großmutter hat das Handtuch geworfen. Sie hat die Kleine völlig vernachlässigt. Sie will sie einfach nicht haben. Kimble ist praktisch die ganze Zeit bei mir gewesen, aber natürlich habe ich nicht das Sorgerecht."

„Ich kann dir die Nummer geben, wo du anrufen musst. Es ist eine spezielle Nummer beim Jugendamt. Wenn du die anrufst, wird vom Richter ein Amtsvormund bestellt. Ich meine, zuerst prüfen sie die Großmutter auf Eignung, das geht ganz schnell. Aber wenn klar ist, dass sie Kimble vernachlässigt hat, dass sie sich nicht um die Kleine gekümmert hat, wie du sagst, erkennt der Richter ihr das Sorgerecht ab. In solchen Fällen fackeln sie nicht lange."

„Und was passiert dann?" fragte Meg.

„Das kommt drauf an. Wahrscheinlich veranlasst das Familiengericht für Kimble eine Kurzzeitunterbringung."

„In einer Pflegefamilie?"

„Höchstwahrscheinlich. Was ist denn mit dieser Großmutter los?"

„Genau weiß ich es auch nicht. Ich weiß nur, dass sie heiraten will, und ihr Freund will Kimble auch nicht. Es ist erschütternd."

Ray nickte.

„Und was wäre, wenn ich einfach nicht dort anrufe? Wenn niemand das täte?“ Angesichts des Gesprächs, das Meg gerade mit Tina geführt hatte, war diese Frage rein hypothetisch. Doch die Verwegenheit dieser Vorstellung bereitete ihr Genugtuung.

„Also Meg, hör mal. Das Sozialwesen mag ja total veraltet sein, aber du kommst nicht darum herum. Was ist, wenn sie eingeschult wird? Was ist, wenn sie alt genug ist, um eine eigene Sozialversicherungsnummer zu bekommen? Und es gibt tausend andere Dinge. Niemand kriegt das Sorgerecht, ohne durch die Mühlen der Bürokratie gegangen zu sein. Möchtest du das Sorgerecht denn haben? Glaub mir, ich bin der erste, der sich nimmt, worauf er Anspruch hat, aber in dieser Sache sind die Ansprüche vielleicht nicht ganz eindeutig. In deren Augen, meine ich.“

„Meine Ansprüche sind alles andere als gerechtfertigt, Ray. Kimble ist schon seit Wochen bei mir, ohne dass ich das gemeldet hätte.“ Meg nahm den Teebeutel aus ihrer Tasse und legte ihn auf eine Serviette, die sie in einem leeren Aschenbecher deponierte. „Kennst du jemanden beim Jugendamt?“

„Du willst die Sache also wirklich durchziehen, stimmt's?“

„Ja, absolut.“

„Machst du das gemeinsam mit einer Partnerin?“ Auf einmal wirkte Ray ungewöhnlich distanziert; er sprach im selben Tonfall, in dem er „Ray Fee Ray“ gesagt hatte. Er stützte den Ellbogen auf sein Handgelenk und spielte mit dem Strassgehänge, das von seinem linken Ohr baumelte.

„Nein, ich mache das allein, und ich mache es aus freien Stücken. Und wie du weißt, ist das nicht immer der Fall.“ Meg merkte, dass ihre Stimme vor Aufregung in die Höhe stieg. Als ihr der defensive Tonfall bewusst wurde, schaute sie zum Fenster auf die Eighth Avenue hinaus. Es war nicht schwer zu folgern, dass Ray, der großartig mit Kindern umgehen konnte, gern Vater geworden wäre. „Es tut mir leid, Ray. Ich bin ziemlich durcheinander. Ich habe eine Weile gebraucht, um zu entscheiden, ob ich die Sache wirklich durchziehen will und kann, und jetzt, wo ich den Entschluss gefasst habe, habe ich vielleicht schon alles vermasselt."

Ray saß da und rührte seinen Milchshake um. Sanft gegenüber Kindern, fordernd gegenüber Erwachsenen, dachte Meg. Großartig. Sie wartete.

„Es gibt beim Jugendamt eine Frau, die ich wirklich schätze. Sie heißt Consuela Soto. Sie kann die Vorschriften nicht umgehen, aber wahrscheinlich kann sie alles beschleunigen." Ray verstummte und versuchte zu lächeln. Ob vor Schmerzen oder Verzweiflung – seine Lippen zitterten und schlossen sich dann, ohne irgendeine wahrnehmbare Emotion zu verraten; seine Mundpartie hatte etwas Müdes, Zaghaftes, das man an einem guten Tag nie bei ihm sehen würde.

Als Betreuerin hätte Meg sein Handgelenk umfasst und ihm gesagt, dass sie das Gespräch auch ein andermal fortsetzen könnten. Aber da sie seit einigen Stunden keine Betreuerin mehr war, sagte sie: „Ja, bitte, lass uns wieder ins Büro gehen und Consuela Soto anrufen."

Ein kaputter orangefarbener Fiberglas-Stuhl inmitten einer Reihe identischer Stühle war als einziger frei. Meg setzte die schlafende Kimble darauf ab; sie wurde etwas unruhig, dann sank ihr Kopf auf die linke Schulter. Ihr Mund öffnete sich, ihre Brust hob und senkte sich schwer unter der Strickjacke. Unversehens gehörte sie zu all den anderen Kinder hier, die entweder schliefen, auf ihrem Stuhl hin und her rutschten oder auf dem Boden spielten. Einige der Kinder trugen kleine goldene Ohrringe oder Kreuze um den Hals. Und alle wirkten erschöpft, als müssten sie persönlich die Mühe bewältigen, sich selbst guten Händen zu übergeben. Die Erwachsenen blätterten in Zeitschriften, hoben heruntergefallene Flaschen und Spielsachen auf. Den meisten Lärm machten die

Babys und Kleinkinder, eine beständige Geräuschkulisse verhaltener Quengeligkeit. Meg versuchte sich abzulenken, indem sie die New York Times las. Sie schämte sich, weil sie angesichts der bürokratischen Hürden, mit denen andere Menschen tagtäglich konfrontiert waren, am liebsten davongelaufen wäre. Sie fragte sich, ob bloßer Mangel an Ästhetik Gewaltakte hervorrufen konnte. Der Raum war dunkel und schmutzig, die Luft verbraucht. In einer Ecke stand eine abgestorbene Topfpflanze mit einer goldenen Schleife. Alle, die hier saßen, warteten darauf, mit einer Sachbearbeiterin zu sprechen, und auch Meg würde zweifellos lange warten müssen, obwohl Ray bei Consuela Soto angerufen und sich für sie verwendet hatte.

Die ganze Woche über hatte Meg vermieden, mit sich allein zu sein. Doch jetzt schlief Kimble, und auf die Zeitung konnte sie sich nicht konzentrieren. Gegen ihren Willen begann sie sich über den folgenden Abend Gedanken zu machen, an dem sie sich mit Sarina treffen würde. Was immer bei der Essensverabredung herauskommen würde – es würde kein „Abschluss“ sein. Ganz im Gegenteil: Meg hatte noch nie ein Wiedersehen mit einer Ex-Geliebten erlebt, das nicht latent die Möglichkeit eines Neuanfangs in sich geborgen hätte. Aus dem Grund vermied sie es, sich mit alten Geliebten zu treffen. Vergangene Woche hatte Cami ihr auf den Anrufbeantworter gesprochen, aber Meg hatte nicht zurückgerufen. Aus Erfahrung wusste sie, dass es nicht gut war, dem kurzzeitig aufflammenden Gefühl von Anziehung nachzugeben, das im Verlauf eines weinseligen Abends unweigerlich aufkam. Aus Erfahrung wusste sie, dass es entschieden schlimmer war, aus wenig mehr machen zu wollen, als einen Abend allein zu verbringen und sich beim Töpfern zu verausgaben.

Aber Sarina ließ sich nicht so einfach der Kategorie „Ex“ zuordnen – ein Ausdruck, mit dem Meg gern lässig um sich warf. Meg hatte sich von Sarina bezaubern lassen – oder vielmehr *verzaubern* lassen. In langen Stunden verführerisch großer Nähe hatte Sarina Meg davon überzeugt, dass sie der einzige Mensch war, der je ihre letzte Schutzhaut zurückgeschält hatte. Der Morgen nach einer Nacht mit Meg, so hatte Sarina behauptet, sei unerträglich – wie könne sie je wieder den Schutzschild errichten, um den Alltag zu bewältigen? Auch später, als sie bereits zusammenwohnten, hatte Sarina geklagt, die Innerlichkeit ihrer Beziehung würde sie schwächen. Es verstörte Meg, dass Sarina vor eben der Intensität floh, die sie doch mit solch zärtlicher Raffinesse herbeigeführt hatte. Und als nächsten, unausweichlichen Schritt hatte Sarina gesagt, sie müsse weiterziehen. Perverse Lust hatte Meg dazu getrieben, herauszufinden, dass die so ängstlich gehütete letzte Schutzhaut jederzeit von der nächstbesten Frau zurückgeschält werden konnte. Bei einem der schrecklichen Telefonate gleich nach ihrer Trennung hatte Sarina zum Zeichen ihres guten Willens gesagt: „Wenn du nicht gewesen wärst, hätte ich nie wirklich lieben können.“ Meg hatte monatelang darüber gestaunt, dass Sarina diese Wort als Trost gemeint hatte. Jetzt, Jahre später, in diesem Wartezimmer, umgeben von greinenden Kleinkindern, empfand Meg dumpfe Wut – eine Wut, die sie nicht zu unterdrücken gedachte. Sie ging zu dem öffentlichen Telefon, das sich in Sichtweite von Kimbles Stuhl befand. Gerade als sie den Hörer abnahm, ohne zu wissen, was sie Sarina eigentlich sagen würde, rief eine Frau ihren Namen auf.

Consuela Soto trug einen mit Goldfäden durchwirkten Schal, der Meg sofort in bessere Laune versetzte. Ihr Lippenstift war dunkelrot. Sie lächelte zwar nicht, sah aber freundlich aus. Darüber hinaus verriet der erste Blick Meg nichts über sie. Sie nahm die schlafende Kimble auf den Arm und folgte Consuela Soto.

Keine Minute später, Kimble auf dem Schoß, begann sie. „Ich habe nicht bewusst versucht, das System zu umgehen. Darf ich Ihnen erzählen, wie es dazu gekommen ist?“

Consuela Soto hörte sich die Geschichte an. Meg schilderte alles, was sie von Shirley Marzola wusste; als sie wiederholte, was

Honey ihr über Shirleys Verhalten gegenüber ihrer Tochter Anita berichtet hatte, griff Consuela nach einem Stift und bat Meg, Shirleys Nachnamen zu buchstabieren. Während Meg ihre Qualitäten als mögliche Pflegemutter aufzählte, schwieg Consuela, hörte aber aufmerksam zu. Sie gab in keinster Weise zu erkennen, welche Meinung sie dazu hatte. Als Meg geendet hatte, sagte sie: „Wir müssen einen Sozialbericht über Sie anfertigen. Wo wohnen Sie?“

Meg erklärte es ihr.

„Haben Sie ein eigenes Zimmer für das Kind?“

„Na ja, Sie wissen, wie Lofts eben so sind. Es gibt eine abgetrennte Nische, ganz hinten.“

„Okay. Ein eigenes Kinderzimmer ist zwar optimal, doch nicht Bedingung, wenn Vormund und Kind dasselbe Geschlecht haben. Aber ist Ihre Wohnung auf die Bedürfnisse eines kleinen Mädchens ausgerichtet? Welche Erfahrung haben Sie mit Kindererziehung?“

„Bis jetzt ist alles sehr gut gegangen“, verteidigte Meg sich. Plötzlich fiel ihr ein, dass sie sich früher im Kreis ihrer feministischen Freundinnen immer wieder abschätzig über den Stand der Mutterschaft geäußert und gesagt hatte, jede Frau, die die Beine breit machen könne, könne es dazu bringen.

„Wir werden die Kleine noch heute unterbringen. So sind die Vorschriften. Es tut mir leid, aber anders geht es nicht. Dann werden wir ein paar Dinge in die Wege leiten. Wir werden Shirley Marzola überprüfen und einen Sachbearbeiter zu ihr schicken. Wenn Mrs. Marzola unserem Ermessen nach ungeeignet ist, oder wenn sie aus freien Stücken auf das Sorgerecht verzichtet, schicken wir jemanden zu Ihnen. Wir werden im Eilverfahren einen Hausbesuch bei Ihnen durchführen. Sie glauben vielleicht, dass das Jugendamt von Glück reden kann, dass es Sie gibt, Ms. Krantz, und vielleicht bin auch ich dieser Meinung, aber Sie werden eine eidesstattliche Erklärung abgeben müssen, dass Sie nicht vorbestraft sind. In der Zwischenzeit reichen wir beim Familiengericht einen Antrag ein. Wenn die Großmutter aus dem einen oder anderen Grund nicht in Frage kommt, beauftragt das Gericht uns mit der Unterbringung des Kindes. Wenn Ihre Eignungsprüfung positiv ausfällt, kommt das Kind zu Ihnen und Ihnen wird das vorläufige Sorgerecht übertragen. Für die medizinische Versorgung bekommen Sie einen Berechtigungsschein. Dann sehen Sie weiter. Haben Sie noch irgendwelche Fragen?"

„Sie behalten sie jetzt hier? Ich kann für ihre medizinische Versorgung aufkommen."

Consuela schüttelte den Kopf. „Es geht nicht anders. Glauben Sie nicht, dass auch freundliche Menschen sich als Axtmörder entpuppen können?"

„Wenn ich eine Axtmörderin wäre, warum sollte ich sie dann herbringen?"

„Gute Frage. Aber jetzt sind Sie nun einmal mit ihr hergekommen, jetzt wissen wir von der Existenz der Kleinen. Das hat weniger mit Vorschriften zu tun als mit der Presse."

Im nächsten Augenblick überredete Consuela die verschlafene Kimble, sich zu ihr auf den Schoß zu setzen. Währenddessen las Meg einige Formulare durch, leistete ihre Unterschrift und tat ihr Bestes, Kimble nicht anzusehen, die sie jetzt mit Fug und Recht anklagen konnte. Meg fiel ein, was ihre Eltern früher immer gesagt hatten, wenn eine Situation völlig außer Kontrolle geriet: *Das ist untragbar! Das kann man nicht dulden!* Unterdessen standen Consuela und Kimble auf, durchquerten Hand in Hand den Raum und verließen ihn durch eine hässliche braune Tür.

11

Meg hörte, wie Libby sich im Zimmer nebenan für die Sitzung vorbereitete. Elena hatte ihr die Tür geöffnet, mit dem Kopf auf die gepolsterte Bank im Flur gedeutet und war wieder verschwunden. Es war kurz vor zehn, Libby war in ihrem Schlafzimmer. Offenbar war sie gerade erst aufgestanden. Meg hörte Wasser in der Leitung rauschen. Dann folgte ein kurzes Sausen, leises Flattern. Libby murmelte unverständliche Worte. Als Antwort ertönte ein triumphierendes Kreischen, dann wieder lautes Flüstern von Libby. Ein Vogel, zweifellos ein exotischer. Ein Tukan oder ein Kakadu. Er hatte einen Namen, den Meg nicht richtig verstehen konnte, aber er bestand aus mehreren Silben, die Libby ständig wiederholte. Türen schlugen, Schubladen wurden zugeknallt, lautstarkes Räuspern. Meg war sich der Absurdität der Situation bewusst: Während sie sich darauf vorbereitete, ihr Persönlichstes preiszugeben, war Libby mit den banalen Tätigkeiten des Aufstehens beschäftigt. Am liebsten wäre Meg gegangen, aber sie hatte das Gefühl, Libby noch nie so dringend gebraucht zu haben wie an diesem Vormittag.

Endlich ging die Tür auf. Libby trat in den Flur, blinzelte wegen des grellen Lichts. Sie trug Samt-Leggings, dazu einen langen Pullover – dem Anschein nach ein Angora-Kaschmir-Gemisch – und eine lange Perlenkette. Ihre schwarzen Lederpumps hatten einen weinroten Zierstreifen über den Zehen. Dennoch bot sie kein Bild der Vollkommenheit: Haarbüschel standen ihr wild vom Kopf ab, die Lippen waren ungeschminkt. Sie lächelte Meg an und schien entzückt, sie zu sehen, als sei sie zufällig hereingeschneit. Sie rief Elena zu, ob Kaffee da sei, musste aber mehrmals ansetzen, bis ihre Stimme hörbar wurde. Ihr Versuch, spöttisch zu lächeln, konnte ihre Verlegenheit nicht überdecken. Meg erlaubte sich eine Bemerkung über das Rauchen, aber Libby machte nur eine wegwerfende Geste und ging auf das Zimmer zu, das

Meg insgeheim mittlerweile als ihrer beider Zimmer betrachtete. Noch nie war es ihr so heimelig erschienen.

Als Meg in dem blauen Sessel saß, ärgerte sie sich, warten zu müssen, während Libby ihnen beiden einen Kaffee holte. Sobald sie mit zwei großen dampfenden Tassen ins Zimmer trat, platzte Meg heraus: „Du musst mir helfen!“ Eine solche Forderung hatte sie noch nie gestellt; selbst in ihren eigenen Ohren hörte sie sich wie eine verwöhnte Diva an, und doch freute sie sich zugleich am Klang der Worte, als könnte sie durch diesen Ausbruch schlechter Manieren verborgene Energien freisetzen.

„Was ist denn, Herzchen?“ fragte Libby. Sie beugte sich vor. Ihre Augen, noch vom Schlaf verquollen, weiteten sich, um Meg genauer zu betrachten. „Was ist passiert?“

„Sie haben mir Kimble weggenommen! Ich bin mit ihr zum Jugendamt gegangen, weil mir nichts anderes übrig blieb, und dann haben sie sie mir weggenommen. Und jetzt soll ich dasitzen und Däumchen drehen, während die Mühlen der Bürokratie langsam in Gang kommen, und dann wollen sie mich durchleuchten. Ich weiß nicht, was ich tun soll. Ich weiß nicht, was jetzt passieren wird.“

„Natürlich weißt du das“, sagte Libby. „Das liegt alles in deiner Hand.“

„Libby! Und heute abend treffe ich mich mit Sarina. Gestern haben sie mir Kimble weggenommen, heute abend treffe ich Sarina. Heute morgen war ich wie gelähmt. Seit wann kann ich nicht mehr allein sein? Du weißt doch, ich kann wunderbar allein sein. Was ist los mit mir? Und mir fallen die irrwitzigsten Sachen aus meiner Kindheit ein, zum Beispiel, wie ich einmal aus Versehen auf den Auslöser der Nikon meines Vaters gedrückt habe und dann dachte, die Kamera würde explodieren. Und dann die Sache mit dem Ei-Baby, das will ich gar nicht weiter ausführen. Das sind Bilder wie bei einem LSD-Trip, nur habe ich nie LSD genommen. Ich weiß wirklich nicht, was los ist.“ Meg merkte, dass sie sich völlig verfranste. Sie ließ sich zurücksinken und verschränkte die Arme.

Fast wie ein Ebenbild lehnte auch Libby sich in ihrem Ledersessel zurück. Die Spannung wich aus ihrem Gesicht. Meg sah ihre Hoffnungen auf eine prophetische Antwort schwinden. Auf einmal wirkte Libby gleichgültig, als halte sie wenig von Menschen, die sich plötzlich untypisch verhielten; als wüsste sie, dass dieser Ausbruch zu nichts führen würde.

„Libby?" fragte Meg. „Woran denkst du?"

Libby lächelte. „Stelle sonst nicht immer ich diese Frage, Schätzchen?" sagte sie in einem Ton, den Meg nie zuvor von ihr vernommen hatte – er hätte aus einem Theaterstück von Noël Coward stammen können.

Im durchdringenden weißen Licht nahm Megs Wut die Gestalt von Blitzen und Sternen an, wie Aggression in einem Cartoon, aber es war eine Implosion. Meg rührte sich nicht. Sie sah vor sich, wie sie mit Gegenständen um sich warf, aber kein einziger Muskel bewegte sich. „Manchmal glaube ich, dass du mir absichtlich nicht hilfst", sagte sie kalt. „Manchmal glaube ich, ich müsste schon herkommen und dir sagen, dass ich meine Mutter erschossen habe, damit du auf meiner Seite stehst."

Als Libby nach einer Zigarette griff, wurde ihr offenbar bewusst, dass sie sich gar nicht gekämmt hatte. Mit der freien Hand fuhr sie sich über das Haar und glättete die widerspenstigen Strähnen. Während sie das tat, wurden ihre Züge hart. „Und", sagte sie, „hast du sie nach dem Geld gefragt?"

„Nein."

„Willst du es noch tun?"

„Eher nicht. Aus vielen Gründen. Zum einen glaube ich, wenn ich es tue, dann bin ich auf ewig in diesen Kindheitsmustern gefangen."

Stille. Die Asche am Ende von Libbys Zigarette wurde immer länger und bog sich schließlich nach unten.

„Die Asche“, sagte Meg.

Libby reagierte nicht darauf, bis die Asche auf ihren Pullover fiel. Dann wischte sie sie fort. „Was willst du jetzt tun?“

„Das weiß ich nicht. Ich meine, natürlich weiß ich es. Heute will ich vor allem Ordnung in meinen Kopf bringen.“

„Jede Minute, die du hier sitzt, ist Zeitverschwendung. Du solltest jede Minute darauf verwenden, Kimble zurückzubekommen.“ Libby schwieg einen Moment. „Wirst du sie zu Krantz umbenennen?“

„Wie bitte?“

„Wenn sie dir gehört. Wenn die Adoption abgeschlossen ist.“

Meg schaute auf den Farn, der vor dem Fenster hing. Er bot einen schönen Anblick, trug zur behaglichen, schläfrigen Atmosphäre des Raumes bei. Ihr Blick wanderte in die Ferne. Libby musste sie beobachtet haben, denn sie machte Meg auf das Bild aufmerksam, das in einem metallisch-grauen Rahmen neben der Tür hing. Es war das einzig Unschöne in diesem Zimmer. Auf dem Bild, aus einer Zeitschrift ausgeschnitten, war ein Flusspferd zu sehen, das mit halb geschlossenen Augen in einem Schlammtümpel stand. Libby hatte es als Warnung für ihre Kundinnen und Kunden aufgehängt, die allzuviel nachzudenken pflegten.

Meg schüttelte nur den Kopf. Im Verlauf ihrer Sitzungen bei Libby hatte sie oft einen Zustand beschrieben, in dem es ihr einen solchen Schrecken einjagte, den nächstmöglichen Schritt ins Auge zu fassen, dass der Raum um sie zurückwich und ihre Sicht sich auf eine zweidimensionale Ebene ohne jede Tiefe beschränkte. Wenn das passierte, konnte Meg keinen Schritt vor die Tür setzen. Doch sie war davon überzeugt, dass sie in diesem Zustand die Gabe der Introspektion besaß, die ihr letztlich Glückseligkeit bescheren würde. In diesem Zustand konnte sie einen ganzen Nachmittag lang in ihrem Loft sitzen und eine Schale voll Blumen betrachten. Etwas zu tun, eine Entscheidung zu fällen war in dem Zustand unmöglich. Sie nannte ihn den magischen Teppich.

Libby lehnte den Namen ab. Sie hatte gesagt, Meg romantisiere eine Dysfunktion, damit sie sich zurückziehen könne, wenn alles um sie herum zu schwierig wurde. Sie hatte gesagt, *sie* würde den Teppich als das benennen, was er war: einen Anfall emotionaler Paralyse. Im Verlauf der Monate hatte sie immer wieder auf das Flusspferd im Schlammtümpel gedeutet.

„Meg, es stimmt nicht, dass ich dir absichtlich nicht helfen will. Doch ich werde mich nicht dafür entschuldigen, hart zu dir zu sein. Erinnerst du dich noch, als du das erste Mal hergekommen bist und mich nach meiner Methode gelöchert hast? Als ich sagte: ‚Ich gebe den Leuten einen Tritt in den Hintern', haben wir beide gewusst, dass ich für meine Methode nicht in die Ruhmeshalle der Psychoanalytiker eingehen werde. Aber du hast dich entschieden, es mit mir zu versuchen. Und ich war bereit, es mit dir zu versuchen. Seitdem versuchen wir es immer wieder miteinander, und ich zumindest glaube, dass wir ein paar bleibende Ergebnisse erzielt haben."

„Zum Beispiel?" fragte Meg.

„Zum Beispiel, dass du schon lange nicht mehr versuchst, mir zu gefallen, wie du es immer bei deiner Mutter versuchst."

„Das ist nur, weil du mich akzeptierst, wie ich bin. Meine Mutter will mich nicht akzeptieren, wie ich bin."

„Das ist ein Rückfall, Meg. Es ist nicht die Aufgabe der alten Dame, dich zu akzeptieren, wie du bist. Ihre Aufgabe ist, aus dir herauszuholen, was herauszuholen ist. Wenn du das endlich begreifen würdest, könntest du sie akzeptieren, so wie sie ist. Das beruht auf Gegenseitigkeit."

„Ja, aber ..."

„Ja? Was? Du willst trotzdem, dass sie dich versteht? Vergiss es."

Meg sah zu dem Ansel-Adams-Druck, dann auf Libbys Gesicht, das ohne Make-up verquollen und verschreckt wirkte. „Neulich hat sie mir von einer Reise nach St. Croix erzählt, die sie mal mit meinem Vater gemacht hat. Er sagte, er würde mit ihr wegfahren, um von der Frau, mit der er eine Affäre hatte, loszukommen; aber als sie ankamen, war die andere schon da, er hatte ihr selbst ein Hotelzimmer besorgt. Ich hab nicht einmal gewusst, dass er eine Geliebte hatte. Meine Mutter hat jahrelang damit gelebt und mir nie etwas davon gesagt. Ich wollte ihr helfen, Libby, aber ich war wie gelähmt. Wie das da", sagte sie und deutete auf das Flusspferd. „Willst du mir sagen, dass mein Wunsch, sie trösten zu wollen, falsch war? Ist das der Schlüssel zur Freiheit?"

Libbys Gesicht wurde ernst. „Das ist ja schrecklich", sagte sie. „Ich wusste nicht, dass dein Vater so grausam war." Zum allerersten Mal zeigte sie eine Spur Verständnis für Charlotte. „Und was hast du zu ihr gesagt?"

„Nicht viel. Ich meine, ich hab ein oder zwei Mal angesetzt, etwas zu sagen, aber sie hat sich ziemlich dagegen gesperrt, und dann habe ich gemerkt, dass *ich* mich sperre. Und jetzt habe ich solche Schuldgefühle, dass ich es kaum ertragen kann."

„Schuldgefühle führen zu emotionaler Paralyse", kommentierte Libby brüsk. Wieder deutete sie auf das Flusspferd. „Du würdest nicht glauben, welche Geschichte es hinter sich hat. Schuldgefühle und Scham. Aus lauter Verzweiflung, bloß ein dödeliges Flusspferd zu sein, ist es einfach stehengeblieben. Und schau dir an, wo es gelandet ist."

„Wenn ich hier rausgehe, wäre ich gern mehr als ein dödeliges Flusspferd", sagte Meg.

„Wenn du hier rausgehst, möchte ich gern, dass du akzeptierst, dass wir alle dödelige Flusspferde sind. Etwas zu akzeptieren bringt Erhabenheit."

„Was bist du denn heute, Libby? Die große Zen-Meisterin?"

„Etwas zu akzeptieren bringt Erhabenheit", wiederholte Libby mit Nachdruck.

„Wie kann ich meiner Mutter helfen? Wie kann ich ihr helfen und mich gleichzeitig entbehrlich machen?"

„Das geht nicht. Konzentrier dich auf Kimble. Nur wenige Menschen bekommen die Chance, wirklich praktisch etwas zu tun. Du musst dich aufraffen." Libby beugte sich wieder vor. Unter ihren Augen lagen dunkle Ringe, die sonst von Make-up verdeckt waren. Und die Iris ihrer Augen sahen verschwommen aus, vielleicht Katarakte, die Meg früher nie aufgefallen waren.

„Jemand wie du muss sich bewusst in den Fluss des Leben begeben", fuhr Libby fort. „Einige Menschen geraten immer wieder von selbst in Situationen, die Veränderungen mit sich bringen, während andere Ausreden erfinden, um im Altvertrauten zu verharren. Jedes Mal, wenn du vor einer Veränderung Angst hast, frage dich: *Was ist das Schlimmste, das mir dabei passieren kann?* Meistens – wenn du dich wirklich in das schlimmstmögliche Szenario hineinversetzt, wenn du dich wirklich *hineinversetzt* und dir nicht nur in einer dödeligen Flusspferd-Stimmung alles mögliche ausmalst – meistens wirst du feststellen, dass du selbst das Schlimmste gut verkraften kannst. Und je älter du wirst, desto öfter wirst du feststellen, dass du das alles schon einmal erlebt hast. Und jetzt sag mir, dass das nicht stimmt."

Meg mochte es nicht, zu einer Antwort gedrängt zu werden, doch sie empfand Libbys Worte als Erleichterung. Sie sagte nichts, sondern nickte nachdenklich, auch wenn sie wusste, dass sie wie eine vertrauensvolle Bittstellerin aussah.

„Und jetzt muss ich auf ein anderes Thema zu sprechen kommen." Libby beugte sich noch weiter vor und streckte die Hände aus. Ohne nachzudenken, rutschte Meg in ihrem Sessel nach vorn und ergriff sie. Libby schaute auf ihre Schuhe; als sie den Blick zu Meg hob, standen ihr Tränen in den Augen. „Ich fürchte, das wird unsere letzte Sitzung sein. Morgen gehe ich ins Krankenhaus. Ich werde operiert."

„Libby!"

„Ich will nicht darüber reden, Schätzchen – das sind meine Grenzen. Bin ich nicht scheinheilig? Aber was ich dir sagen möchte: Ich wollte uns Zeit geben, uns darauf vorzubereiten, dass wir unsere Sitzungen – wie soll ich es sagen? – *vertagen*, aber ich fürchte, das geht nicht. Was kann ich tun, damit es leichter für dich wird?"

„Kannst du mir gar nichts sagen?"

„Lieber nicht." Libby hielt inne, dann lächelte sie matt. „Hast du gewusst, dass du in den letzten Monaten meine einzige Kundin warst?"

„Das macht nichts", sagte Meg automatisch.

„Es hat mir großen Spaß mit dir gemacht, Meg. Du hast mir viel Freude bereitet, und ich weiß, du wirst auch anderen viel Freude bereiten. Niemand von uns weiß es wirklich zu würdigen, wenn jemand seinen Mitmenschen einfach Freude bereitet. Du hast noch einiges zu ergründen. Ich würde nicht sagen, dass du geheilt bist, aber das würdest du auch nicht von mir erwarten, oder?"

Meg hörte gar nicht zu. Sie dachte nur daran, was Libby fehlen könnte. Als wäre sie noch Ehrenamtliche bei REACH, wollte sie wissen, bei welchem Arzt oder welcher Ärztin Libby war, ob sie richtig behandelt wurde und was passieren würde, wenn sie aus dem Krankenhaus kam. „Wer wird sich um dich kümmern?" fragte sie.

Kaum hatte Meg die Frage gestellt, dachte sie, dass Libby vielleicht eine Tochter hatte, die jetzt zu ihr ziehen und sich um sie kümmern würde. Vielleicht befolgte Libby in ihrem Leben selbst nicht den Rat, den sie Meg immer gegeben hatte: Deine Mutter kann selbst für sich sorgen.

„Es wird sich jemand um mich kümmern", sagte Libby nur. „Mach dir keine Sorgen um mich." Dann lächelte sie. „Nein, du darfst dir Sorgen um mich machen, aber ruinier dein Leben nicht deswegen."

„Was kann ich für dich tun?"

Libby ließ Megs Hände los. „Du kannst mein letzter Erfolg sein. Das wird dir nicht schwerfallen. Denk daran: Wenn du zweimal hintereinander seufzt, dann raff dich auf. Ein Leben, über das man allzuviel nachdenkt, lohnt sich nicht zu leben."

Damit stand Libby auf und öffnete die Arme, zog Meg an sich und drückte ihr Gesicht an ihre Schulter, die weich und zugleich kratzig war, aber Meg weigerte sich kindisch, eine Umarmung zu erwidern, die den Abschied bedeutete. Dann machte Libby sich los und ging in ihr Schlafzimmer. Meg hörte, dass Elena ihr rasch folgte, sie hörte den unbekannten exotischen Vogel eine Begrüßung kreischen, bis dann jemand die Schlafzimmertür zuschlug.

Der Bürgersteig vor Libbys Haus in der West 73rd Street glänzte nass; bis vor kurzem hatte es genieselt. Langsam brach ein hartes Licht durch die Wolkendecke. Wochenlang hatte Meg am Ende eines Termins nur Kimble im Sinn gehabt – dass sie sie abholen musste, ihr etwas zu essen machen, sie beruhigen oder bei Laune halten, den nächsten Abschnitt ihres gemeinsamen Lebens planen musste. Als sie heute unter der schweren Last von Libbys Abschied das Haus verließ, nahm sie Kimbles Abwesenheit wahr wie einen heftigen Phantomschmerz in einem amputierten Glied. Meg fiel kein anderes Gegenmittel ein, als zu gehen. Bevor Kimble in ihrem Leben aufgetaucht war, hatte sie oft den ganzen Weg von Libby zur Duane Street zu Fuß zurückgelegt. Sie beschloss, das auch heute zu tun. Zumindest würde sie sich durch das Ausschreiten von dem Flusspferd im Schlammtümpel unterscheiden.

Durch die Straßen New Yorks zu gehen belebte Meg nicht nur, es beruhigte sie auch. Endorphinausschüttung, hatte sie einmal gehört. Das war schon möglich, aber Meg wollte nicht über Hormone nachdenken. Sie achtete nur auf die Bewegung und was sie bewirkte: Je schneller sie ausschritt, desto leichter fühlte sie sich; sie spürte all die trübsinnigen Gedanken, die sie schwer machten und sie lähmten, davonfliegen. Im Gegensatz zu Charlotte, die behauptete, länger als fünf Minuten durch New York zu gehen sei ein Angriff auf die Sinne, sah Meg die hektischen Straßen als

Kulisse einer Szene aus den dreißiger Jahren von Reginald Marsh oder Raphael Soyer. Die Straßen bildeten den Hintergrund, sie war die Hauptfigur, die selbstsicher ihren Weg ging: eine Frau, die sich nahm, was sie wollte, eine Frau, die ein Ziel hatte.

An diesem Tag bog sie am Broadway rechts ab. Und sie tat etwas, das sie häufig tat, wenn sie das Bedürfnis empfand, dringend etwas zu unternehmen: Sie stellte sich das Leben anderer Menschen vor, oder vielmehr, sie trat in deren Leben ein. Sie ging durch New York und nahm einen Menschen nach dem anderen aufs Korn – oder ließ sich aufs Korn nehmen, wenn jemand zufällig im richtigen Moment um die Ecke bog.

Als erstes fiel Meg eine Frau in ihrem Alter ins Auge; sie hatte eine dunkle lederne Aktentasche in der Hand und trug ein helles Kostüm. Die Jacke war mit großen stoffbezogenen und goldgerandeten Knöpfen geschlossen, ein breiter Gürtel lag ihr um die Taille – die Art Kleidung, die in den Werbeprospekten von Tageszeitungen angeboten wurde. Die Frau wirkte angespannt, war offensichtlich in Eile. Meg kam zu dem Ergebnis, dass sie eine Versicherungsmaklerin war, die nach Anzahl und Umfang ihrer Abschlüsse bezahlt wurde; sie hatte eine andere Stelle aufgegeben aus demselben Grund, aus dem sie auch diese aufgeben würde. Sie war auf dem Weg zu einem Termin; im Vorbeigehen bemerkte Meg, dass sich ihre Lippen bewegten. Wahrscheinlich sagte sie sich ihre Verkaufsargumente vor. Meg vermutete, dass diese Frau von ihrem seelenlosen Job aufgefressen wurde, bis sie sich den nächsten seelenlosen Job suchte, der sie ebenfalls auffraß. Eines Tages würde ihr Leben vor lauter Willfährigkeit derart langweilig werden, dass sie sich einen Vorrat an Barbituraten zulegte.

Gerade als Meg dieser Frau – sie nannte sie Barb – überdrüssig wurde, gerade als das Gefühl von Überlegenheit in ihr aufstieg, das Sinn und Zweck dieses Spiels war, genau in dem Moment fiel ihr Blick auf eine derart selbstbewusste Frau, dass Megs mühsam aufgebautes Image als erfolgsverwöhnte Macherin auf einen

Schlag in sich zusammenfiel. Was nutzte es, eine Frau zu sein, die loszog und sich nahm, was sie wollte, wenn es Frauen wie diese gab: hochgewachsen, abgeklärt, einen Strauß Anemonen in der Hand, eine Frau, deren einziger Lebenssinn darin bestand, in ihre lichtdurchfluteten Wohnräume hoch über der Stadt zurückzukehren und die Blumen in einem Keramikkrug vor dem Fenster zu arrangieren, so dass ihr Besuch mit einem einzigen Blick die Blumen und die Baumwipfel des Riverside Park erfassen konnte? Warum sollte sie, Meg, losziehen und sich um irgend etwas bemühen, wenn sie doch diese Frau sein könnte, die mit ihrer besten Freundin beisammen saß, zuhörte und redete, bis der Dunst über dem Hudson sich hob und die Strahlen der fahlen Sonne die Blüten der Anemonen leuchten ließen? Diese Frau, so beschloss Meg, hieß Imogene oder Georgia, Eva oder Millicent. Sie wollte mit ihr nach Hause gehen, ihr beim Arrangieren der Anemonen helfen, ihre Besucherin kennenlernen.

Statt dessen konzentrierte sie sich auf den nächsten Passanten, einen kleinen, stämmigen Mann in Lederkluft, dessen leicht herablassende Unscheinbarkeit eigentlich nach einem Herrenausstatter schrie. Er war auf dem Heimweg von einer Verabredung am Vorabend, die sich viel länger als geplant hingezogen hatte; er war eingeschlafen und Stunden später wieder aufgewacht, allein in einer fremden Umgebung, desorientiert; er sehnte sich in seine eigenen vier Wände zurück. Er sah benommen aus. Das Mittagslicht ließ den brutalen Look der Lederchaps lächerlich wirken. Der Mann, alles andere als jung, sah aus, als bräuchte er dringend liebevolle Fürsorge. Meg musste an sich halten, ihm nicht aufmunternd auf die Schulter zu klopfen und ihm zu sagen, dass er nicht allein war in seinem Elend.

Wie in einem Bild von Marsh oder Soyer stand jeder Mensch in dieser Menge für einen Typus, war eine Karikatur, die der Szene erst ihre Buntheit verlieh. Es war eine schöne Art, die Welt zu betrachten, und sie tröstete Meg ungemein, bis sie zur 59th

Street kam und das St. Luke's-Roosevelt Hospital erblickte, in dem Barry Toffler gestorben war. In dem Moment wurde ihr der zweifache Verlust in ihrem Leben bewusst – innerhalb von vierundzwanzig Stunden hatte sie sowohl Kimble als auch Libby verloren –, und sie streckte die Hand aus, um ein Taxi herbeizuwinken.

Zurück in ihrem Loft, sah Meg sich um und stellte fest, was alles fehlte, um es zu einem behaglichen Zuhause zu machen. Zwei Trennwände waren nur zu drei Vierteln errichtet, so dass oben die Metallstreben herausragten. Ihr Atelier war nicht genügend vom Wohnbereich abgetrennt; von mehreren Stellen aus konnte sie den Brennofen, die Töpferscheibe und die Trockenregale sehen. In dem Bereich, der ihr als Wohnzimmer diente, hatte sie Kiefernplanken ausgelegt, aber sonst bestand der Boden überall aus Beton, verborgen unter diversen Sisalmatten und Flickenteppichen, deren Zusammenstellung nicht unbedingt jedermanns Geschmack traf.

Die Küche war Megs ganzer Stolz, denn sie hatte den in den Raum hineinragenden Tresen selbst gebaut und gestrichen und die Schieferplatte eigenhändig montiert. In der Canal Street hatte sie eine große Spüle mit zwei Becken erstanden, den Unterschrank gezimmert und dann Chris von unten gebeten, den Wasseranschluss zu legen. Aus einer Laune heraus hatte sie eine gigantische Kühlkombination in der Designerfarbe Matt-Adobe bestellt. In die Tür des Tiefkühlschranks waren eine Eismaschine und ein Trinkbrunnen eingelassen – insgesamt ein Gerät, das eigentlich nur große Mittelschichtfamilien besaßen. Gewöhnlich stand kaum etwas in diesem Kühlschrank, aber wann immer Meg eine der großen, schweren Türen öffnete, kam sie sich sehr solide und bürgerlich vor.

Das Bad war nach all den Jahren noch immer nicht fertig. Meg hatte eine Wanne auf Klauenfüßen gekauft, die Anschaffung wegen der Höhe der Wanne aber schnell bereut. Es gab keine Dusche, und die Duschvorrichtung, die sie installiert hatte, war unpraktisch; sie benutzte sie nicht und nahm die Brause beim Haarewaschen abwechselnd in die eine, dann in die andere Hand.

Die Dekoration bestand vorwiegend aus Keramiken: misslungene, unverkäufliche Göttinnen aus ihrer neuesten Kollektion, angeschlagene Teller und mehrere Vasen, die Meg vor Jahren zu Lampen umfunktioniert hatte.

Diese Art zu leben hatte zu Meg gepasst. Es hatte ihr immer gefallen, dass Arbeits- und Wohnbereich ineinander übergingen; irgendwie verlieh es ihr das Gefühl, eine ernstzunehmende Töpferin zu sein. Und durch ihre Lebensweise unterschied sie sich einmal mehr von Charlotte, deren Wohnung an der Park Avenue von der Firma Moss & Leam eingerichtet worden war – „Mausoleum", wie Meg sie Libby gegenüber genannt hatte. Doch heute, mit den Augen einer Sozialarbeiterin betrachtet, fehlte es Megs Wohnung eindeutig an Gemütlichkeit, an Charme; es war ein rein funktioneller Raum, zu karg für ein Kind, das keine leiblichen Eltern mehr hatte.

Als Meg sich umschaute, geriet ihre Entschlossenheit, Kimble zu sich zu nehmen, wieder ins Wanken. Sie dachte an die Häuser, die sie kannte, in denen Kinder lebten. Einmal war sie bei Juliet Wie-hieß-sie-noch-gleich? gewesen, vor deren Scheidung. Ihr eines Kind war zweieinhalb gewesen, das andere noch ein Baby, und kein Winkel des riesigen Hauses war nicht darauf eingestellt. Überall grellbuntes Plastik: Kisten zum Transportieren und Aufbewahren, Spielzeug, Steckdosensicherungen, Nachtlichter, mehrere ausziehbare Gatter, um Treppen und Türen zu sichern, und billig aussehende Babyphones, die Geräusche von Blähungen verstärkten und in jedes Zimmer des Hauses übermittelten. Die Bücher, die überall herumlagen, waren keine kostbaren Kinderklassiker, die im Schaukelstuhl sitzend ehrfürchtig durchgeblättert wurden – es waren Bücher mit dicken, laminierten Seiten, deren Großaufnahmen von Wasserbällen und Babyschühchen die Realität übertrieben und, so dachte Meg, ein verträumtes Kind verschrecken würden. In Megs Augen hatte es dort keinen Raum gegeben für eine kindliche Sicht des Lebens, und sie war heilfroh gewesen, Juliets Haus verlassen und nach TriBeCa zurückkehren zu dürfen. Dasselbe Gefühl, wenn auch nicht ganz so stark, hatte sie in Stadtwohnungen, in denen Kinder lebten. Meg hatte sich nie überlegt, ihren Wohnraum neu zu gestalten – ein Raum, in dem sie jahrelang still vor sich hin geträumt und ihr Alleinsein genossen hatte. Wie eine störrische alte Jungfer aus einem englischen Groschenroman empfand sie unvermittelt eine heftige, widernatürliche Liebe zu all den vielen kleinen Dingen, die ihr Leben ausmachten.

Nein, dachte Meg, als das Telefon klingelte, heute würde sie sich zwingen, großzügig zu sein, Die Mit Gütern Gesegnete Baroness, und sie sprach mit deren rauchiger, selbstbewusster Stimme, als sie den Hörer abnahm.

„Meg-Meck?"

Die Stimme ging im Straßenlärm beinahe unter.

„Ja? Kimble?"

Durch die Leitung hörte Meg nur das Donnern eines vorbeifahrenden Lastwagens.

„Kimble! Bist du noch dran?"

„Die Frau hat gesagt, ich darf dich anrufen. Wir machen einen Ausflug."

Die beiläufige Art, in der Kimble das Wort „Ausflug" verwendete, erschreckte Meg. „Ach, mein Schätzchen! Du fehlst mir schrecklich. Du weißt doch, du bist nur zwischenzeitlich dort, oder? Weißt du, was ‚zwischenzeitlich' bedeutet?" Meg wurde bewusst, dass sie Zeit vergeudete, und sie wartete nicht auf eine Antwort. „Und wo genau bist du jetzt?" Sie wollte nicht fragen, mit wem Kimble unterwegs war. Sie wusste nicht genau, was „Unterbringung in Krisenfällen" bedeutete, und versuchte, die schrecklichen Bilder, die vor ihr auftauchten, zu verdrängen. Sie sagte sich, dass Kimble bei einer liebevollen, großmütterlichen Frau in Pflege war, einer jener Frauen, die als Säulen der Gemeinde galten und in Kirchenrundschreiben und Lokalzeitungen wegen ihrer Aufopferungsbereitschaft geehrt wurden.

„Im Zoo. Ich hab die Robbeninsel gesehen, und da hab ich der Frau gesagt, dass ich schon mal da war, aber Angel hat sie noch nie gesehen, und er hat gesagt, ich soll den Mund halten, sonst sticht er mir die Augen aus mit seinem Fingernagel. Er hat einen Fingernagel, der ist schrecklich lang und ganz hässlich und ..."

„Kimble, hör mir mal gut zu. Denk immer dran, dass es ganz egal ist, was die Leute zu dir sagen, weil du ganz, ganz bald bei mir leben wirst. Verstehst du das?"

Stille. Meg fragte sich, wie weit Kimble von der Robbeninsel entfernt war, ob sie sie noch sehen konnte, und wenn ja, ob sie sich an den Tag erinnerte, als Barry den Kopf in den Nacken geworfen und im Einklang mit der Robbe geheult hatte und die Luft mit ihren unterschiedlichen Wünschen vibrierte.

„Woher hast du meine Nummer?" fragte Meg.

„Von der Frau Mrs. Soto. Die hat sie mir gegeben. Und diese andere Frau, die mit uns hergekommen ist, ich weiß nicht mehr, wie sie heißt, sie hat mich die Knöpfe drücken lassen, 9-6-6-..."

Am liebsten hätte Meg Kimble gefragt, wie die Minuten nach ihrem gestrigen Abschied für sie gewesen waren, doch sie verbot es sich. Das war ihr eigenes Bedürfnis, sagte sie sich; ihr Bedürfnis, Kimbles Kummer als Beweis ihrer Liebe zu Meg zu betrachten. Ihr Bedürfnis, ihr Ego. „Hat Mrs. Soto dir auch dein Asthmaspray gegeben?" fragte sie. „Hast du es jetzt bei dir?"

„Ja."

„Sehr gut, Schätzchen."

„Was machst du gerade, Meg-Meck?"

„Ach, ganz viel. Ich bereite alles für dich vor, wenn du wiederkommst. Wenn man etwas will, muss man einen Plan machen und danach vorgehen", sagte sie. „Und man darf nie aus den Augen verlieren, was man will. Kannst du das?"

„Ich weiß nicht, was ich will", sagte Kimble und unterschied sich damit um keinen Deut von all den Erwachsenen, die Meg kannte.

„Nein, das weißt du wohl nicht", stimmte Meg zu. Dann verabschiedeten sie sich. Meg verließ das Haus, holte ihren Bus und fuhr zu Macy's, wo sie Möbel für ein Kinderzimmer kaufte, ein Spielzeughaus aus Plastik und andere Spielsachen in den grellsten Farben.

12

Auf dem Heimweg von Libby hatte Meg gespürt, wie sie allmählich zu einer Beobachterin der Passanten wurde, und diese Verwandlung war abgeschlossen, als sie zu ihrer Verabredung mit Sarina zu Lotsa Pasta ging. Bevor sie das Haus verließ, parfümierte Meg sich mit Chanel No. 19, streifte sich einen silbernen Armreifen vom Kunstmarkt in Somerville über das Handgelenk, schlang sich einen halb transparenten Schal mit einem schemenhaften, vage an Sanskrit erinnernden Muster um den Hals und schminkte sich mit einem neuen dunklen Lippenstift in der Farbe „Evenings Out“. Schon beim Herrichten entfernte sie sich immer weiter von sich selbst, und auf der Eighth Avenue kreisten ihre Gedanken bloß noch um den Namen des Lokals. „Lotsa Pasta“ – Pasta in rauhen Mengen – ihrer Ansicht nach waren die Besitzer dumm. Sie sollten wissen, dass Leute Lokale in Chelsea nicht mit der Absicht besuchten, sich den Bauch vollzuschlagen. Vielleicht würde sie das als Gesprächseinstieg verwenden. „Der Name ist doch unglaublich, oder?“ könnte sie lachend zu Sarina sagen. Nein, das war zu negativ. Worüber konnte sie sonst einen Kommentar abgeben? Konnte sie sarkastisch und gleichzeitig gutgelaunt klingen? Oder verlangte sie da zuviel von sich?

Kurz bevor sie die Tür des Restaurants erreichte, gerade als sie zu befürchten begann, dass ihr eine schrecklich geistlose Bemerkung über die Lippen kommen würde, legte ihr jemand die Hand auf die Schulter. Sarina strahlte auf die Art, von der Meg einmal geglaubt hatte, nur sie allein könne sie hervorrufen. Im nächsten Augenblick schlang Sarina die Arme um sie. Sie drückte Meg fest an sich, gewichtig und bedeutungsschwer, voll wortloser Anspielungen auf längst Vergangenes. Megs Umarmung war brüsk und höflich, die Reaktion einer Frau, die vor langer Zeit verlassen worden war.

Innen im Lokal wurden sie zu einem schönen Ecktisch geführt. Der junge Mann, der ihnen mit einer schwungvollen Geste die kunstvoll gefalteten Servietten ausbreitete, tat das zu Gunsten der beiden Männer am Nebentisch. Auch die abschließende Verneigung galt ihnen, obwohl er einmal auch zu Meg und Sarina schaute. „Der Name ist doch unglaublich, oder?" fragte Meg.

„Ätzend", sagte Sarina.

Konnte eine Frau, die das Wort *ätzend* in seiner modernen Bedeutung verwendete, wirklich Macht über sie haben? „Wie war dein Termin mit den Leuten von Savory Sachet?"

„Noch so ein ätzender Name", antwortete Sarina. „Aber das Gespräch lief gut, sehr gut sogar. Sie haben mir eine neue Produktreihe angeboten. Potpourri For All Seasons. Ätzender geht's wohl nicht mehr. Siehst du, wir sind noch keine zwei Minuten hier und haben schon ein Thema, worüber wir reden können."

Diese Bemerkung hätte Sarina nie gemacht, wenn sie nicht selbst nervös gewesen wäre. Meg schaute sie an. Ihre Lippen zitterten kaum merklich. Ihr breiter, leicht schiefer Mund – ein Mund, den Meg immer als beweglich bezeichnet hatte. Dieser Mund hatte Sarinas Gefühle unweigerlich verraten, auch wenn ihre Augen sie leugneten. In Momenten, in denen Meg die Wahrheit wissen wollte, hatte sie immer auf diesen Mund geblickt. Jetzt lächelte Sarina, ihre Selbstsicherheit kehrte zurück. Sie sah großartig aus. Fünfunddreißig, zwei Jahre jünger als Meg. Ihre Haut war so glatt und schimmernd wie damals, als sie zusammen waren; und die feinen Fältchen, die von den Augenwinkeln ausstrahlten, standen ihr so gut, dass Meg sich fragte, ob Sarina wohl gerade ihr bestes, schönstes Alter erreicht hatte. Sie trug eine rostrote Wildlederjacke und darunter ein schwarzes Danskin-Top, das bewusst ausgewählt war, vermutete Meg, um ihr Brustbein zu zeigen, die flachen Vertiefungen rechts und links des Knochens, die Meg so oft mit dem Fingerknöchel nachgezeichnet hatte, dann mit der Nase (und tief eingeatmet hatte), schließlich mit der Zunge, den Zähnen. Meg wandte ihre Aufmerksamkeit der Speisekarte zu.

„Also“, sagte Sarina, „erzähl mir, was mit der Kleinen ist.“

„Kimble“, sagte Meg. Es versetzte ihr einen Stich, dass Sarina sich nicht an den Namen erinnerte. Schließlich hatte Meg sich bemüht, „Savory Sachet“ im Gedächtnis zu behalten. Solche kleinen bewussten Gesten bedeuteten viel. „Im Augenblick steht es auf Messers Schneide. Gestern musste ich sie zum Jugendamt bringen, um den ganzen Behördenkram in die Wege zu leiten. Es bleibt alles in der Schwebe, bis das Familiengericht mir das Sorgerecht überträgt. Dann kann ich mich um die Adoption bemühen.“

„Wenn du entschlossen bist, die Sache durchzuziehen, klappt es bestimmt. Weißt du, ich habe immer gedacht, dass du eines Tages Mutter werden würdest.“

Darauf wusste Meg nichts zu erwidern. Sarina konnte doch nicht glauben, dass etwas eintrat, nur weil sie es sich wünschte. Andererseits – ihr Haus auf dem Lande hatte sie bekommen.

„Die Entscheidung ist mir alles andere als leicht gefallen.“

„Das glaube ich dir sofort. Doch meiner Ansicht nach hat dir eigentlich immer schon ein Kind gefehlt“, meinte Sarina.

Meg schaute sie nur an. „Ja, ein guter Anker – wenn ich schon sonst nichts habe.“

„Das meinte ich überhaupt nicht. Wie ist sie denn?“ Sarina beugte sich vor, schmiegte das Kinn in die Hand und sah Meg aufmerksam an.

Meg hatte Kimble noch nie beschreiben müssen. „Sie ist ein unglaublich süßes kleines Ding. Ich finde, sie ist überhaupt nicht so traumatisiert, wie zu erwarten wäre. Das ist in gewisser Hinsicht natürlich beängstigend. Sie muss eine ganz merkwürdige Sicht der Welt haben. Zuerst ist ihre Mutter gestorben, und dann hat ihr Vater sie auf Händen getragen. Dann ist *er* gestorben, und sofort war ich zur Stelle. Wie Enten in einer Schießbude – eine wird abgeschossen, die nächste rückt nach.“ Bei diesen Worten sah

Meg Sarina direkt in die Augen. „So läuft's in der Welt eigentlich nicht. Zumindest nicht für die meisten."

„Sicher nicht", stimmte Sarina sofort zu.

„Am meisten mag ich, wie sie mit sich selbst spricht. Die Stimme, mit der sie auf sich einredet, ist so – ich weiß nicht, so fürsorglich. Es ist gut möglich, dass sie ganz normal heranwächst, obwohl das ein Wunder wäre. Sie hat eine Puppe, die ihr Vater ihr geschenkt hat, sie heißt Roller Queen, und die nimmt sie überall mit hin."

Sarina lehnte sich zurück. Sie holte tief Luft. Die Kuhlen neben dem Brustbein vertieften sich. Sie nickte bedächtig. „Du bist wirklich großartig", sagte sie.

Anfangs kam Meg sich vor wie ein Objektiv, das sie auf sich selbst richtete, auf sich und Sarina, die aufgrund eines einzigen Blickes mit zu Meg gekommen war. Meg wusste nicht genau, ob sie in Gefahr war oder nicht. Während des Essens hatte sie bestätigt gefunden, was sie vor Jahren in ihrer bitteren Enttäuschung prophezeit hatte: dass Sarinas Gewandtheit, die Mühelosigkeit, mit der sie sich nahm, was sie wollte, zu Oberflächlichkeit werden würde, die ihre Anmut und ihr Verführungsgeschick beeinträchtigte. Mit dem Älterwerden, so hatte Meg vorausblickend gesagt, würde ihr Flirten klugen Frauen immer hohler erscheinen. Während des Essens hatte Sarina mit Komplimenten um sich geworfen. Sie kamen nie ganz an. Meg vermutete, dass sie nicht die einzige war, die sich über den Hintergrund dieser Komplimente Gedanken machte. Mindestens ein halbes Dutzend Mal an diesem Abend hatte Meg das Gefühl gehabt, dass sie Sarina irgendwie überflügelt hatte – dass sie seit ihrer Beziehung wieder gewisse Erwartungen stellte, eine abwartende Haltung einnahm, die nicht auf Schmeicheleien oder berechnende Gesten reagierte. Nein, hatte Meg gedacht, diese Frau konnte ihr nichts mehr anhaben. Und dennoch, da waren die Wildlederjacke, das schwarze

Danskin-Top und die Art, wie diese Kleidungsstücke getragen wurden. Da war der eine Blick, der sie hierher gebracht hatte, und die Tatsache, dass Meg vor dem Ausgehen ihr Bett frisch bezogen und ihre neueste Göttin auf die Kirschholz-Kommode gegenüber gestellt hatte. All das und eine leichte Angetrunkenheit und, schlimmer noch, Sarinas Parfüm, dasselbe, das sie während der langen Nächte ihrer ersten gemeinsamen Monate getragen hatte. Schließlich musste Meg aufhören, die Gefahr zu kalkulieren, musste das Objektiv aus der Hand legen, musste in unerträglich gespannter Erwartung dastehen, während Sarina den durchscheinenden Schal um ihren eigenen Hals und dann wieder um Megs schlang, eine Unendlichkeitsacht, ein körperlicher Reiz, dem sie sich nicht entziehen konnte. Schließlich war es Meg, die die beiden Enden des Schals packte und Sarina so heftig an sich zog, dass sie leise aufstöhnte, ein Stöhnen, das die zaghaften Regungen, gegen die Meg sich standhaft gewehrt hatte, aufflammen ließ.

In den nächsten beiden Tagen war das Loft eine Wohnung, in der Meg nur noch ihr Leben als Erwachsene lebte. Im Verlauf der ersten Nacht rollte sie Kimbles Futon zusammen und verstaute ihn im Schrank. Macy's hatte Kimbles Möbel noch nicht angeliefert, und Meg hatte keine Zeit gehabt, die Spielsachen hochzutragen, bevor sie zu ihrem Rendezvous mit Sarina aufgebrochen war. So waren sie noch unten in ihrem Bus, der in der Garage an der Hudson Street stand.

Im Verlauf dieser zwei Tage mit Sarina achtete Meg auf Dinge, die sie in letzter Zeit gar nicht mehr wahrgenommen hatte: Bücher über Malerei, über Mythologie und über alte Töpferkunst, die sie in ihrer Zeit mit Sarina gekauft hatte, wunderschöne Steine und Quarze, die auf Bücherregalen verstaubten, eine Serie von Rodin-Drucken, Frauenbilder, die sie gegenüber der klauenfüßigen Badewanne aufgehängt, aber in den letzten Jahren kaum mehr angesehen hatte.

Sarina hatte immer viel Zeit damit verbracht, Dinge einfach nur zu betrachten. Gelegentlich nickte sie bei dem einem oder anderen Anblick zustimmend, als würde er erst durch ihre Billigung zu existieren beginnen. Meg konnte sich vorstellen, dass dieses Sehen, dieses billigende Betrachten einen Großteil ihres Lebens auf Leahs Farm ausmachte. Meg stellte fest, dass sie nicht auf deren gemeinsames Leben eifersüchtig war, sondern darauf, dass für Sarina bloßes Sehen einen gültigen Sinn und Zweck des Lebens darstellte. In der Klauenfußwanne vor den Rodin-Drucken, im Bett unter dem weißen Deckenventilator aus Email, dessen ansprechend geschwungene, sich verjüngende Blätter sie seit langem wieder bemerkte – dort empfand Meg die Gefahr und gleichzeitig das Paradox: Wenn Sarina unzuverlässig war – gnadenlos unverbindlich –, wie konnte es Meg dann ein solches Glücksgefühl bereiten, einfach neben ihr zu liegen und den Ventilator zu betrachten?

Kritisch wurde diese Frage im Verlauf des zweiten Abends, als Sarina sich entschuldigte, um zu Hause anzurufen, sich dafür aber nicht weit genug vom Bett entfernte. Ihr Teil des Telefonats war erschütternd überzeugend. Sie erzählte Leah, die Leute von Savory Sachet seien von ihren Gestaltungsvorschlägen so begeistert gewesen, dass sie sie in das nächste Flugzeug nach Baltimore gesetzt hätten, um dem Chefdesigner des Mutterhauses ihre Arbeitsproben zu zeigen. Sie habe keine Minute Zeit gehabt anzurufen. Jetzt sei sie wieder in New York, aber zu müde, um noch am selben Abend heimzufliegen. Sie würde am nächsten Tag anrufen und Bescheid geben, mit welchem Flugzeug sie käme. Als Sarina die Stimme senkte, um Abschiedsworte zu flüstern, als ihr Ton leidenschaftlich wurde, bevor sie zu gurren begann, wusste Meg, dass Leah ihr jedes Wort abkaufte.

Noch immer nackt, kam Sarina ins Schlafzimmer zurück. Meg befreite sich aus den verdrehten Laken und Decken und setzte sich auf. „Sag mal, hat Leah ihr Studium aufgegeben, weil ihr klar wurde, dass ihr jegliche Intuition fehlt?“

Sarina besaß den Anstand, leicht zu erröten, auch wenn sie sich wieder zu Meg gesellte und ihr über das Haar strich. „In deinen Ohren mag es ja einfach geklungen haben, aber es ist mir sehr schwergefallen. Seit dir war ich mit keiner Frau außer Leah zusammen. Und jetzt bin ich wieder bei dir."

Für ein paar Sekunden verschlug es Meg die Sprache. Schließlich sagte sie: „Was ist, wenn ich dir glaube? Was ist, wenn ich dich bitte, dir zu überlegen, dass diese Äußerung Folgen haben könnte? Wärst du bereit, dich auf gewisse Veränderungen einzulassen?"

„Ach", sagte Sarina und wich ein Stück zurück. „Leidenschaft und ihre Folgen. Diese Seite von dir hatte ich ganz vergessen. Dein Beharren auf Verantwortlichkeit."

„Lass es gut sein. Einmal reicht."

„Du warst immer schon viel zu anständig für mich, Meg." Es stand außer Zweifel, dass sie es beleidigend meinte.

„Du hast Leah gerade angelogen, weil du in einer Beziehung lebst, die auf einer gewissen Verbindlichkeit beruht. Die bloße Tatsache, dass du lügst, beweist, dass du dich bestimmten Erwartungen unterwerfen musst. Das Leben, für das du dich entschieden hast, basiert auf einer Lüge. Du bist inzwischen fünfunddreißig, Sarina. Werde endlich erwachsen. Das Image des ungebundenen Freigeistes ist nichts mehr für dein Alter."

Sarina stand auf und zog ihre Jeans an. Sie griff nach Megs Sanskrit-Schal und warf ihn sich über die Schultern; die Enden bedeckten ihre Brüste. Es war typisch, dass sie eines von Megs Kleidungsstücken verwendete, um sich von Meg zu distanzieren.

„Schau dich doch mal um, Schätzchen", sagte sie. „Dieses Loft entspricht immer noch genau der Frau, die du mit Ende Zwanzig warst. Das unfertige Bad ist *deine* Weigerung, erwachsen zu werden. Der Kühlschrank ist *deine* Art, Leuten eine lange Nase zu drehen, die mehr von dir erwarten – wahrscheinlich immer noch Charlotte. Ich mag ja meine Fehler haben, und vielleicht hast du besonders unter ihnen zu leiden gehabt, aber ich würde mich nie mit diesem provisorischen Leben abfinden. Deswegen bin ich aus New York weggegangen."

„Deswegen hast du dir eine reiche Erbin gesucht", ergänzte Meg leise. „Vergessen wir nicht, *wie* du nach Vermont gekommen bist. Mein bürgerlicher Kühlschrank mag ja kitschig sein, aber zumindest macht er mich nicht zu einer Figur in einem Groschenroman."

Sarina wollte etwas sagen, aber dann stieß sie nur laut die Luft aus und sackte ein wenig in sich zusammen. Der Mangel an Schlaf zeigte sich in ihren Augen. Ihre Stirn war nicht mehr glatt.

Meg wusste, dass es nicht stimmte, was sie gesagt hatte. Niemand lebte in einem Groschenroman; Groschenromane wurden von Menschen geschrieben und gelesen, die keine Lust hatten, ihr eigenes Lebensmuster zu entwerfen. Jeder Mensch, der auch nur einen Augenblick der Einsamkeit kannte, nahm sich und sein Leben ernst.

Sarina spielte mit dem Saum von Megs Schal und sah nicht auf, doch sie sprach mit einer rauchigen, wohlmodulierten Stimme – verführerisch für jeden, der sich zu ihr hingezogen fühlte. „Du willst also nicht darüber nachdenken, was aus uns beiden werden könnte?"

Meg stützte sich auf den Ellbogen, der unter ihrem Gewicht ein wenig zitterte. Eine Weile war sie unfähig, etwas zu antworten, und in dieser Zeit stieg in ihr der Gedanke auf: *Ich kann sagen: „Nein, ich will nicht darüber nachdenken, was aus uns beiden werden könnte", und dann soviel darüber nachdenken, wie es mir Spaß macht.*

„Vergiss nicht, du bist nicht sonderlich scharf darauf, Mutter zu sein", erinnerte Meg sie.

„Na ja", meinte Sarina. „Ich bin ziemlich anpassungsfähig."

„Ja", stimmte Meg zu. „Du bist ziemlich anpassungsfähig."

Als Meg aufstand, merkte sie mit dem Blick der unbeteiligten

Beobachterin, dass Sarina ihr Selbstbewusstsein noch nicht wiedergefunden hatte und dass der kantige Knöchel unter dem Saum ihrer Jeans – ein Knochen, den Meg immer als sehr persönlich empfunden hatte, eine perfekte kantige Rundung, die eigens für Sarina geschaffen war – einfach nur noch ein x-beliebiger Knöchel war. Meg schlüpfte in einen Pullover und ging zum Schrank, um sich eine Hose zu holen.

Die Spielsachen lagen noch im Wagen. Panik stieg in Meg auf – vielleicht hatte sie sie zu lange dort gelassen, vielleicht waren sie gestohlen worden, und wenn nicht, waren sie vielleicht vor Vernachlässigung verkümmert, wie Waisenkinder.

13

Als sie zwei Tage später im Lastenaufzug hinabfuhr, um der Sozialarbeiterin vom Jugendamt die Tür zu öffnen, dachte Meg noch immer über Sarina nach. Merkwürdig, dass sich all ihre Gedanken um Sarina gedreht hatten – sie hatte innerlich mit ihr gesprochen, hatte über sie nachgegrübelt, trotz der niederdrückenden Traurigkeit, die ihren Abschied umgab. Als Meg die schwere Haustür öffnete, fiel ihr auf, dass sie es sich im Verlauf der Jahre angewöhnt hatte, viele ihrer Aktivitäten an jemanden zu richten, die einer Cheerleaderin an der High-School glich – einer Frau, die sich nur dem Triumph widmete. Diese Erkenntnis war nicht neu, war ganz im Gegenteil sogar alt, aber jetzt wanderte sie vom Gehirn in den Bauch, an die Stelle in Megs Körper, wo sich alle Scham und alle Schande sammelte; die Stelle, die mit einem Rückstoßventil versehen war, so dass Meg am Rande des Schlafes stehen, aber plötzlich nicht mehr einschlafen konnte – ein Zustand, der manchmal eine ganze Woche anhielt. Und jetzt musste sie binnen einer Sekunde einen Neuanfang machen, geistesgegenwärtig und fröhlich sein.

„Mrs. Cheney? Guten Tag. Ich bin Meg Krantz“, sagte sie lächelnd.

„Guten Tag. Ja, ich bin Mrs. Cheney vom Jugendamt.“ Die Frau lachte kurz auf, als müsste sie sich ihre eigene Identität bestätigen. Sie war eine Weiße, rund zehn Jahre älter als Meg; ihr drahtiges, kinnlanges Haar rahmte ihr Gesicht ein wie ein bauschiger braun-weißer Vorhang. Sie trug eine abgenutzte Aktentasche bei sich und einen Stoffbeutel, aus dem Gemüse ragte. Meg hatte genau den gleichen Stoffbeutel, auf dem das Bild der Weltkugel prangte, und jetzt freute sie sich, war beinahe entzückt, dass sie eben diesen Beutel an den Haken in der Küche gehängt hatte, wo sich früher ihr handtaschengroßer Schlagstock befunden hatte.

„Consuela hat mir gesagt, dass Sie immer pünktlich auf die Minute sind.“ Zur Bestätigung hielt sie der Frau ihre Uhr hin. Dann fürchtete sie, die Bemerkung könnte als herablassend empfunden werden. „Danke, dass Sie gekommen sind“, fügte sie hinzu und klang nicht minder roboterhaft als Charlotte bei ihrer alljährlichen Silvesterparty.

Im Verlauf der vergangenen beiden Tage hatte Meg vieles in Angriff genommen. Sie und ihr Nachbar Chris hatten ein Feuergitter mit einer abschließbaren Tür um den Brennofen installiert. Sie hatte gründlich geputzt. Das erfolglose Unterfangen, Sarina aus ihren Gedanken zu verbannen, hatte zumindest große Ordnung und Reinlichkeit zur Folge gehabt. Meg hatte ein gutes Gefühl, als sie ihr Loft betrat.

„Oh“, sagte Mrs. Cheney. Ihre Stimme war höflich und erstaunlich neutral.

„Kann ich Ihnen eine Tasse Tee anbieten? Kaffee, Pfirsichtee oder sonst etwas? Ich habe Ananassaft da, Kimble liebt ...“

„Nein danke. Ich hoffe, Sie haben nichts dagegen, mir Ihre Wohnung zu zeigen?“ Mrs. Cheney ging ins Atelier und blieb vor dem Trockenregal stehen. „Das sind Ihre Töpferwaren?“

„Ja.“ Meg hielt es für das beste, nichts weiter zu sagen. Aber es wurmte sie, dass ihre Keramik als Ware betrachtet wurde – obwohl sie genau das war.

„War jemand von der Feuerwehr hier? Ist dieses Loft legal?“

„Ich habe eine Wohngenehmigung“, antwortete Meg. Sie erzählte nicht, dass sie sie erst seit wenigen Monaten besaß – nachdem sie und die anderen Mieter das Haus den Vorschriften entsprechend hergerichtet hatten. „Möchten Sie sie sehen?“

Mrs. Cheney lächelte. „Andere würden sie sehen wollen, das können Sie mir glauben.“ Sie betrachtete das Gitter rund um den Brennofen. „Was ist das?“

Meg schloss die neue Tür auf und zeigte Mrs. Cheney ihren Ofen. Sie erklärte die Brandschutzvorrichtungen und ließ durchblicken, sie sei so sicherheitsbewusst, dass es das Gitter schon immer gegeben hatte.

„Also, dieses Kind, das Sie adoptieren möchten – Kimble Toffler. Sie wissen, dass sie im Augenblick einen Amtsvormund hat. Das wurde Ihnen alles erklärt?"

„Ja."

„Und wurde Ihnen auch gesagt, was wir von Ihnen benötigen? Zum Beispiel Ihre Geburts- oder Heiratsurkunde. Wahrscheinlich haben Sie keine Gehaltsabrechnungen, aber Ihre Steuererklärung genügt. Empfehlungen von Arbeitgebern haben Sie vermutlich auch nicht, oder?"

„Es gibt mehrere Kunden, für die ich schon seit Jahren arbeite. Was noch?"

„Lassen Sie mich mal sehen." Mrs. Cheney setzte eine Lesebrille auf – eine der Art, wie sie in Drogeriemärkten angeboten wurde – und holte aus ihrer Tasche einige Unterlagen hervor. „Hier ist eine eidesstattliche Erklärung, die Sie unterschreiben müssen. Lesen Sie sie in aller Ruhe durch. Sie müssen versichern, dass Sie nie wegen eines Verbrechens verurteilt wurden." Sie warf Meg ein ironisches Lächeln zu – die Bürokratin, die den Vorschriften genügte. „In anderen Bundesstaaten sind die Vorschriften viel strenger. Potentielle Pflegeeltern müssen ihre Fingerabdrücke nehmen lassen, die dann in den Polizeicomputer eingegeben werden."

Meg überflog die eidesstattliche Erklärung und unterzeichnete sie „Ich kann Ihnen meine Geburtsurkunde geben oder eine Kopie davon. Meine Steuererklärungen für die ganzen letzten Jahre habe ich auch. Möchten Sie sich Kimbles Schlafzimmer ansehen?"

Mrs. Cheney folgte ihr in den hinteren Teil des Lofts, wo Meg in den letzten Tagen eine Wand um Kimbles Schlafbereich eingezogen hatte. Der Raum war noch nicht möbliert, aber ihre anderen Einkäufe bei Macy's hatte Meg ausgepackt, darunter ein postmodernes Spielzeughaus aus stahlgrauen Plastikwürfeln, die unregelmäßig zusammengesetzt werden mussten.

„Das ist ein wenig ... nun ja, ungewöhnlich."

„Ich habe wohl ein bisschen daneben gegriffen", entschuldigte sich Meg. Sie zeigte Mrs. Cheney ein Bild der Schlafzimmereinrichtung, die sie für Kimble bestellt hatte.

Mrs. Cheney nickte abwesend. Meg wusste, dass sie lächerlich klang, absurd. Vielleicht gefiel Mrs. Cheney das reduzierte Aussehen des Spielzeughauses nicht, aber welcher ernstzunehmende Mensch – zumal eine Angestellte des Jugendamtes – ließ sich von einer Frisierkommode beeindrucken, deren Spiegel einer Broadway-Ankleide nachempfunden war? Wie die Tunte, die vor Jahren am Empfang von REACH gesessen und sich die Zeit mit Sticken vertrieben hatte, so hatte Meg sich zur Parodie einer Hetero-Frau stilisiert – in diesem Fall einer Mutter, deren ganzes Trachten dem samtigen Teint ihrer Tochter galt. Als nächstes würde sie Mrs. Cheney noch sagen, dass sie aus dem Katalog identische Hüte für Mutter und Tochter bestellt hatte.

„Vielleicht will sie ja auch gar keine Kommode", meinte Meg. „Dann kann sie sie als Tischchen benutzen oder so. Das überlasse ich ganz ihr. Sollen wir vorne Platz nehmen?"

Meg führte Mrs. Cheney zu ihrem alten Sofa, das unter bunten Überwürfen verschwand. Sobald Mrs. Cheney sich gesetzt hatte, kam sie zur Sache. „Können Sie mir sagen, welche Erfahrung Sie mit Kindererziehung haben, Miss Krantz? Ich weiß, das Thema wurde von Consuela Soto bereits kurz angesprochen, aber die Frage hat doch einigen Einfluss auf unsere Beurteilung. Insbesondere im Fall einer alleinstehenden Frau, die möglicherweise keine weiteren Ressourcen für die Kinderbetreuung hat, müssen wir wissen, über welche Erfahrung sie verfügt. Und uns interessiert, welche anderen Personen eine Rolle im Leben des Kindes spielen werden – Verwandte, Lebenspartner, enge Freunde ..."

„Ich bin froh, dass Sie das Thema ansprechen", unterbrach Meg. „Sie müssen wissen, dass ich lesbisch bin. Im Augenblick bin ich allein, aber das kann sich natürlich ändern." Obwohl Meg sich auf diese Aussage vorbereitet hatte und wusste, dass sie deshalb von keiner Behörde diskriminiert werden durfte, war die Unbekümmertheit, mit der sie sprach, nur gespielt; dahinter verbarg sich reine Panik – eine Angst, die den Tisch vor ihren Augen leicht verschwimmen ließ, eine Nervosität, die trotz vieler ähnlicher Situationen nie von ihr gewichen war. Sie zwang sich fortzufahren. „Meine Familie ist nicht sehr groß, aber meine Mutter wohnt an der Park Avenue, wir telefonieren mehrmals die Woche. Sie kennt Kimble und unterstützt mein Vorhaben."

Mrs. Cheney murmelte zustimmend. „Wir haben im Pflegesystem auch einige homosexuelle Eltern. Manche von ihnen adoptieren das Kind später auch. Doch sagen Sie, worin genau besteht Ihre Erfahrung in Sachen Kindererziehung?"

„Ich habe eine sehr enge Freundin, wir haben einmal zusammen gewohnt, sie lebt jetzt in Delaware, und ich bin die Patentante ihres kleinen Sohnes. Sie hat auch noch eine ältere Tochter. Die beiden sind schon als Kleinkinder bei mir in New York gewesen."

„Ich meine langfristige Erfahrung."

Eine Lüge, die überprüft werden und sie teuer zu stehen kommen konnte, und sie genügte nicht. Lahm fügte Meg hinzu: „Na ja, mittlerweile sind die beiden Kinder im Teenageralter, da kann man doch von Langfristigkeit sprechen."

Mrs. Cheney machte sich eine Notiz. Als sie aufschaute, fürchtete Meg, sie könnte nach Camis Namen fragen. Über Camis Bestätigung hinaus war ihre Lüge nicht verifizierbar; doch abgesehen davon – welchen Grund hatte Cami, die nie Cami Toosdanelda-newspickle Porter sein würde, für Meg zu lügen?

„Wie ich sehe, hat Kimble Asthma. Welche Erfahrung haben Sie im Umgang mit Asthmakranken?"

„Das Asthma wurde diagnostiziert, als Kimble mit mir zusammen war. Ich habe sie ins Krankenhaus gebracht und bin dort geschult worden ..." Meg hörte selbst, wie defensiv sie klang, und brach ab. Welche leiblichen Eltern konnten diese Fragen zufriedenstellend beantworten?

„Miss Krantz, ich will ehrlich sein und Ihnen sagen, dass Sie als alleinstehende, freiberuflich tätige Frau in diesem Fall vielleicht nicht als ideale Kandidatin gelten. Das ist nicht mein subjektives Urteil, das entspricht den Fakten."

„Kimble und ich haben bereits eine enge Beziehung zueinander aufgebaut. Ich habe mich um sie gekümmert, als niemand anders da war. Zählt das nicht?"

„Doch, das zählt sehr viel. Aber ich will offen sein. Ein Zuhause mit zwei Elternteilen gilt immer noch als erstrebenswert. Und ich muss Ihnen auch sagen, dass es durchaus eine Rolle spielt, dass Kimble zu der sehr begehrten Gruppe von Kindern gehört, die geistig und körperlich gesund sind." Mrs. Cheney stellte beide Füße auf den Boden, beugte sich vor und spielte mit einem Räucherstäbchenhalter, den Meg vor vielen Jahren getöpfert hatte. „Wir haben eine schier endlose Zahl von HIV-positiven Kindern", fuhr sie fort. Sie griff in ihre Tasche und zog eine Mappe hervor, deren Rücken Meg von ihrem Besuch beim Jugendamt erkannte. Es war ein blaues Buch mit allen zur Adoption freigegebenen Kindern – ein Buch, das seinen Zweck so schamlos demonstrierte, dass Meg unwillkürlich den Blick abwandte. Sie legte Mrs. Cheney die Hand auf den Arm.

„Habe ich mit Mrs. Soto schon alle Unterlagen ausgefüllt, oder gibt es noch mehr?" Megs Stimme war kühl. Was diese Frau ihr mitteilte, stand außer Zweifel: dass sie zwar sehr wohl für ein HIV-positives Kind in Frage kam, ihre Eignung für ein gesundes Kind aber nur mäßig sei. „Vielen Dank für Ihr Angebot. Aber ich habe sieben Jahre lang Sterbenden die Hand gehalten, und ich glaube, es ist mein Recht, ein gesundes Kind adoptieren zu wollen. Ich weiß, dass es mein Recht ist."

Damit war das Gespräch praktisch beendet. Als Meg Mrs. Cheney nach unten begleitete, achtete sie darauf, dass sie den Lastenaufzug genau in Bodenhöhe zum Stehen brachte. Als sie wieder hinauffuhr, spürte sie, wie ihre Worte über ihr Recht greifbare Gestalt in ihr annahmen, wie sie in ihren Handgelenken summten, hinter ihren Ohren, die trostlose Begleitmusik zum Bild eines Kindes, das Tag um Tag, Nacht um Nacht dalag und schließlich in einem Bett starb, das keine „Kleine Meerjungfrau" als Trost bot, sondern nur grobe Laken von einheitlichem Weiß.

Meg hatte sich gelobt, am folgenden Morgen um halb acht aufzustehen und mit einem Auftrag für New England Arts anzufangen, einem Geschäft in New Hampshire, das sich den Anstrich eines altertümlichen Handwerksbetriebs gab. Um halb zehn lag sie noch immer im Bett und starrte zu den Blättern ihres Deckenventilators empor. Von draußen hörte sie das metallische Kreischen von Lastwagenbremsen, das gelegentliche Wummern eines Schlaghammers, die Rufe der Bauarbeiter, das Brausen des Verkehrs auf der Hudson Street.

Eine siebenunddreißigjährige Frau, die inmitten des hektischen Treibens der Welt allein im Bett lag, ein Flusspferd im Schlammtümpel. Sie setzte sich auf, massierte sich den Nacken und stellte die Kaffeemaschine an. Sie erwog, Libby anzurufen. Sie könnte eine Nachricht auf dem Anrufbeantworter hinterlassen. Sie könnte sagen: „Ich möchte nur erfahren, wie alles gelaufen ist." Aus Höflichkeit würde jemand zurückrufen. Elena oder die Phantomtochter. Das würde sie tun, beschloss Meg, sobald sie ihren Kaffee getrunken hatte. Dann klingelte ihr Telefon. Meg schaute auf das blinkende Licht des Anrufbeantworters, während eine Stimme erklang: „Meg, hier ist Ray. Von REACH. Ich will dir nur sagen ..."

„Ray!"

„Hallo! Hör mal, ich bin noch nicht bei der Arbeit. Ich wollte dich unter der Hand wissen lassen, dass Shirley Marzola gestern bei mir angerufen hat. Sie weiß nicht genau, was die pädiatrische

Abteilung macht; sie denkt, wir sind eine Art Kindergarten. Sie wollte wissen, ob Kimble bei uns ist. Ich will jetzt nicht in die Details gehen, aber du solltest wissen, dass sie geglaubt hat, Kimble wäre positiv, und jetzt weiß sie, dass sie negativ ist. Mehr kann ich dir nicht sagen. Ich wollte nur, dass du Bescheid weißt."

Meg warf einen verzweifelten Blick auf die Kaffeemaschine, doch der Kaffee war erst zu einem Drittel durchgelaufen. Sie nahm die Kanne, warf einen Schwamm auf die Wärmeplatte, um den durchtropfenden Kaffee aufzufangen, und schenkte sich eine Tasse ein. Sie schloss die Augen, trank einen Schluck. „Weiß sie, wo Kimble jetzt ist?"

„Ich habe ihr nicht Consuelas Namen genannt, wenn du das meinst. Ich habe ihr erzählt, dass Kimble während Barrys Krankheit und kurz nach seinem Tod in der Spielgruppe war, aber dass sie jetzt keine Klientin mehr ist. Was ja auch stimmt. Du bist keine Mitarbeiterin mehr, sie ist keine Klientin mehr. Hör mal, es tut mir wirklich leid. Da haben wir beide gepatzt."

„Das sind keine guten Neuigkeiten. Aber vielen Dank, Ray. Wirklich. Du bist mir bei der ganzen Sache eine große Hilfe gewesen."

Ray hustete in den Hörer. „Entschuldigung. Danke."

„Ist bei dir alles in Ordnung?"

„Ja, alles im grünen Bereich. Nur ein bisschen TB, Pneumozystose und allgemeine Lungendysfunktion, weiter nichts."

Erschreckenderweise wusste Meg nicht, ob Ray scherzte oder nicht. „Du gehst heute arbeiten?" fragte sie hilflos.

„Ja."

„Gut!" antwortete sie mit ihrer muntersten Stimme, die sie aus ihrem ersten Jahr als ehrenamtliche Mitarbeiterin kannte, einer kräftigen, hässlichen Stimme.

„Welche Partei, bitte?" Es war derselbe Portier, der damals in seine Rennformulare vertieft gewesen war, als Meg und Kimble durch das Foyer des Rego-Park-Wohnblocks gegangen waren. Zuerst verstand Meg ihn nicht. Partei?

„Ach so! Shirley Marzola. In welchem Apartment wohnt sie gleich? 8 G?“ Meg hatte sich nicht telefonisch angemeldet. „Sagen Sie ihr, es ist Meg Krantz.“

Meg hörte ein Rauschen, als der Portier in die Gegensprechanlage sprach, dann glaubte sie, am anderen Ende einen Fluch zu hören oder zumindest einen Tonfall, der einen Fluch implizierte. Die Miene des Portiers blieb ausdruckslos. „8 E“, sagte er und bedeutete ihr hinaufzugehen.

Shirley stand im fahlen Licht der Lampe, die über ihrer Tür angebracht war. Schweigend sah sie zu, wie Meg aus dem Lift trat. Sie trug ein Hauskleid aus blauer Baumwolle, das rundum mit steifen Biesen besetzt war; sie sahen aus, als würden sie ihr bei jeder Bewegung den Hals zerkratzen. Sie musterte Meg von Kopf bis Fuß. „Manche Menschen schrecken wirklich vor nichts zurück“, sagte sie.

Megs Herzschlag beschleunigte sich, die Kehle wurde ihr heiß. In ihrer Welt waren Anschuldigungen immer nur verdeckt ausgesprochen worden, hatten sich der Hintertür bedient.

„Ich kann nicht behaupten, dass ich stolz darauf bin“, antwortete sie.

„Stolz? Das ist ein Sakrileg! Etwas Verabscheuenswürdigeres kann ich mir nicht vorstellen. Was für ein Mensch muss man sein, um so was tun? Und Sie, die doch den Menschen helfen, die der Welt Gutes tun will – benimmt sich so eine Wohltäterin? Es gibt so viel Schreckliches auf der Welt, und Sie verpassen einem unschuldigen kleinen Mädchen Aids!“

Innerlich fuhr Meg zusammen. Diese Frau, dachte sie, diese Frau, die in Atlantic City in die Spielhölle geht und sich in Palm Beach amüsiert, wedelt jetzt in ihrer Verletztheit mit einer offiziellen Bekanntmachung: Es gibt so viel Schreckliches auf der Welt.

„Darf ich eintreten, Shirley?“

„Der Hausflur reicht.“

Panik stieg in Meg auf. Bestimmte Gespräche verlangten eine bestimmte Körpersprache – verschränkte Beine bei ernsthaften Nachfragen, Hände in den Taschen bei Konfrontationen. Sie hatte keinen Stuhl, keine Taschen. Die gegenüberliegende Wand war weit entfernt. Hier stand sie, in der Mitte eines Hausflurs, in dem es nach gekochtem Kohl roch. Ihr gegenüber stand Shirley Marzola, ohne Schminke, entblößte Oberarme mit schwammigen Hautfalten, ein glitzerndes Goldkettchen um einen geschwollenen Knöchel – Charlotte in einer anderen Welt, Charlotte im Spiegel von Rego Park.

Meg verschränkte die Arme vor der Brust, bemerkte, wie aggressiv diese Haltung wirkte, und ließ sie hilflos herabhängen. „Warum wollen Sie sie?“

„Sie ist meine Enkeltochter.“

„Was ist mit Sal Zito? Er will doch keine Kinder.“

„Sal gibt's nicht mehr. Ich verrate Ihnen eine Lebensweisheit: Vertrauen Sie nie einem professionellen Sargträger.“

„Aber Sie waren sich wegen Kimble doch selbst nicht sicher. Das hat Barry mir erzählt. Sie selbst haben das gesagt.“

„Schulde ich Ihnen vielleicht eine Erklärung? Sie ist meine Enkeltochter. Sie ist das Kind von meiner Anita. Ich will sie, weil sie mir gehört.“

Meg schwieg einen Moment. „Mrs. Marzola, in Ihrem Leben hat sich gerade eine Lücke aufgetan. Meiner Ansicht nach geht es für Sie jetzt darum.“

„Ja und? Unser aller Leben besteht aus Lücken. Wir versuchen, sie zu füllen, jeder auf seine Art. Anita hat's mit Gott versucht. Ich fahre nach Atlantic City. Glauben Sie vielleicht, bei Ihnen gäb's keine Lücken – wo Sie ein fremdes Kind haben wollen?“

Am anderen Ende des Flures ging eine Tür auf, und ein Mann mit einer Mülltüte trat heraus. Er grüßte Shirley und Meg nicht einmal mit einem Nicken, war aber zweifelsohne der Ansicht, dass sie ihr intimes Gespräch auf seinem Territorium führten. Durch seine offene Wohnungstür trieben die Klänge eines populären Klavierstücks heraus. Er ging mit seiner Tüte zum Müllschlucker.

„Das ist ein mechanisches Klavier", sagte Shirley zu Meg. Während sie diese vertrauliche Information offenbarte, entspannte sich ihr Gesicht. „Er selbst kann keine Note spielen. Guten Tag, Mr. Holland."

Der Mann schaute auf und winkte, allerdings eher abwehrend als grüßend. Ein unverbesserlicher Misogynist, mutmaßte Meg.

„Ich will in der Tat ein fremdes Kind annehmen, das gebe ich zu. Ich habe mir nie überlegt, ob ich ein Kind haben möchte, nicht ernstlich, bis Kimble und ich zusammen erlebten, wie ihr Vater starb. Wir saßen draußen im Gang im St. Luke's und haben Karten gespielt. Sie war schrecklich an dem Tag, aber ich habe eine ganz seltsame Erfahrung gemacht: als würde ich zurücktreten und uns beide wie in einem Bild dasitzen sehen. Haben Sie je zwei Menschen in einem Bild dasitzen sehen, oder auch nur im Fernsehen? Es sind bloß zwei Menschen in einem bestimmten Augenblick – doch die beiden haben etwas so Unerschütterliches an sich, etwas so Beständiges, dass der bloße Anblick einen tröstet? An dem Tag hat sich meine Einstellung zum Leben verändert. Es war nicht so erhebend, nicht so überschäumend wie das Gefühl, unendlich viele Möglichkeiten zu haben, was ich ja auch kenne; aber ich fühlte mich an dieses Bild gebunden, an diese Szene, wie wir zwei dort saßen. Barry würde in dem Zimmer nebenan sterben, und ich würde seine Rolle übernehmen. Was immer Barry im Lauf seines Lebens getan haben mag – mit Kimble wollte er das wiedergutmachen. Vielleicht wäre es ihm nicht gelungen, selbst wenn er gesund gewesen wäre, aber im Augenblick herrscht in Kimbles Welt das reinste Chaos. Irgend jemand muss etwas Ordnung für sie hineinbringen. Irgend jemand muss ihr Bodenhaftung geben."

„Und Sie glauben, das müssten Sie sein? Sie glauben, Sie haben das Recht dazu?"

„Mein Vorteil ist, dass ich noch keine Vergangenheit mit ihr habe. Ich bin neutral. Ich kann den Schaden eindämmen."

„Sie kommen hierher, bauen sich in meinen Hausflur auf und sagen mir, dass ich der Schaden bin."

Meg schüttelte den Kopf und verlagerte das Gewicht auf das andere Bein. „Nein, ich erinnere Sie nur daran, dass Sie auf die Achtzig zugehen, wenn Kimble zehn ist."

„Ich weiß, dass Sie auch nicht mehr so ganz jung sind."

Meg lächelte.

„Ich hab noch ein bisschen Geld von Atlantic City", sagte Shirley. „Ich besorge uns eine Zwei-Zimmer-Wohnung."

„Mrs. Marzola – Sie sind beim Jugendamt aktenkundig. Das sollten Sie wissen." Meg war sich alles andere als sicher, ob das wirklich stimmte.

Jetzt öffnete Shirley die Tür etwas weiter und winkte Meg hinein, bot ihr aber keinen Stuhl an. Sie standen in dem winzigen Flur, Meg unter einem Keramikornament, von dem eine Geburtstagskarte hing: eine alte Frau auf einer Harley-Davidson.

„Ich erspare Ihnen die ganzen Details. Anita, meine Tochter, war ein richtiger Teufel. Mit zehn auf Drogen. *Ich* kann Ihnen was von zwei Menschen in einem Bild erzählen. Als ich Anita aufzog, ganz allein, war ich in einem Bild gefangen. Sie hat ständig nur versucht, aus dem Bild auszubrechen, und mir wär's besser ergangen, wenn sie nicht in dem Bild gewesen wäre, das kann ich Ihnen flüstern. Aber ich hab gewusst, was meine Pflicht ist. Ich hab sie mir angeguckt und mir gedacht, *sie* sollte in die Welt hinausgehen; wer hier Schutz braucht, das bin *ich*. Während ich bei der Arbeit war, ist sie mit meinem Auto durch die Gegend gefahren – da war sie zwölf. Sie hat einen Unfall gebaut, ist vors Jugendgericht gekommen; die Strafpredigt vom Richter hab ich gekriegt. Sie hielt es für ihre Mission, in die Welt hinauszugehen und sie zu erobern; ich war die Schwache, ich war diejenige, die von der Arbeit heimkam und sich die Füße massieren lassen wollte; ich war diejenige, die gejammert hat, sie würde es nicht schaffen, die Welt wäre zu schlecht, die Chefs zu anspruchsvoll, die Rechnungen zu hoch, immer dieselbe Leier. Also bin ich ab und zu verreist. Und meistens bin ich zu lange weggeblieben, und nur deswegen weiß eine Wildfremde wie Sie Bescheid über mich und das Jugendamt. Um mich zu bestrafen, ist Anita ins Kloster gegangen. Sie hat sich einen Ort ausgesucht, an dem alles um hundertachtzig Grad anders lief. Ein schlechter Witz. Womit könnte ein Kind seine Mutter schlimmer bestrafen, als wenn es sein Leben zu einem schlechten Witz macht?"

Meg nickte. Hier war sie, mit ihren siebenunddreißig Jahren, und identifizierte sich immer noch mit der pubertierenden Anita. Welche andere Macht hatte Meg je über Charlotte besessen, als sich in das Gegenteil von Charlottes Idealfrau zu verwandeln?

„Also ist der Teufel zum braven Engelchen geworden. Dann dreht sich das Karussell wieder, und sie trifft diesen Betrüger und kann sich nicht entscheiden, ob sie das brave Engelchen ist oder der Teufel von früher. Dann kriegt sie Aids und stirbt. So ist das: Ich hatte eine Tochter, ich hab's verpatzt, und jetzt habe ich keine Tochter mehr."

„Und was war mit Anitas Vater?"

„Der war verheiratet, wie alle anderen auch. Kennen Sie die nicht, diese umweltbewussten Frauen? Die nehmen nur recycelte Männer. So eine bin ich auch." Shirley trat zwei Schritte zurück. „Wo Sie nun schon mal da sind – ich hätte ein paar Tiefkühl-Hörnchen ..."

Meg nickte bedächtig, als überdenke sie einen besonders heiklen Verhandlungspunkt. „Ja, das wäre schön."

Auch Shirley nickte langsam. Sie trat in die Kitchenette, die sich direkt an den Flur anschloss. Meg betrachtete sie. Shirley trug Satinslipper, die mit zweiköpfigen Drachen bestickt waren. Eine

Gummisohle blieb kurz an etwas Klebrigem auf dem Linoleumboden haften. Auf Shirleys angespanntem Wadenmuskel zeichnete sich eine dicke blaue Vene ab. Ihr Nacken und die Schultern lagen unter Fleischwülsten verborgen. Zwischen ihrer Haut und ihrem Knochengerüst – dem Zentrum der Energie, die Jugendlichkeit selbst – lagen so viele Schichten, dass beides kaum miteinander verbunden schien. Falten oder Fettwülste. Das eine oder das andere.

Shirley legte vier kleine tiefgekühlte Hörnchen unter den Grill eines Toaster-Backöfchens. Sie beugte sich vor und regulierte die Temperatur. Unter dem matten Rot des Knopfes sah Meg einen Stern in reinstem Weiß. „Die tauen auf, dann werden sie gebacken", erklärte Shirley. Sie stellte Teller aus Milchglas auf laminierte Sets. „Ich hab mein ganzes Leben verpatzt", sagte sie.

In der Nachbarwohnung lief ein Wasserhahn. Der Moment verstrich, in dem Meg ihr hätte widersprechen können.

„Aber ich hab auch viel Spaß gehabt", fügte Shirley schnell hinzu. „Manche Leute denken, dass Spaß der ganze Sinn des Lebens ist. Und ich hab meinen Spaß gehabt."

Meg wollte nichts von Shirleys Spaß hören. Ohne jeden Grund war sie plötzlich überzeugt, dass Shirley ihr gleich orgiastische Details ihrer Vergangenheit anvertrauen würde. „Das glaube ich gern", sagte sie brüsk. „Wissen Sie, wenn Sie beim Jugendamt anrufen würden, zum Beispiel bei Mrs. Soto oder Mrs. Cheney – wenn Sie die anrufen und mich empfehlen würden, könnte das für Kimble den Ausschlag bedeuten."

Während Meg sich an den Tisch setzte, drehte Shirley sich um und fragte: „Und warum sollte ich das tun?"

„Einfach so. Ich will nicht sagen, ich hätte es verdient, dass Sie mir einen Gefallen tun, überhaupt nicht. Aber es wäre praktisch."

„Wieso praktisch?"

„Wenn Sie mich empfehlen, werden Sie selbst nicht überprüft." Wieder wusste Meg nicht, ob sie damit die Wahrheit sagte. Es war gut möglich, dass Consuela Soto Shirley bereits überprüft hatte.

„Dann sind Sie einfach eine Anverwandte, die nicht in der Lage ist, sich um Kimble zu kümmern“, fuhr Meg fort. „Und ehrlich gesagt, ich bin für die ein Grenzfall. Sie könnten den Ausschlag geben. Und weil Sie mich brauchen.“

„Also brauche ich jetzt eine Fremde, genau wie Sie.“

„Ich werde dafür sorgen, dass Kimble mit Ihnen in Verbindung bleibt.“

„Ich soll also einer Frau vertrauen, die sagt, dass ein kleines Mädchen Aids hat, als hätte sie bloß einen Schnupfen?“

„Ja.“

„Ich frage eine Lügnerin, ob ich ihr glauben kann, und sie sagt ja“, fasste Shirley Marzola zusammen. Sie seufzte, wedelte mit der Hand über ein dampfendes Hörnchen und biss hinein.

Auch Meg begann zu essen. Die chemische Süße wurde zum Bestandteil dieses Moments, machte Meg glückselig, verlieh dem Tand der Wohnung, der an allen anderen Tagen abscheulich wirkte, eine gewisse Schönheit. An diesem Vormittag besaßen selbst zwei in einer Vitrine ausgestellte Plüschwürfel eine Seele.

14

Einen Monat lang die Vorankündigung des Winters: abends ein plötzlicher, eisiger Wind, der die Duane Street hinauffegte; nachmittags ein grauer Himmel, der sich um die Hochhäuser schmiegte; unerwartetes Gurgeln in den uralten Steigrohren des Lofts. Meg hatte sie dick mit Isoliermaterial umwickelt, so dass sie wie gigantische Silberskulpturen aussahen. Das hatte sie in der Woche vor Mrs. Cheneys Besuch getan, als das Wetter sehr unbeständig gewesen war. Und nun hatte der Winter eingesetzt. Schneeflocken wirbelten hysterisch durch die Luft. Die Menschen fügten sich ergeben in ihr Los, setzten sich verunstaltende Mützen auf den Kopf, verkniffen stoisch den Mund. Aber Meg trug keine Mütze. Als sie das Snowy Egret betrat – ein neues Restaurant an der Upper East Side –, wickelte sie sich aus dem langen, handgewebten Chenilleschal, den Cami ihr geschenkt hatte, und ging zu Charlotte, die bereits an einem kleinen Kaminfeuer saß und mit ihrem Weinglas spielte.

Charlotte beäugte Megs neue lederne Bomberjacke. „Ach, du lieber Gott, ein weiterer Winter ohne richtige Kleidung."

„‚Hallo, Meg, wie schön, dich zu sehen'", sagte Meg.

„Stimmt", antwortete Charlotte. „Es tut mir leid. Siehst du, jetzt habe ich mit einer Entschuldigung angefangen."

Der Kellner erschien. Bevor er etwas sagen konnte, fragte Charlotte schon: „Einen Aperitif?"

„Ein Glas roten Hauswein", sagte Meg.

„Ich habe einen Auftrag für dich!" trillerte Charlotte – viel zu laut. Ihre Stimme übertönte das Knacken des Holzfeuers, trieb zum Nachbartisch hinüber. „Von Juliet Tree. Sie nennt sich jetzt wieder ‚Tree'. Für sie verändert sich im Augenblick gerade sehr viel. Sie hat ein Seminar über antike Mythologie besucht und findet es *faszinierend*, dass du Göttinnen machst."

„Drehst", spezifizierte Meg.

„Von ihrem Interesse an Mythologie abgesehen“, fuhr Charlotte fort und beugte sich vor, „versucht sie auch, schwanger zu werden. Und sie stellt fest, dass es nicht mehr so einfach geht wie früher.“

Meg fragte sich, ob sie diesen Köder ignorieren konnte, doch dann verwarf sie diesen Gedanken. „Hat sie schon einen neuen Mann gefunden?“

Charlotte beugte sich noch weiter vor, ihre Wangen waren gerötet. „Den Anwalt ihres Ex-Mannes! Der Gerissene, der ihr das Haus in White Plains weggenommen hat!“

„Scheiße“, sagte Meg. „Das ist ja unglaublich. Ich dachte, die Scheidung könnte vielleicht eine Chance für sie sein.“

„Was für eine Chance denn?“ Wenn Charlotte feministisch angehauchten Bemerkungen den Wind aus den Segeln nehmen wollte, stellte sie sich gern dumm. „Das Leben ist ungemein komplex, Meg.“

Als der Kellner Meg ihren Wein servierte, hob Charlotte ihr Glas und trank einen Schluck. „Bei Leidenschaft weiß man nie, wohin sie führt“, erklärte sie.

„Was für eine Art Gefäß möchte sie denn?“ fragte Meg.

Ablenken, hatte Libby ihr geraten. Wenn Charlotte von luftigen Höhen aus über Leidenschaft sprach – die natürlich das Privileg der Heterosexuellen war –, wenn sie sich über das Wesen der Liebe ausließ, als wäre Meg zum bloßen Zuschauen verurteilt, dann sollte sie einfach ablenken. „Red übers Wetter, verdammt noch mal!“ hatte Libby ihr empfohlen. Und heftig genickt, wenn Meg sich über Charlottes Anmaßung empörte. Im Gegensatz zu anderen Therapeutinnen, mit denen Meg Vorgespräche geführt hatte, riet sie ihr nicht, sich in Geduld zu üben. „Red übers Wetter und darüber, dass New York nicht mehr dasselbe ist, seitdem es B. Altman’s nicht mehr gibt, red über alles mögliche, das dich keinen Deut interessiert“, hatte Libby gesagt. „Ich finde nicht, dass man versuchen sollte, andere Leute zu ändern. Ich finde nicht, dass man ständig nett sein muss, damit sie einen endlich verstehen. Ich finde, man muss sich ein dickes Fell zulegen."

„Welche Göttin möchte sie denn? Und wie groß? Sie wird sechs Wochen warten müssen. Ich arbeite gerade an den Weihnachtsbestellungen."

„Sechs Wochen? In sechs Wochen könnte sie schon schwanger sein!"

„Um so besser. Ich wünsch es ihr."

„Warum suchst du dir nicht jemanden, der dir im Atelier hilft, Schätzchen? Ich leihe dir gerne das Geld für das erste Monatsgehalt. Durch die größere Produktivität würdest du mir die Summe schnell zurückzahlen können. Da mache ich mir keine Sorgen."

„Vielleicht tue ich das später wirklich mal", antwortete Meg ausweichend. Sie griff nach der Speisekarte, die in ihren Händen unglaublich fragil wirkte: zartgelbes Pergamentpapier, auf dem in kunstvoller Schrift der Name eines jeden Gerichts so geschmackvoll arrangiert war, wie es dem Essen entsprechen würde. Lamm-Medaillons. Meg hatte Hunger. Sie war müde. Lamm-Medaillons würden ihr neue Kraft geben. Das Gericht war teuer. Das würde sie nehmen.

Der Kellner kam. Meg sah Charlotte beim Bestellen zu. Wie viele andere Kellner in Restaurants an der Upper East Side verstand er es meisterlich, seine Sexualität zur Schau zu stellen und sie gleich darauf wieder zu kaschieren. Mit hingebungsvoller Aufmerksamkeit beschrieb er jedes Gericht, nach dem er gefragt wurde, schilderte seine individuellen Vorzüge mit geschulter, beinahe peinlicher Sorgfalt bis hin zur zweiten Geschmacksnote einer Sauce. Wenn er ansetzte, Charlottes Fragen zu beantworten, sah er ihr direkt in die Augen. Eine Sekunde schob er seinen markanten Unterkiefer vor, so dass sein Mund brutal wirkte; gleich darauf senkte er die Lider mit den außergewöhnlich langen Wimpern. Doch, wenn man die weiblichen Gäste befragte, müssten sie wohl einräumen, dass ihre Kellner vermutlich Männer bevorzugten, doch sie waren so attraktiv, dass es kaum etwas zur Sache tat. Meg beobachtete ihre Mutter, wie sie schließlich ihre Bestellung aufgab – ein einfaches gegrilltes Thunfischsteak –, und sah, dass Charlotte wirklich nervös war, dass sie dem Kellner Freundlichkeit erweisen, ihm zeigen wollte, dass sie ihn schätzte. In dem Augenblick wurde Meg klar, dass Menschen, die Charlotte bislang nichts bedeutet hatten, die nur einige von tausend Ornamenten im Verlauf eines beliebigen Tages gewesen waren, irgendwann Gestalt annehmen und einen Platz in ihrer Welt erhalten würden: Sie würde sie heraufbeschwören, bevor sie zu Bett ging oder wenn sie am Tag darauf einen Spaziergang machte. Charlotte war einsam, und wie immer, wenn diese Tatsache Meg klar wurde, verlangte es sie danach, ihre Mutter in die Arme zu nehmen, und gleichzeitig, und mit ebensolcher Intensität, schnell in ihr eigenes Leben zurückzulaufen.

Als der Kellner sich Meg zuwandte, begriff er sofort, dass er es nun mit einer völlig anderen Person zu tun hatte. Mit einem einzigen Blick verständigten sie sich über jeden Aspekt dieses Moments. Er bemerkte die Lederjacke, die über der Stuhllehne hing, und wusste, dass Charlotte das Leben ihrer Tochter nicht gerade billigte. Er wusste, dass Meg sich von seinem Geschick, wohlhabende Frauen zu umgarnen, nicht beeindrucken ließ. Er wusste auch, dass sie seine einschmeichelnde Art als Selbstverrat betrachtete und ihn vermutlich aus Prinzip verachtete. Doch hier befanden sie sich eindeutig auf seinem Terrain. Er nickte zustimmend, als sie die Lamm-Medaillons bestellte, und ging. An der Upper East Side taten sich diejenigen, die von Natur aus eigentlich Verbündete sein sollten, nie zusammen, das wusste Meg.

„Also“, sagte Meg nervös, erschrocken bei der Vorstellung, es könnte unvermittelt Stille einsetzen. „Wie geht es dir? Schmiedest du schon wieder Reisepläne?“

„Ida und ich ziehen den Spätwinter in Erwägung. Wir denken an Estoril oder Mallorca. Wahrscheinlich werden sich uns noch einige Frauen anschließen." Sie hielt kurz inne. „Hast du dir eigentlich je Gedanken darüber gemacht, dass die Witwenschaft eine Art Kultur darstellt? Ich kenne die demographischen Zahlen nicht, aber ich weiß, dass wir an der Madison Avenue unterrepräsentiert sind. Sogar Hal Lasser – du weißt doch, er und Madeline sind letztes Jahr in ihr Haus auf den Bermudas übergesiedelt –, er war früher bei Doyle Birnbach, sagt, dass wir vernachlässigt werden. Er sagt, die Werbebranche wüsste das sehr wohl, aber sie *wolle* uns nicht als Zielgruppe ansprechen, weil wir zu deprimierend seien. Er sagt, die Werbeleute verlassen sich einfach darauf, dass wir die Produkte kaufen, die auf Jüngere zugeschnitten sind. Und das tun wir ja auch. Und deswegen weiß niemand, dass wir eine eigene Kultur darstellen."

Meg schaute ihre Mutter nur an. Sie wusste nicht, was sie dazu sagen sollte. Natürlich hatte Charlotte recht, aber selbst Meg ging davon aus, dass ihre Mutter über die Ungerechtigkeit ihrer gesellschaftlichen Unsichtbarkeit diskretes Schweigen bewahrte. Schließlich wollte sie mit Charlotte keine Solidargemeinschaft der Marginalisierten gründen.

„Wenn die Tatsache, dass ihr als unbedeutend wahrgenommen werdet, euch davor bewahrt, mit Werbung bombardiert zu werden, könnt ihr eigentlich von Glück reden."

„Meg, du kannst über die Werbebranche sagen, was du willst, aber es ist doch bekannt, dass sie nur widerspiegelt, was die Leute tatsächlich denken."

Eine Frau trat an ihren Tisch und bot ihnen dampfende Brötchen an. Der Korb, in dem sie lagen, war mit einem karierten Tuch ausgeschlagen, das ländliche Behaglichkeit heraufbeschwor – wie Kimbles Amish-Kleid, das in Megs Schrank lag.

„Ach, wie wunderbar!" sagte Charlotte – ihre übliche Art, auf ein Angebot einzugehen.

Auch Meg ließ sich ein Brötchen geben, zerteilte es und wartete, bis der Dampf sich verflüchtigte. Dann sagte sie: „Im Augenblick brauche ich kein Geld, um eine Assistentin anzustellen, aber wenn ich ein Darlehen bekäme, könnte ich mir eine Zeitlang freinehmen. Nur ein oder zwei Monate. Kimble wird wohl zu mir kommen, als Pflegekind. Wenn alles klappt, wird sie in ein, zwei Tagen bei mir sein. Ich würde mich in den ersten Wochen gerne ausschließlich ihr widmen, damit sie sich gut einlebt, und ich muss einen Kindergarten für sie finden und einiges durchdenken. Ich könnte die Zeit gut brauchen. Ich werde auch sofort die Adoption in die Wege leiten."

Charlotte kaute langsam, dann legte sie den Rest des Brötchens auf den Teller. Sie spielte mit einer kleinen Silberzange, hob geistesabwesend einen Würfel braunen Zucker aus der Schale, ließ ihn auf den Tisch fallen, nahm ihn dann mit der Zange wieder auf. „Der Großteil meines Geldes ist angelegt", sagte sie. „In Wertpapieren der einen oder anderen Art. Es ist nicht so leicht für mich, Geld flüssig zu machen, wie du vielleicht glaubst."

„Gut."

Das Essen wurde serviert. Als erstes bemerkte Meg die Garnierung: eine neue Petersilienart, ein kleines Büschel kernloser Trauben, das über den Tellerrand hing.

Charlotte begann nicht zu essen, sondern sah sich nach ihrem Kellner um – dem Mann, dessentwegen sie dieses Restaurant vielleicht wieder aufsuchen würde. „Entschuldigung, aber dürfte ich Ihren Endiviensalat probieren? Ich wollte ihn vorhin schon bestellen, aber dann habe ich es völlig vergessen." Ihre Stimme war rauchig, volltönend.

„Natürlich. Möchten Sie ihn sofort oder erst später?"

„Ach – jetzt, glaube ich. Meg?"

„Nein danke."

Der Kellner und Meg sahen sich nicht an. Charlotte wartete auf ihren Salat, und auch Meg saß da und wartete. Sie trank einen Schluck Wasser. Als sie aufsah, bemerkte sie, dass alle Farbe aus Charlottes Gesicht gewichen und ihr Mund verkniffen war.

„Du erzählst mir diese ungemein persönliche Sache, als wäre ich ein Niemand – teilst sie mir mit wie einer bloßen Bediensteten.“

Das stimmte. Meg leugnete es nicht. Ein Gedanke schoss ihr durch den Kopf: An irgendeinem Tag verbindet sich Materie zu einer bestimmten Konstellation – Tafeltrauben auf einem Porzellanteller, ein brennendes Holzfeuer, ein mit Karostoff ausgelegter Brotkorb –, und diese Konstellation löst Megs Grausamkeit aus.

Als Charlottes Salat serviert wurde, schnitt Meg ihr Lamm an, stellte jedoch fest, dass sie kaum schlucken konnte. Ihr Hals war wie zugeschnürt. Verstohlen warf sie einen Blick auf Charlotte, um zu sehen, ob sie das bemerkte, dann bereute sie es sofort, denn ihr traten Tränen in die Augen. Sie schaute wieder auf ihren Teller.

„Hältst du mich für ein Monster? Glaubst du, dass ich ein Wort gegen diese Adoption sagen werde, jetzt, wo ich sehe, wieviel sie dir bedeutet?“

„Es ist schon in Ordnung mit dem Geld. Wir kommen auch so zurecht.“

„Du bist so sachlich, so nüchtern. In dieser Angelegenheit kannst du unmöglich so gefühlskalt sein. Wo ist Kimble jetzt? Wer kümmert sich um sie?“

„Sie ist bei Pflegeeltern. Vom Sozialamt vermittelt. Sie haben Leute, die Kinder in Krisenfällen aufnehmen. Es geht ihr gut. Ich habe mit ihr geredet.“

„Bei Pflegeeltern! Wie ist sie denn dort gelandet? Da können schreckliche Sachen passieren. Du siehst doch auch Nachrichten, Meg.“

„Was hätte ich denn tun sollen – sie kidnappen? Ich musste den Amtsweg einschlagen. Ihr wird nichts geschehen. Ich habe mit ihr geredet. Sie war im Zoo.“

Schweigend aß Charlotte ihren Salat. Als sie fertig war, sagte sie: „Das ist äußerst bedrückend.“

„Nein, das ist es nicht“, sagte Meg entschieden. Weil Kimble plötzlich Bestandteil von Charlottes Leben war, gewann ihr Wohlbefinden auf einmal höchste Priorität. Reine Vereinnahmung. Eine Sache, ein Mensch wird kostbar, während unzählige andere ihrem Schicksal überlassen werden.

„Warum reden wir dann darüber?“ Charlotte widmete sich ihrem Thunfisch. „Wahrscheinlich glaubst du, dass ich mich an Kimbles Herkunft stoße, aber das stimmt nicht.“

„Das glaube ich überhaupt nicht“, log Meg. „Vergiss nicht, sie hat eine Großmutter, die Mutter ihrer Mutter. Die lebt in Queens. Diese Beziehung muss unbedingt bestehen bleiben.“

„Ja, das ist sehr wichtig.“ Charlotte aß einen Bissen.

„Na ja, und du wirst ja irgendwie auch Großmutter.“

Charlotte schob ein paar Limabohnen auf ihrem Teller umher. Sie lächelte nicht, aber ihr Gesicht wurde weicher. „In dieser neuen Welt, in der wir leben, könnte man es wohl so nennen – ja, ich werde Großmutter.“

„Glaubst du, dass diese neue Welt der alten nicht würdig ist?“

„Das habe ich nicht gesagt. Vor vielen Jahren sagte dein Vater, dass du eine gute Staatsanwältin abgeben würdest. Ich dachte, dafür wärst du viel zu weich. Aber jetzt verstehe ich, was er damit meinte.“

„Weißt du, ich habe endlos hin und her überlegt, ob ich Kimble adoptieren soll oder nicht, und eines der Dinge, die mich zögern ließen, war, was du deinen Freundinnen erzählen würdest.“

„Das ist dein Problem!“ fauchte Charlotte. Sie sprach so heftig, dass die Frau mit den Brötchen von der anderen Seite des Kamins herüberschaute.

Stille. Meg starrte auf ihren Teller, aber dort lag nur noch die Petersilie. „Entschuldigung. Aber du hast mich mit Anteilnahme und Unterstützung nicht gerade verwöhnt. Du fragst mich nie nach meinem Leben.“

Ungebeten kam Libby ihr in den Sinn. „Jetzt forderst du wieder Dinge ein, die dir gar nichts bedeuten“, hätte sie gesagt. „Die du nicht einmal willst. Oder möchtest du wirklich, dass sie sich für dein Leben interessiert? Was willst du ihr denn erzählen?"

„Meg", sagte Charlotte jetzt. „Bist du wirklich eine solche Tropenpflanze, dass du nur im Gewächshaus überleben kannst? In einer Umwelt, die dir stets freundlich gesinnt sein muss?"

„Halt mir keinen Vortrag über die feindselige Umwelt. Bitte. Also wann fährst du nach Estoril? Oder Mallorca?"

Charlotte aß langsam weiter. „All meine Freundinnen haben mit ihren Kindern Schwierigkeiten der einen oder anderen Art gehabt", sagte sie. „Keine von ihnen hat eine problemlose Beziehung zu ihnen, ganz im Gegenteil. Aber ich glaube nicht, dass irgendeine von ihrem Sohn oder ihrer Tochter den Vorwurf zu hören bekam – zumindest nicht in deinem Alter –, dass sie ihnen einen hohen Lebensstandard ermöglicht hat. Ich sehe doch, wohin sich unsere Wirtschaft entwickelt, Meg. Ich sehe, worauf wir zusteuern. Was soll ich deiner Ansicht nach denn tun? Soll ich mein ganzes Geld der Wohlfahrt spenden und mit einer Blechtasse unten in der Bowery betteln gehen? Wem wäre damit gedient?"

„Bitte hör auf, mit mir zu reden, als wäre ich fünfzehn", wehrte Meg sich.

„Eines will ich dir noch sagen", fuhr Charlotte fort. „Eines ist uns allen, meinen Freundinnen und mir, aufgefallen: Deine Generation ist nicht erwachsen geworden. Nicht wie unsere Generation. Warum das so ist, weiß ich nicht."

Meg empfand Charlottes Worte seltsamerweise als beruhigend. Sie hatte befürchtet, sie sei in den Augen ihrer Mutter nicht erwachsen, weil sie lesbisch war. Doch nun wurde ihr klar, dass sie mit ihrem angeblich mangelnden Erwachsensein in den Augen ihrer Mutter lediglich Teil eines evolutionären Prozesses war.

„Das kommt ganz darauf an, wie du ‚Erwachsenwerden' definierst", begann Meg.

„In meiner Zeit zogen Erwachsene eine klare Grenze zwischen der privaten und der öffentlichen Person", erklärte Charlotte. „Ich weiß, du rümpfst die Nase über diese Vorstellung. Aber dennoch,

Meg: Damals gab es Grenzen, die jeder respektierte. Meine Freundinnen und ich entblößten uns nicht voreinander. Die Privatsphäre wurde respektiert, und das wahrte unser Geheimnis und verlieh uns eine gewisse distanzierte Würde. Du betrachtest das als Mangel, aber für mich ist es erstrebenswert. Die Gesellschaft interessiert sich für unsere Leistungen, nicht für unsere Unterwäsche. Möchtest du einen Nachtisch?"

„Nein danke." Jetzt spielte Meg mit der kleinen Silberzange der Zuckerdose. Sie dachte über Charlottes Leistungen in der Welt nach. Sie und ihre Freundinnen waren immer um die Kinder herumgetanzt, hatte ihre Entwicklung gelenkt, und zwar mit nie nachlassender Energie, mit stählerner Entschlossenheit, in der sie sich gegenseitig bestärkten. Sie sprachen ihre Terminkalender miteinander ab, damit ihre Kinder ständig eines ihrer beherrschten, gelegentlich überspannten Gesichter um sich hatten: Sie stellten bei Musikaufführungen das Publikum, standen bei Sportveranstaltungen auf der Tribüne, arbeiteten bei Schul- und Nachbarschaftsfesten hinter den Kulissen. Und sobald ihre Kinder groß waren, verlagerten diese Frauen ihr Interesse scheinbar über Nacht auf Tausende von sozialen und kulturellen Aktivitäten, nie jedoch auf politische. Meg fragte sich, ob im Verlauf einiger unausgefüllter Minuten im Freundinnenkreis ihrer Mutter in der letzten Zeit ein paar Geständnisse abgelegt worden waren: die Geliebte, die nach St. Croix geflogen wurde, die Ehefrau, die um das Haushaltsgeld betteln musste. Was war noch verschwiegen worden? Für welche weiteren Verletzungen würde es, um den Nimbus von Würde und Geheimnis zu wahren, nie Trost und Heilung geben?

„Wir sind vom Thema abgekommen", sagte Charlotte. „Es geht darum, dass du ein Kind adoptierst und dir überlegst, ob ich dabei eine Rolle spielen soll. Das verstehe ich. Das ist keine alltägliche Situation ..."

Während Charlotte sprach, redete der junge Geschäftsmann am Nebentisch mit zunehmend lauter Stimme. Meg konnte ihre Mutter nicht mehr verstehen. Charlotte warf ihm einen eisigen Blick zu, der aber keinerlei Wirkung zeitigte.

„Sollen wir?“ fragte Charlotte und hob die Hand, um die Aufmerksamkeit des Kellners auf sich zu lenken. Meg verabscheute diese Geste – aber sie verwendete sie oft selbst.

Draußen hatte es aufgehört zu schneien. Der wenige Schnee, der auf dem Bürgersteig gelegen hatte, war unter den Füßen der Passanten verschwunden. Ohne sich eigens darüber zu verständigen, gingen Meg und Charlotte zuerst nach Westen, dann bogen sie an der Fifth Avenue nach Süden ab. Beim Gehen kommentierte Charlotte die neuen Mäntel der Frauen, denen sie begegneten – Frauen, die ihre Nachbarinnen sein könnten. Nach einer Weile fragte sie Meg, ob sie nicht eine Keramik habe, die sich für Juliet Tree eignen würde, vielleicht eine mit einem winzigkleinen Fehler. Sie sagte, sie würde sie gern kaufen. Sie sagte, wenn sie sich recht erinnere, gebe es noch ein einfaches Sparbuch bei einer Bank in Illinois, das sie nie angerührt habe. Von dem Konto könne sie Geld abheben und eine Keramik für Juliet kaufen, und zwar zu einem Preis, den man für ein kleines Gefäß von – sagen wir – Noguchi bezahlen würde. Auf diese Weise, meinte Charlotte, könne Meg das Geld behalten, statt es zurückzuzahlen, und Zeit für Kimble haben und sich obendrein ein bisschen wie Noguchi fühlen.

„Greif zu!“ Meg konnte Libby förmlich hören. „Greif zu, und denk nicht weiter drüber nach. Das Angebot wird sie dir nie wieder machen.“

„Wie wär's damit“, schlug Meg vor. „Wie wär's, wenn ich eine Keramik für Juliet töpfere, auch wenn ich die Frau nicht ausstehen kann, und du gibst mir dafür, was du für einen Noguchi ausgeben würdest, aber ich zahle dir das Geld bis zum nächsten Sommer mit neun Prozent Zinsen zurück?“

„Ich gebe dir, was ich für einen Noguchi ausgeben würde, und du zahlst es mir zurück, zinslos, wann immer es dir möglich ist“, entschied Charlotte. „Zumindest beleidigst du mich dann nicht, wenn du deinen Stolz wahrst."

Sie hatten B. Altman's erreicht. Das Kaufhaus war dunkel, in den Fenstern spiegelte sich die wintergraue Straße. Meg dachte, dass New York wirklich etwas fehlte, seit es B. Altman's nicht mehr gab, ein pulsierender Hafen guter Laune mitten auf der Fifth Avenue. Ein Ort weniger, an dem ihre Mutter Zuflucht suchen konnte, dachte sie, ein Bazar der Farben und Düfte weniger, dessen luxuriöse Stoffe und kunstvolle Designs Charlotte getröstet hatten, wenn die unausgefüllten Momente überhand nahmen – und vielleicht sogar drohten, die geheimnisvolle Aura zu zerstören, die sie sorgsam aufgebaut hatte, die distanzierte Würde, die ihr so kostbar war.

Eine Windbö fegte die Straße hinauf. Meg zog die Schultern in ihrer neuen Bomberjacke hoch. Sie beobachtete Charlotte, die durch die verdunkelten Fenster in den Laden äugte. „Es ist wirklich eine Schande!" rief Meg über den Wind hinweg. Sie legte ihrer Mutter den Arm um die Schultern – Leder um tiefbraunen Nerz. „Jetzt fehlt der Stadt einfach etwas."

„Ach, der Laden war ein Anachronismus", meinte Charlotte abschätzig. „Wie alle Warenhäuser heutzutage. Es tut mir nicht leid, dass sie verschwinden. Und wenn du mich jetzt entschuldigst, nehme ich mir ein Taxi, fahre nach Hause und gönne mir ein heißes Bad. Ich bin weit in der Welt herumgekommen, aber meiner Meinung nach ist es in der Wanne immer noch am schönsten."

15

Als Meg vom Snowy Egret heimkam, befestigte sie einen Streifen Isolierung, der sich von der Steigleitung gelöst hatte, öffnete einige Briefe, drückte auf den Wiedergabeknopf des Anrufbeantworters und hörte: „Ja, guten Tag, hier ist die Tochter von Libby Zindel. Bitte rufen Sie mich sobald wie möglich bei Libby zu Hause an. Danke."

Obwohl Meg sofort begriff, dass Libby gestorben sein musste, schoss ihr ein abstruser Gedanke durch den Kopf: Die Stimme auf dem Band konnte nicht Libbys Tochter gehören, weil *sie* Libbys Tochter war. Doch sie fasste sich sofort wieder und rief zurück. „Ich bin Meg Krantz", sagte sie. Ihr Ton klang beinahe herausfordernd. Sie wartete; dann vernahm sie die Nachricht, die sie vermutet hatte. Sie fragte die richtige Tochter nicht nach ihrem Namen, dankte ihr aber, dass sie in dieser sicher schweren Zeit angerufen hatte. Sie notierte sich „Ethical Culture Society, zehn Uhr, Dienstag", bedankte sich noch einmal und legte auf.

Meg machte sich an die Arbeit. Als erstes setzte sie den Kimble-Topf dorthin, wo die Kommode stehen würde; dann verklebte sie die Anschlußstellen zwischen den Gipsplatten der neu eingezogenen Zimmerwand. Schließlich heftete sie mehrere Farbmuster auf die Gipsplatten. Minutenlang betrachtete Meg diese Proben, trat vor und wieder zurück und versuchte, den Unterschied zwischen „Apricot Blush" und „Apricot Blush Tint" festzustellen. Für sie war er nicht wahrnehmbar. Das empfand sie als Niederlage, denn plötzlich erschien es ihr ungeheuer wichtig, sich die ganze Wandfläche anhand dieses kleinen Musters vorstellen zu können. Die Farbe, in der sie das Zimmer am nächsten Tag streichen würde, musste genau so sein, wie sie sie heute vor Augen hatte.

Meg ging lange vor Mitternacht zu Bett. Als sie die Augen schloss, sah sie nur Libby vor sich, eine Frau, die Meg – all ihrer

Unkonventionalität zum Trotz – nicht wirklich hatte kennen dürfen; eine Frau, die sie *bezahlt* hatte, um sie nicht kennenzulernen. Über das Schamgefühl, das ihr das bereitete, über die Verlogenheit dieser Beziehung hinaus empfand sie Furcht – Furcht, dass sie sich vielleicht selbst nicht mehr kennen würde, wenn es Libby nicht mehr gab. Meg konnte nicht einschlafen. Zuerst warf sie sich im Bett herum, dann stand sie auf, wanderte mitten in der Nacht durch das Loft und blieb schließlich vor einem der riesigen Nordfenster stehen. Durch die Scheibe mit dem feinen Maschendraht beobachtete sie einen Obdachlosen, der am Anfang der Duane Street erbost auf und ab strich, erleuchtet von den Scheinwerfern der Autos auf der Hudson Street, dann wieder in Dunkel getaucht, bis er selbst in ein Licht verwandelt schien, das beständig an- und ausging.

Dienstag, Viertel vor zehn. Zwei Tage zuvor hatte Meg Kimbles Zimmer „Apricot Blush Tint" gestrichen. Aus Versehen hatte sie eine Farbe auf Ölbasis gekauft, war dann aber zu müde gewesen, sie umzutauschen. Bevor Meg die Ethical Culture Society in der 64th Street betrat, strich sie sich mit der Hand übers Kinn, während sie sich vergewisserte, dass sie vor dem richtigen Gebäude stand. Der Geruch des Terpentins, mit dem sie in der Frühe hantiert hatte, überlagerte das Chanel No. 19, das sie aufgetragen hatte.

Im Foyer standen bereits eine ganze Anzahl von Menschen. Meg wusste nicht, ob sie Libbys wegen gekommen waren oder wegen einer anderen Veranstaltung. Sie hatte gehört, dass vormittags hier oft Vorträge über humanistische Themen abgehalten wurden und sich gelegentlich auch Gruppen trafen. Einen Moment blieb sie bei dem Ficus direkt neben der Tür stehen. Sie vernahm Orgelmusik, die anschwoll und dann plötzlich erstarb. Das Foyer war lang und schmal, ein Vorraum zu dem sicherlich sehr viel größeren Saal dahinter, doch es war mit Kristallüstern und Parkett ausgestattet. Die Leute, die sich hier versammelten, waren gekleidet wie alle, die an der Upper West Side wohnten – lässig, trendy, der Schmuck erinnerte entfernt an Guatemala oder Nigeria. Einige waren grau gekleidet, niemand trug Schwarz. Der heutige Tag war wärmer als der Samstag, an dem Meg mit Charlotte Mittagessen gegangen war. Unter ihrer Lederjacke trug sie eine neue Bluse aus Rayon in einer Farbe, die „Cassis" genannt wurde, dazu den Sanskrit-Schal. Meg zupfte ihn gerade zurecht, als eine Frau keine zwei Meter von ihr entfernt laut aufschluchzte und dann zusammenfuhr, als fürchtete sie, bestraft zu werden, und sich schnell die Hand vor den Mund schlug. Meg erkannte die Frau – sie war aus Libbys Wohnung getreten, als Meg zu ihrem ersten Gespräch gekommen war. Eine frühere Klientin, wie Meg jetzt auch. Ein junger Mann mit roten Haaren und rosigen Fingerspitzen wollte sie in den Arm nehmen, überlegte es sich dann aber anders und fasste ihr nur unbeholfen an die Schulter. Die Eingangstür ging auf, zwei Frauen kamen herein und gesellten sich zu den beiden. Die eine war füllig und trug einen Umhang aus Knittersamt, die andere war sehr dünn, hatte wildes, störrisches Haar und sah verlebt aus, als käme sie gerade aus einem Nachtclub oder einem fremden Bett. Die vier begrüßten sich, indem sie sich an den Händen hielten, sich zunickten, sich eindringlich ansahen. Meg dachte sich, dass die vier zu Libbys Gruppe gehören mussten, die sich sieben oder acht Monate vor Megs erstem Termin aufgelöst hatte – Libby hatte sie schamlos ihre „Brut" genannt. Sie hatte Meg mehrfach gesagt, wie schade es sei, dass ihre Brut bereits das Stadium erreicht hatte, in dem sie sich „ungeschützt der Realität" stellen konnte, wie sie es nannte, denn Meg hätte ein großartiges Mitglied abgegeben. Das hatte Meg überrascht, denn sie konnte sich nicht vorstellen, dass sie anderen groß etwas zu geben hatte; sie glaubte immer, ihren kleinen Beitrag könne sie nur in trauter Zweisamkeit leisten: im Bett, in Nischen griechischer Stehcafés, Auge in Auge mit Libby Zindel.

Jetzt trat ein etwa vierzigjähriger Mann durch die Eingangstür und ging auf die Gruppe zu. „Das ist eine Wiedersehensfeier, auf die wir lieber verzichtet hätten", sagte er, kaum hatte er die anderen erreicht.

„In der Tat", stimmte die Frau zu, die aufgeschluchzt hatte.

Im Gesicht des Mannes mit den rosigen Fingerspitzen zuckte ein Muskel. „Wie geht's dir, Harold?"

„Ganz gut, in Anbetracht der Umstände. Und euch?"

„Wir sind doch unmöglich", antwortete die Verlebte. „Findet ihr nicht? Ich habe ja gewusst, dass sie krank ist, aber nicht, *wie* krank. Wusstest du das, Gina?" Sie wandte sich an die Frau in dem Knittersamt-Umhang.

„Ich wusste von nichts, bis ihre Tochter mich anrief", erwiderte Gina. „Stellt euch vor, ihr wärt ihre Tochter. Ich meine, ihre *richtige* Tochter. Wer in New York könnte einem schon helfen, wenn man Libbys Tochter ist?"

„Meinst du nicht, dass Libbys Tochter per se keine Hilfe braucht?" fragte der Rothaarige.

„Doch!" antworteten beide Frauen unisono. Eine von ihnen wandte den Blick ab und sah zu Meg, die die Gruppe angestarrt hatte. Derart ertappt, lächelte sie freundlich.

Je konkreter Libby durch die Bemerkungen dieser Gruppe Gestalt annahm, desto mehr wollte Meg sich absondern, eine Trennwand zwischen sich und diesen Worten ziehen. Manchmal konnte Meg ihr eigenes Erleben nur als wertvoll, als einzigartig empfinden, wenn sie sich zurückzog. An diesem Vormittag, umgeben von Versionen eines Persönlichkeitsaspekts, den sie nie hatte kultivieren wollen, einer Persönlichkeit, die Trost suchte, indem sie ihr Leid anderen mitteilte, empfand sie nur den Wunsch, sich abzusondern. Sie zog die Jacke aus und ging auf die Saaltür zu, die mittlerweile offenstand. (Als sie an der Gruppe vorbeiging, fragte sie sich, ob jetzt, da es Libby nicht mehr gab, Charlottes Eigenarten auf sie übergehen würden. Würde sie anfangen, intime Gespräche zu vermeiden, und sich um Würde und Distanz bemühen?) Sie hörte die Schluchzende im Flüsterton fragen: „Ist das etwa die Tochter? Bin ich wieder mal ins Fettnäpfchen getreten?"

Der riesige Saal kam Meg wie eine Kreuzung aus Heiligtum und Aula vor. Er war mit dunklem Holz getäfelt, Walnuss oder Mahagoni; der Boden war mit einem dunkelroten Teppich bedeckt. In der Holztäfelung über der Bühne standen in Reliefschnitzerei die Worte DER ORT DER BEGEGNUNG FÜR ALLE, DIE NACH ERHABENEN HÖHEN STREBEN. Meg dachte über diesen Satz nach. Libby hatte nicht allzuviel von den erhabenen Höhen gehalten. Einmal hatte sie frohlockend erzählt, dass sie sich an verregneten Wochenenden nichts Schöneres vorstellen konnte, als den Nachmittag im Bett zu verbringen, mit einem großen Becher Häagen-Dazs vor sich und einer Talk-Show im Fernsehen. Die erhabenen Höhen mussten das Anliegen der Tochter sein, dachte Meg bei sich.

Die Orgelmusik erklang wieder, aber äußerst dezent. Einige Leute hatten bereits Platz genommen, andere standen neben der vordersten Sitzreihe beisammen. Unterhalb der Rednertribüne befanden sich zwei riesige bunte Blumensträuße. Die Farben waren wahllos zusammengestellt, ein unharmonisches Arrangement, das weder prachtvoll noch tröstlich wirkte. Zwischen diesen Sträußen stand eine Frau – einige Jahre älter als Meg –, bei der es sich zweifellos um die Tochter handelte. Sie nahm die Beileidsbekundungen der Gäste mit angespannter Miene entgegen, so wie Meg es sich von sich selbst vorstellen konnte; sie zwang sich zu jenem kleinen, pflichtbewussten Lächeln, das den Leuten gestattete, ihre Anteilnahme auszudrücken, ohne ihr zu nahe zu treten. Sie trug einen Schal von Christian Dior, den Meg auch an ihrer Mutter schon gesehen hatte. Die Frau erinnerte in vielem an Libby, obwohl ihr Auftreten einstudierter wirkte und sie auffälliger geschminkt war. Sie hatte etwas Hartes an sich, das vor allem mit der hohen Stirn, dem sehr geraden Rücken und den angespannten Schultern zu tun hatte. Es war eine ausgesprochen weibliche Härte, die bewundernswerte Zielstrebigkeit einer Karrierefrau Mitte Vierzig.

Neben dieser Frau, die sich am Telefon lediglich als „die Tochter von Libby Zindel" gemeldet hatte, stand die Enkelin, deren Pfadfinderinnen-Kekse Libby im vergangenen Frühjahr verkauft hatte. Es fiel schwer, sich dieses Mädchen in der steifen, makellosen Uniform mit den hässlichen Verdienstorden der amerikanischen Pfadfinderinnen vorzustellen. Mit etwas Mühe konnte Meg sie als Anwärterin sehen, deren Mütze trotzig schief auf dem Kopf saß, aber eine richtige Pfadfinderin war unvorstellbar. Sie stand da in ihren schimmernden Leggings, die Ärmel ihres Pullovers hingen ihr bis über die Finger, und starrte die Leute an, wobei sie immer wieder den Kopf zurückwarf, weil ihr die langen Ponyfransen in die Augen fielen. Ihr Aufzug neben dem ihrer Mutter ließ vor allem auf den Machtkampf zwischen den beiden schließen. Wenn dieses Mädchen, trotz ihrer Kleidung an diesem Tag, immer noch Pfadfinderin war, dann sprach das Bände über Libbys Tochter. Meg fragte sich, wie die vergangenen Tage wohl für die Enkelin gewesen waren, denn sie vermutete, dass sie sich ihr phlegmatisches Auftreten völlig unbewusst angeeignet hatte, als praktische und zuverlässige Abwehrhaltung.

Meg suchte sich einen Sitzplatz am Gang, legte ihre Jacke ab und ging langsam auf die Tochter zu. Wie Libby ihr auf ihre kompromisslose Art geraten hätte: „Zeig dich erwachsen! Es ist eine Scharade, aber hinterher geht's dir besser. Glaub mir."

Meg trat hinter die beiden Menschen, die der Tochter gerade kondolierten, ein Mann und eine Frau in Libbys Alter, die beide mitgenommen und sehr bedrückt wirkten. Meg bemühte sich, sie nicht zu stören. Als sie schließlich vor der Tochter stand, sagte sie: „Ich bin Meg Krantz. Danke, dass Sie mich angerufen haben."

„Das ist doch selbstverständlich", erwiderte die Tochter, die offensichtlich keine Ahnung hatte, wer Meg war. „Ja, ich bin

Susan. Ich freue mich, dass Sie gekommen sind. Das ist meine Tochter Diane."

„Hallo, Diane", sagte Meg. (Susan? Diane? Das waren keine Namen für Libbys Tochter und Enkeltochter.) „Es tut mir sehr leid für dich. Weißt du, es hat deiner Großmutter viel Spaß gemacht, dir beim Verkaufen deiner Plätzchen zu helfen."

Betreten stellte Meg fest, dass ihr Tränen in die Augen traten – eine Reaktion auf ihre eigene sentimentale, unbedeutende Bemerkung. Diane starrte sie bloß an. „Wahrscheinlich", sagte sie dann.

Weder Susan noch Diane fragten Meg, woher sie Libby gekannt hatte; das galt als selbstverständlich.

Susan hat sich bereits dem nächsten Gast zugewandt, als Meg sie am Ärmel berührte. Sofort drehte Susan sich zu ihr, die Augen weit aufgerissen, als erwarte sie, eine äußerst wichtige Nachricht zu hören. Rasch senkte Meg die Stimme. „Gibt es eine bestimmte Einrichtung, für die ich spenden kann?"

„Ja. Wir haben hier bei der Society einen Gedenkfonds eingerichtet. Danke, dass Sie gefragt haben."

Meg nickte und sah sich jetzt wieder von Angesicht zu Angesicht mit Diane. Das Mädchen hatte eine Hand in die Hüfte gestemmt, den Absatz des einen Schuhs auf den Spann des anderen Fußes gelegt, eine Pose der Schwäche, die sie offensichtlich elegant fand.

„Pass auf dich auf", riet Meg ihr.

Als sie sich von Diane entfernte, stellte sie erschrocken fest, dass sie sich selbst wie ein Kind fühlte – nicht wie eine Frau, die jünger war als Susan, sondern ein Kind jünger noch als Diane. Ihre Bewegungen kamen ihr linkisch vor, ihre Kleider schienen ihr nicht zu passen, der Raum um sie herum engte sie ein, war eine Herausforderung geworden, der sie sich stellen musste. Während sie zu ihrem Platz zurückging, wünschte sie sich nichts sehnlicher, als Libby dieses Gefühl beschreiben zu können. Libby würde nicken, wie nur sie es konnte, kleine Auf- und Abbewegungen des Kopfes, die wie Beifall immer heftiger und stürmischer wurden, bis es fast einer feierlichen Anbetung gleichkam. Meg würde nichts beschönigen, auch wenn es Libbys eigene Familie gewesen war, die ihr dieses Gefühl von Unbeholfenheit vermittelt hatte. Ihr, die in Libbys blauem Sessel gesessen hatte, manchmal mit der bunten Wolldecke im Arm, die das lückenhafte Flickwerk ihres Charakters auflistete – ganze Areale, die immer leer blieben, Felder, die brachlagen und vernachlässigt wurden und sie Jahr um Jahr beschämten. Sie würde sich beklagen, dass die Gefasstheit von Libbys echter Tochter sie aus der Fassung gebracht hatte, ihre eigene Trauer unbeholfen machte.

Auf ihrem Stuhl sitzend, wappnete sich Meg für das, was sie in wenigen Minuten hören würde. Wieder sah sie sich um. Sie betrachtete die in die Wände eingelassenen Holzstatuen (sicher Philosophen, dachte Meg, keine Apostel), den großen, kreisrunden Bronzelüster, der von der Decke hing, das Rubinrot des Bleiglases hinten im Saal. Vielleicht gehörte Libby doch hierher – oblag es nicht den Humanisten, auch die Pietätlosen unter sich zu tolerieren?

Ein Mann in dunkelgrauem Anzug trat auf das Podest, trank einen Schluck Wasser aus einem verborgenen Glas und sah ins Publikum. „Es geht um uns oder nichts in dieser Welt", sagte er. „Libby Zindel wusste das nicht nur, sie *lebte* auch nach dieser Maxime."

Meg richtete ihre Aufmerksamkeit nach vorn, um dem Mann zuzuhören, doch etwas Stärkeres in ihr schirmte sie von seinen Worten ab, ließ seine Sätze zu einem bloßen Dröhnen werden. Es war eine überwältigende Zuneigung zu Libby, zu ihrer Libby, die nichts mit diesem Saal oder den hier Versammelten zu tun hatte. Das einzige, woran Meg denken konnte, war die Frage, wo Libby jetzt wohl sein mochte. Sie würde verbrannt werden, das wusste Meg, denn das hatte Libby ihr vor Monaten einmal erzählt, als von Krankheit noch gar keine Rede gewesen sein konnte. „Und es bekommt auch niemand meine Organe!" hatte sie voller Entschiedenheit gesagt. „Woher soll ich wissen, ob meine Bauchspeicheldrüse nicht in irgendeinem schleimigen, bigotten Schwein landet? Schließlich schicken sie die Organe kreuz und quer über den Kontinent. Ich glaube, das macht eine Unterorganisation von Sky Chef Catering. *Meine Bauchspeicheldrüse,* die genauso denkt und fühlt wie ich – wer weiß, wo sie landen würde! Ich habe zwar auf den ganzen Mist, der auf dieser Welt passiert, nicht viel Einfluss, aber zumindest kann ich bestimmen, was mit meinen Organen passiert."

„Wir selbst bestimmen unsere Art zu leben, und unsere Art zu leben hat Einfluss auf andere. Nach dieser Erkenntnis führte Libby Zindel ihr Leben", sagte der Redner gerade.

Meg dachte an Libbys Asche. Sie hatte noch nie die Asche einer kremierten Leiche gesehen. Ihr Vater war in einem Grab in Westchester beigesetzt worden, nicht weit von ihrem Country-Club entfernt. War die Asche schwarz und flockig wie bei einem Lagerfeuer, oder eher klein und kompakt wie Zigarettenasche? Enthielt sie winzige körnige Knochenteilchen, oder sah sie eher aus wie Mehl? Wie konnte Libby – die, wie Meg geglaubt hatte, bald bei ihr anrufen und sagen würde, dass sie nun wieder Kundschaft empfinge – wie konnte sie Asche in einer Urne sein, die auf Abholung oder Beisetzung wartete? Wie war es möglich, dass Libby – die sich in ihrem Sessel weit vorgebeugt hatte, um jedem Wort von Meg zu lauschen, um entscheidende Ratschläge zu erteilen, um zu betonen, dass es im Leben Entscheidungen gab, die Menschen erlösten – wie konnte diese Libby jetzt nichts als Asche in einer Urne sein?

Wenige Minuten später, als Meg auf die 64th Street hinaustrat – ihr Körper zitterte vor Mühe, nicht die Beherrschung zu verlieren, einen Fuß vor den anderen zu setzen –, hielt sie sich bewusst dicht hinter der Gruppe, der Brut. Sie sog die flirrende Luft ihrer Gemeinsamkeit ein. Sie wollte sie kennenlernen. Sie wollte dorthin, wo sie hingingen. Als Harold also laut sagte: „Verdammt, ich kann's nicht fassen, dass die Tochter wie eine Republikanerin aussieht", schaltete Meg sich ein: „Von der Frauensektion ...."

16

Die griechische Göttin Hera war die feurige, eifersüchtige Beschützerin der Frauen, die Göttin, die über Ehe und Kindbett wachte. Megs Ansicht nach war Hera genau die richtige Göttin für Juliet Tree. Hera brachte Ares und seine Zwillingsschwester Eris zur Welt, als sie eine Blüte berührte, und gebar Hebe, als sie ein Salatblatt anfasste. Kinder durch Parthenogenese. Meg bewunderte Heras Unabhängigkeit von dem untreuen Zeus. Sie wollte sich lieber vorstellen, dass Juliet Tree eine Blüte oder ein Salatblatt berührte als den Schwanz des gerissenen Anwalts, der ihr das Hause in White Plains weggenommen hatte.

Als Meg von der Trauerfeier zurückkehrte, zog sie ihre neue Bluse aus und setzte sich an den Tisch in ihrem Atelier – eine mit Resopal bezogene Türplatte auf Holzböcken. Auch wenn sie Charlotte gesagt hatte, dass sie ihre Keramiken *drehe* – diese wollte sie nicht an der Töpferscheibe machen. Sie nahm die Cassette von Raffi, einem Komponisten für Kinder, aus ihrem Rekorder und ersetzte sie durch Glenn Goulds *Goldberg-Variationen*, dann begann sie, den Ton vorzubereiten, den Ballen immer wieder zu schneiden und die Hälften kraftvoll aufeinanderzuschlagen. Es verschaffte ihr Befriedigung, ihre Muskeln einzusetzen; bei dieser Arbeit fühlte sie sich immer kompetent und lebendig, der jahrelangen Wiederholung zum Trotz. Dann begann sie den Ton zu kneten. Sie hatte sich ein Herrenhemd angezogen, das sie erst vor kurzem im Schrank ihres Vaters gefunden hatte; der Schrank war voller Hemden und Anzüge, die Charlotte nie ausgemustert hatte, eine vollständige Garderobe, und alle Stücke hatten die weiche Brüchigkeit von Kleidern, die lange nicht getragen wurden.

Zuerst fertigte Meg den Boden des Gefäßes an, indem sie einen Tonball mit der flachen Hand zu einer Scheibe formte. Die schnitt sie mit Hilfe einer Kartonvorlage zurecht und prüfte dann sorgsam, ob der Boden auch ebenmäßig war. Anschließend legte sie ihn auf ein rundes Brett.

Meg hatte eine Lieblingsmethode für die Töpferscheibe und eine für die Wulsttechnik, aber sie verwendete beide schon so lange, dass sie nicht mehr bestimmen konnte, durch welche Intuition, welche Fingerfertigkeit jedes Gefäß seinen einzigartigen Charakter bekam. Ihre Arbeit galt als wertvoll, weil sie von Hand gemacht war, doch in Megs Augen waren ihre Hände schon längst zu Werkzeugen der Massenproduktion geworden.

Einen Moment hielt sie inne, um Goulds Musik zu lauschen. Diese Cassette hatte Sarina ganz besonders gemocht. Seltsam, dass Meg nach all den Jahren, die seit ihren ersten gemeinsamen Monaten vergangen waren, nach all den Beispielen für Sarinas Oberflächlichkeit, die sie gesammelt hatte und dafür, dass sie ihrer, Megs, ernsthafter Aufmerksamkeit nicht würdig war – seltsam, dass Meg den ersten, überhöhten Eindruck von ihr noch immer nicht aufgeben wollte. Komisch, überlegte Meg und knetete nun mit größerer Achtsamkeit, komisch, was Menschen dazu veranlasst, unwürdige Heldinnen und Helden zu verehren. Wenn sie deren irdische Makel entdecken (Hera war eine Kriegstreiberin, Sarina eine Lügnerin), verbannen sie sie in unerreichbare Ferne, um sie noch besser idealisieren zu können.

Nachdem Meg die Musik lauter gestellt hatte, setzte sie sich auf den Boden und begann die erste Wulst zu formen. Zuerst schnitt sie einen kleinen Klumpen Ton an und drückte ihn in eine Wurstform, dann rollte sie die Wulst über ein flaches Brett – anfangs sachte, dann mit etwas mehr Druck, damit sie länger wurde. Dazwischen überprüfte sie immer wieder, ob die Wulst gleichmäßig dick war – was mittlerweile praktisch immer der Fall war. Sie saß da, die Beine von sich gestreckt, rollte und drückte in der Luft oder auf dem Brett, wie es traditionell in Neuguinea gemacht wurde. Doch in dieser Haltung bekam sie bald Rückenschmerzen, und außerdem konnte sie nicht so kontrolliert arbeiten, darum stellte sie sich – ein Kompromiss – an ihren Tisch. Ihre Wülste waren nicht so lang wie die der Töpfer in Neuguinea, aber sie waren absolut gleichförmig. Meg rollte, lauschte der Musik und dachte wie schon so oft, wie einfach es war, eine Göttin in das Leben von Frauen zu bringen, die danach verlangten – Frauen, die tagsüber Fonds verwalteten und nachts in der Welt der Mythologie umherstreiften.

Bald konnte sie beginnen, auf dem Boden die Gefäßwand aufzubauen. Mit einer Hand legte sie die Tonwulst auf den Rand, und mit der anderen führte sie sie. Dabei übten ihre Finger Druck aus, um den Strang mit dem Boden zu verbinden. Als der erste Ring geschlossen war, kniff sie die Wulst ab. Diesen Vorgang wiederholte sie immer wieder, drückte Wülste ringförmig auf die entstehende Wand und kniff sie ab, bis das Gefäß eine gewisse Höhe und Bauchigkeit bekommen hatte. Mit etwas Glück wirkte die ständige Wiederholung wie eine Art Zauber. Und nur durch diesen Zauber konnte ein Gefäß mehr werden als ein bloßes Gefäß. Doch als Meg an diesem Nachmittag die Wülste rollte und aufbaute, empfand sie nichts. Sie führte nur automatisch die erforderlichen Bewegungen aus. Sie dachte an das Haus in White Plains, voller abscheulicher Plastik-Spielsachen und erfüllt von der Stimme Juliet Trees, einer ewig klagenden Stimme, in der stets eine Spur Unverschämtheit mitschwang. Sie wusste, diese Schale würde auf einem Tisch aus Chrom und Glas stehen, neben dem neuesten Roman von Danielle Steel. Sie würde Süßigkeiten für die Kinder enthalten. Und die Kinder würden ermahnt werden, vorsichtig hineinzugreifen, weil eben diese Schale ihnen das neue Baby gebracht hatte – allem Aufklärungsunterricht zum Trotz.

Meg suchte in der Klaviermusik, die durch ihr Loft hallte, nach etwas, womit sie die Schale füllen konnte, fand aber nichts. Doch dann, als sie die Wülste verband, indem sie mit dem Daumen von oben nach unten strich, immer und immer wieder, außen und innen, stets mit demselben Druck, kam ihr eine Idee: Sie würde diese Schale nicht für Juliet Tree machen, sondern für Libby Zindel, eine Urne für die Asche, die Meg nie sehen würde. Das Gefäß würde, auf die denkbar konkreteste Art, Meg sein, die Libby umfing. Allein schon dieser erhabene Zweck würde das Gefäß zu einem ganz besonderen machen, und wenn Meg es Charlotte zur Einlösung ihres Abkommens überreichte, würde Libby darin enthalten sein und Meg zu der Eleganz, dem erwachsenen Charakter ihrer List beglückwünschen.

Jetzt wurde Meg zu einer Zauberin, ihre Finger erlangten magische Fähigkeiten. Jede neue Wulst verband sie mit dem halb geformten Gefäß, indem sie das runde Brett drehte, auf dem es stand – ein Kreis, der dieses Mal musikalisch sein musste, beschloss Meg. Als die Schale ihre Form erhalten hatte, eine ansprechende Laibung, die sich zu einem stämmigen Hals hinaufzog, machte Meg eine Pause, ersetzte die Glenn-Gould-Cassette durch eine alte Komposition von Philip Glass, *Glassworks*, und begann neue Wülste anzufügen. Diesmal bemühte sie sich nicht um Präzision; sie baute eine Form auf, die schmaler, aber höher war als der untere Teil, ein Hals, der in gewagt spitzem Winkel vom Gefäß nach oben führte.

Zum ersten Mal seit vielen Jahren arbeitete Meg die ganze Nacht hindurch. Der obere Teil des Gefäßes, der sich dem Himmel entgegenreckte, wurde Heras Kopf. Mit Hilfe von kleinen Kugeln und dünnen Tonplatten modellierte Meg Gesichtszüge, die sowohl Heras Mütterlichkeit als auch ihren selbstbewussten Machtanspruch zum Ausdruck brachten. Entsprechend Heras Rolle in der Kultur war Megs Göttin sehr ansprechend, doch hatte sie auch etwas Rastloses an sich, als könnte sie sich jederzeit wild gegen ein Hindernis aufbäumen.

Achtsam entfernte Meg die Daumenabdrücke auf Heras Körper und Kopf, glättete ihre Züge innen und außen. Dann rollte sie wieder neue Wülste, verschlang die Stränge intuitiv, drückte sie fest zusammen. Das war Heras wildes Haar. Diese Wülste waren ungleichmäßig, doch Meg glättete auch ihre Oberfläche mit einem Metallschaber. Diese Haare wurden zum weiten Rand des Gefäßes.

Zum Schluss verzierte Meg den bauchigsten Teil des Gefäßes mit Kügelchen und Ritzlinien, wie die Ibibio in Nigeria es taten. Damit gestaltete sie ein Motiv: eine Blüte, die eine winzige Menschengestalt hervorbrachte, eine ungemein sentimentale Darstellung, die Libby mit ihrer Vorliebe für Kitsch ausgezeichnet gefallen hätte.

Später würde sie dieses Motiv noch hervorheben, indem sie es mit dünnflüssiger Glasur überzog. Innen würde sie das Gefäß völlig glasieren und es dann bei Steinzeug-Temperatur brennen. Doch jetzt, im Morgenlicht, das zum Fenster hereinströmte, ging Meg ins Bett, zog die Decke über den Kopf und weinte um Libby. Natürlich würde Libbys Asche nie in diesem Gefäß ruhen. Meg vermutete sogar, dass die Asche nirgendwo ruhen würde; ihre Tochter Susan würde ihre Entsorgung anweisen. Das würde sie jahrelang bereuen, doch im entscheidenden Moment würde Susan dem Bestatter einfach sagen, man solle auf die übliche Art verfahren. Susan war keine morbid gesinnte Frau, die Asche aufbewahrte.

Am folgenden Tag wurde im Spielzimmer von REACH ein Geburtstagsfest für Ray abgehalten. Ein Kollege von ihm hatte eine Stunde vor Beginn der Party bei Meg angerufen, sie eingeladen und gesagt, es sei ein völlig spontanes Fest. Meg wusste, dass das nicht stimmte – die ganze Organisation befürchtete, es könnte Rays letzter Geburtstag sein, und die Party war minuziös geplant worden. Megs Einladung war eine andere Sache. Meg vermutete, dass Tina sie nicht dabeihaben wollte. Doch für Meg war klar, dass sie das Fest um nichts in der Welt versäumen würde. Der Kollege hatte ihr gesagt, es würde zwar im Spielzimmer stattfinden, aber ohne Kinder – für Ray das schönste Geschenk überhaupt. Meg hatte schnell zwei Keramikbecher eingepackt, war zum Blumenladen an der Ecke gelaufen und hatte ein Dutzend Rosen gekauft. Sie wusste, ihre Geschenke würden weitaus weniger überlegt, weitaus weniger persönlich sein als alle anderen. Es gab feste Mitarbeiter, die über die kleinsten Details von Rays Leben Bescheid wussten, oder andere, die begnadete Schenkerinnen waren, die Art Menschen, die es verstanden, selbst Wildfremden etwas hundertprozentig auf sie Zugeschnittenes zu überreichen.

Als Meg das Spielzimmer betrat, erkannte sie den Raum fast nicht wieder. Sämtliche Spielsachen und Bücher waren fort, die Luftmatratzen und bunten Gummiunterlagen waren ebenso verschwunden wie die Poster von der Kinderbibliothek. An deren Stelle hingen die eindeutigsten Safer-Sex-Plakate, die REACH je gemacht hatte, allesamt aus den Tagen, als es kaum heterosexuelle HIV-Infizierte gab. Einige der Poster stammten sicher aus dem Archiv. In dieser Zusammenstellung wirkten sie wie ein trotziger Chor des Protests: *Mit diesem Gummi tue ich alles, weswegen ihr mich immer verachtet habt.* Zwischen aufgefächerten Leinenservietten stapelte sich Porzellan vom Geschirrverleih. In der Rundung eines jeden Fächers stand eine köstliche Torte, klein, aber üppig: Schokoladenmousse mit Aprikosenfüllung, Karottenkuchen mit Vanilleglasur. In Kristallvasen steckten Orchideenarrangements. Die Geschenke, die sich an beiden Tischenden türmten, waren in dünnes Reispapier gewickelt, in glitzernde Folie oder handbemaltes Kreppapier, umwickelt mit dünnen Rindenstreifen oder buntem Schleifenband, das in Korkenzieherlocken endete. Meg scheute sich davor, ihre rasch eingepackten Becher zwischen die anderen Geschenke zu stellen, und wünschte sich, sie hätte eine der lackierten Geschenktüten gekauft, die mit impressionistischen Gemälden verziert waren. Sie stand da, die Hände mit den Bechern hinter dem Rücken verschränkt; die Finger taten ihr weh.

Bald nach Megs Ankunft öffnete Ray die Tür. Er kam von einer frühen Mittagspause zurück, obwohl ihm anzusehen war, dass er dabei, statt sich zu erholen, einen Kampf ausgefochten hatte – fast schon Routine für Mitarbeiterinnen und Mitarbeiter von REACH: vermutlich eine Auseinandersetzung mit einer Angestellten einer staatlichen Hilfseinrichtung, die einem seiner Klienten eine Leistung verweigerte. Ray fluchte, als er in der Tür erschien. Meg erschrak bei seinem Anblick; sein Gesicht war beinahe lila geworden – zum Teil vielleicht wegen seines Ärgers, zum Teil sicher auch wegen des Pentamidins, das er jede Woche einnahm, um Pneumozytose zu verhindern. Durch diese Farbe wirkte er noch wütender, und doch schimmerte seltsamerweise eine Blässe durch; außerdem waren seine Wangen noch stärker eingefallen. Mit Entsetzen stellte Meg fest, dass Rays Augen seit ihrer letzten Begegnung etwas Gespenstisches bekommen hatten; es war, als sei die gesamte Augenpartie von einer feuchten Nebligkeit umgeben. Jetzt kam es Meg vor, als würde Ray, während er das Spielzimmer betrat, seine Schmerzen verfluchen – ein Moment der Befreiung, ein Luxus, den er sich in einem Augenblick des Alleinseins gönnte. Doch als er in den Raum trat, schauten vierzig Menschen mit Tröten und Schnarren auf ihn. Die Gastgeber hatten keine andere Wahl, als rasch die Schnarren zu schwingen und die Tröten an die Lippen zu führen, so fest wie möglich hineinzublasen, das Wachspapier mit Luft zu füllen und einen Chor anzustimmen, der wie ein Trauergesang klang.

Als die Leute ihre Instrumente beiseite legten und zögernd zu klatschen begannen, beobachtete Meg, wie Ray seine ganze Kraft zusammennahm. Die Mühe, die ihm das bereitete, war offensichtlich. Sein Kopf und die Schultern zitterten – der körperliche Effekt, den die Überraschung auf ihn hatte. Das Strassgehänge baumelte glitzernd neben seiner grauen Wange. Im Mundwinkel hing ein kleiner Speicheltropfen, die Folge des einen oder anderen Medikaments. „He, Jungs“, sagte er. „Und ... äh ... Mädels“, fügte er hinzu und schaute zu Meg und dann zu Tina und einigen anderen Frauen, die auf der anderen Seite des Zimmers standen.

Alles lachte über die Maßen. Bill vom Freizeitraum löste sich aus der Gruppe und ging auf Ray zu, um ihm einen Kuss zu geben – ein Fehler, wie sich sofort herausstellte. Ray musste sich wappnen, so sehr überraschte ihn dieser unerwartete Körperkontakt, ein Kuss wie eine Ohrfeige, die Wärme zunichte gemacht durch seine Heftigkeit. Bill lächelte verlegen. Niemand anderes trat auf Ray zu. Einige bliesen noch einmal in ihre Tröten. Plastikflaschen mit Sprudel wurden geöffnet. Tina machte sich daran, die Mousse-Torte anzuschneiden, und erzählte dabei in einem fort, man könne es bei REACH nur zu etwas bringen, wenn man möglichst viele Torten aus der Portokasse bezahle.

Allmählich wurde Ray etwas gelöster. Ein Außenstehender hätte seinen vagen Blick, seine leicht feuchten Augen vielleicht der Rührung zugeschrieben statt seiner Unfähigkeit, seine Umgebung klar zu erkennen. Da sich Ray mit dem Auspacken des ersten Geschenks abmühte, gingen anschließend alle Gäste nacheinander mit ihren Geschenken zu ihm und öffneten sie für ihn. Darunter waren CDs von italienischen Diven, Tickets für Broadway-Vorstellungen, eine Raku-Keramik, ein Schlüsselring von Tiffany. Die Finanzabteilung hatte zusammengelegt und schenkte Ray und seinem Freund eine mitternächtliche Dinner-Bootsfahrt durch Manhattan. Was fehlte, waren die üblichen Geschenke wie seidene Slips und Mitgliedskarten für exklusive Nachtclubs. Möglicherweise waren die Plakate an den Wänden fehl am Platz, doch Meg freute sich, zu sehen, dass Ray über eines lächeln musste – es zeigte einen Schwarzen mit geölten Muskeln, der ein Kondom aufrollte. Und sie war erleichtert, dass sie ihre Becher ohne großes Aufsehen auspacken und unbeobachtet auf Ray zugehen konnte. „Eine bescheidene Gabe“, sagte sie, „aber sie sind eigener Hände Arbeit. Einen für dich und einen für deinen Freund.“

Ray nahm einen Becher in die Hand und drehte ihn um; als er Megs Initialen in die braune Glasur am Boden geritzt sah, lächelte er. „Deine Klientenaufzeichnungen möchte ich nicht lesen müssen", sagte er.

„Keine Sorge, das wird niemand hier je mehr tun müssen."

„Da wäre ich mir nicht so sicher", widersprach Ray. „Hier dreht sich die Geschichte noch schneller als anderswo."

Meg lachte. „Wahrscheinlich werde ich gar keine Zeit mehr für so etwas haben", sagte sie. „Ich werde arbeiten müssen und mich um Kimble kümmern ... Ich glaube kaum, dass ich noch eine freie Minute haben werde."

Ray nickte nur. Er sah völlig erschöpft aus. Schon vor Jahren hatte Meg aufgehört, sich in der Gegenwart von Sterbenden zu zensieren. Das, was sie immer wieder mit ihren Klienten erlebt hatte, hatte ihr gezeigt: Je mehr sie sich aus Taktgefühl mit ihren Äußerungen zurückhielt, desto weniger konnte sie ihre eigentliche Aufgabe erfüllen und den Beweis liefern, dass das Leben unverändert weiterging – mit all seiner Banalität, die die Angst des Sterbenden linderte, voll kurzer, taktloser Andeutungen auf die Zukunft und auf Aktivitäten, die eine robuste Konstitution erforderten. Doch jetzt verfluchte sie sich, nicht etwas mehr Zurückhaltung geübt zu haben – hatte sie Ray doch mehr oder minder zu verstehen gegeben, dass ihre ehrenamtliche Tätigkeit, Menschen beim Sterben zu begleiten, wie ein Hobby für sie war. „Vielleicht komme ich wieder", fügte sie hinzu, „wenn Kimble in den Kindergarten geht, oder wenn sie in die Schule kommt." Und jetzt lief sie wirklich rot an, denn das war noch schlimmer. Ray würde nicht mehr miterleben, wie Kimble in den Kindergarten ging. Was interessierte es ihn, was sie in ein oder zwei Jahren tat?

Ray schaute noch immer auf den Becher. „Danke. Doug und ich werden sie bestimmt viel benutzen. Ich trinke daraus meine scheußlichen Tees, während er mir gegenübersitzt und einen frisch gemahlenen Haselnusskaffee schlürft. Da kann man schon auf Mordgedanken kommen, oder?“

Meg hätte Ray gern umarmt, ihm einen Kuss gegeben. Doch statt dessen legte sie ihm die Hand auf die Schulter; nicht so fest, wie sie es sonst tat – sie berührte ihn wie eine andere, weniger resolute Frau als sie selbst. Ray neigte den Kopf zur Seite und strich ihr mit der Wange über die Hand.

„Es gibt so viele Anlässe, auf Mordgedanken zu kommen“, sagte sie. „Es hat schon seinen Grund, warum ich nicht mit einer Waffe durch die Gegend laufe.“

17

Eine Stunde nach ihrer Rückkehr von Rays Party – Meg packte gerade die fertige, glasierte Hera in Luftpolsterfolie, um sie Charlotte zu bringen –, rief Consuela Soto an. Panik befiel Meg angesichts der Nachricht, die sie gleich erfahren würde. Automatisch begann sie zu reden, ihr Wortschwall baute sich auf zu einer Mauer gegen den erhofften, befürchteten Bescheid. „Haben Sie Ray in letzter Zeit gesehen? Den Leiter der Spielgruppe bei REACH? Ich komme gerade von seiner Geburtstagsparty. Sie haben ein Riesenfest für ihn veranstaltet ..." Am liebsten hätte sie Consuela sämtliche Einzelheiten erzählt, doch dann zwang sie sich zu schweigen. Weshalb glaubte sie überhaupt, dass Consuela über Ray Bescheid wusste? Ob Consuela sie für ihr albernes Geschwätz, ihr Ablenkungsmanöver in einem schicksalsträchtigen Moment, aburteilte?

„Ray ist wirklich ein Schatz, nicht wahr?" sagte Consuela. „Obwohl wir uns nie persönlich kennengelernt haben – wir haben eine von diesen herzlichen, angenehmen Telefonbeziehungen. Das ist manchmal schöner als von Angesicht zu Angesicht."

Ach, dachte Meg, sie versteht das. Es haben schon andere Leute vor Nervosität angefangen zu plappern. Sie wartete.

„Ich war gestern nachmittag beim Familiengericht", sagte Consuela. „Wir haben uns geeinigt, vorläufig Ihnen das Sorgerecht für Kimble Toffler zu übertragen. Wie besprochen bekommen Sie für ihre medizinische Versorgung einen Berechtigungsschein. Wenn Sie sie adoptieren wollen, würde ich Ihnen empfehlen, das sofort in die Wege zu leiten. Wir sind dazu verpflichtet, Kimble als zur Adoption freigegeben aufzuführen, auch wenn sie bei Ihnen in Pflege ist. Das Jugendamt arbeitet je nach Bundesstaat unterschiedlich; bei uns gibt es so viele Kinder, dass wir keine Adoption selbst in die Wege leiten. Wir arbeiten mit mehreren Vermittungsstellen zusammen. Eine große ist

Jewish Board. Vermutlich werden wir sie anweisen, die Adoption zu übernehmen."

Der nüchterne Ton, in dem sie das sagte, ließ Meg befürchten, jeder andere Tonfall ihrerseits könnte das Telefonat belasten. „Sie raten mir also, mit denen Kontakt aufzunehmen?" fragte sie, kaum hatte sie Consuelas letzte Worte vernommen. Sie hoffte, dass ihre Schlussfolgerung plausibel war.

„Ja, oder eine der anderen Vermittlungsstellen. Mrs. Cheney kann Ihnen die Namen nennen. Uns ist natürlich bekannt, dass Kimble eine Großmutter hat. Sie sollten wissen, dass sie bei uns nicht aktenkundig ist, aber sie hat von sich aus angerufen und Sie als Vormund empfohlen. Gibt es noch andere Verwandte?"

„Meines Wissens nicht."

„Gut, denn unabhängig vom Verwandtschaftsgrad, so entfernt er auch sein mag – an leiblichen Verwandten kommen wir nicht vorbei. Bevor der Adoption stattgegeben wird, müssen wir alle Anverwandten anschreiben, und wir müssen auch eine Anzeige in die Zeitung setzen und darauf hinweisen, dass eine Adoption bevorsteht. Das sollten Sie wissen, denn solange es Verwandte gibt, besteht juristisch gesehen ein Risiko."

Das war ein Schlag für Meg, vor allem weil sie in letzter Zeit alle Gedanken an dieses Problem verdrängt hatte. Sie hatte sich mit so vielen unmittelbaren Schwierigkeiten herumgeschlagen, dass sie die ferneren gar nicht bedacht hatte. Vielleicht gab es ja Verwandte auf Barrys Seite? Wie konnte sie sicher sein, dass sie sich nicht melden würden, vielleicht sogar in großer Zahl, sobald Kimbles geplante Adoption bekanntgegeben wurde? Na ja, schoss es Meg durch den Kopf, ohne dass sie ihre Gedanken bremsen konnte, wahrscheinlich sind das allesamt Junkies und Huren; wahrscheinlich sind sie alle vorbestraft.

„Shirley Marzola hat mir gesagt, dass Kimble keine anderen Verwandten hat", antwortete sie. „Ich glaube, es gibt eine Großtante, die irgendwo in einem Pflegeheim in der Bronx lebt. Aber danke, dass Sie mir das gesagt haben. Wann kommt Kimble zu mir?"

„Eines muss ich Ihnen von Amts wegen noch sagen, Ms. Krantz: Jede Klage wegen Vernachlässigung, die uns zu Ohren kommt, führt dazu, dass Ihnen das vorläufige Sorgerecht entzogen wird. Und nachdem ich Ihnen das gesagt habe, kommen wir jetzt zu dem, was Sie wirklich hören wollen. Mrs. Cheney kann sie in den nächsten Stunden zu Ihnen bringen."

Über eine Woche war vergangen, seit Mrs. Cheney bei Meg gewesen war. Der Sozialbericht, das Ergebnis des Hausbesuches, sollte eigentlich innerhalb von vierundzwanzig Stunden vorliegen, das Familiengericht am Tag darauf tagen. Doch Meg wusste von REACH, dass solche Vorgänge die vorgesehene Bearbeitungsdauer oft überschritten, und war davon ausgegangen, dass die Stadtverwaltung sich noch weniger als die Aidshilfe an zeitliche Vorgaben hielt. Sie hatte einmal bei Consuela im Büro angerufen und von einer Mitarbeiterin erfahren, dass die Gerichte im Augenblick hoffnungslos überlaufen wären und sich da nichts machen ließe. Vielleicht war es nur gut, dass sie nach Mrs. Cheneys Besuch so abgelenkt gewesen war, sonst wäre sie sicher lästig gefallen und hätte jeden zweiten Tag angerufen. Doch in dieser Woche hatten sich die Ereignisse überstürzt; Meg hatte sie gar nicht so schnell verarbeiten können. Sie dachte daran – und nicht zum ersten Mal –, dass sie sich mit Kimbles Adoption für sich überstürzende Ereignisse und gegen stille Beschaulichkeit entschieden hatte. In den kommenden Jahren würde ein Ereignis das andere jagen. Darüber nachdenken würde sie, wenn sie alt war.

„Ja, bitte! Mrs. Cheney soll sie unbedingt sobald wie möglich herbringen!" Meg bemühte sich nicht, ihre Stimme zu beherrschen. Sie klang überschäumend.

„Sie ist noch oben in der Bronx, es wird also ein Weilchen dauern. Ich wünsche Ihnen wirklich alles, alles Gute, Ms. Krantz. Das ist wirklich eine große Chance für das Kind und Sie."

„Sie und Ray waren einfach großartig", sagte Meg. „Auch wenn Sie ihm nie begegnet sind – zusammen sind Sie ein unschlagbares Team."

Nachdem Meg sich verabschiedet hatte, legte sie den Hörer nicht auf, sondern wartete, ohne jeden Grund. Sie stellte sich Consuela Soto vor, wie sie sie kennengelernt hatte, die schimmernden Goldfäden ihres Schals, die Hoffnung in den trostlosen Warteraum mit den kaputten Fiberglasstühlen und der abgestorbenen Topfpflanze mit der Schleife trugen.

Gleich nach Ende des Telefonats wurde Meg von einem Sturm von Energie ergriffen. Er baute sich so rasend auf, dass sie glaubte, selbst nur unsicher obenauf zu balancieren. Energie, die in ihr gebunden sein sollte, entwich; sie war ein bloßer Nachsatz, der auf deren Oberfläche dahintrieb, verzichtbar im allgemeinen Sog.

Sie sah sich im Loft um. Erst nach einer halben Ewigkeit fiel ihr ein, dass sie gerade dabei gewesen war, Hera einzupacken, die fertige Hera, deren gewölbter Leib mit den Blumen verziert war, die winzige Menschen hervorbrachten. Es war unmöglich, sich wieder Hera zuzuwenden. Sollte sie jemanden anrufen? Charlotte, Ray, vielleicht sogar Sarina? Sie könnte auch zwei oder drei ihrer früheren Kolleginnen und Kollegen bei REACH anrufen, oder Chris von unten. Sie könnte Cami anrufen. Nein. Alle würden ihr mit herzlichen Worten gratulieren, die ein schales Gefühl in ihr hinterlassen würden.

Meg lief zum Fenster. Der Himmel war grau. Schneeflocken fielen herab, wurden plötzlich von einer Windbö ergriffen und schräg zu Boden getrieben. Meg wusste, dass sie eigentlich Vorbereitungen für Kimbles Ankunft treffen sollte, aber ihr fiel nichts ein, das diesen Schub ungebärdiger Tatkraft absorbieren würde. So schnell wie möglich zog sie ihre winterlichen Joggingsachen an: seidene Unterwäsche, Thermo-Leggings, T-Shirt, Sweatshirt, Stirnband. Mit nichts als dem Hausschlüssel in der Hand lief sie die Tür hinaus zum Lift, dessen Wände jetzt von oben bis unten mit feierlichen religiösen Bildern bedeckt waren. An der West Street bog sie nach Norden ab. Es war ein Wochentag, kaum jemand war unterwegs. Die wenigen Menschen, denen sie begegnete, waren vermutlich Geschäftsleute, die gerade Mittagspause machten, Künstlerinnen, die Besorgungen erledigten, Männer, die zu unpassender Stunde ihr Glück am Hafen versuchten. Niemand geriet ihr in den Weg; es war, als würde Megs Energie alle anderen aus ihrer Bahn vertreiben. Anmutig lief sie dahin. Sie besaß keinen Körper, empfand keine Schwere, die sie an ihre leibliche Existenz erinnerte. Triebkraft ihres Laufens war das Siegesgefühl und auch, sie wusste es wohl, eine gewisse Melodramatik, denn sie gab sich dem Gedanken hin, dass sie jetzt zum allerletzten Mal joggte. Als sie ins West Village flog, vorbei an der Bank Street und der Jane Street, vorbei an Restaurants, die erst in den Abendstunden öffnen würden, und an schrägen Läden mit ausgefallenem Angebot, sah sie eine großartige Veränderung vor sich. Den ganzen Weg bis zur 14th Street hinauf stellte sie sich vor, wie leicht sie ihre neue Verantwortung erfüllen und wie sie endlich anpacken könnte, was sie seit Jahren vermied: Warum sollte sie nicht hier, in einer diesen Straßen, ein Ladengeschäft eröffnen? Sie würde nicht nur ihre alten Auftraggeber und ihren Versandhandel behalten, sondern neue Laufkundschaft gewinnen. Für die Zeit von fünfzehn bis zwanzig Uhr könnte sie eine Assistentin anstellen, die für sie Geld verdiente, während sie sich nach der Schule um Kimble kümmerte. Sie und die Assistentin (später vielleicht auch Partnerin) könnten abwechselnd die Kunstgewerbemärkte besuchen. Und wenn Meg zu einem dieser Märkte fuhr, würde Kimble sie begleiten – sie würde sich schon als Kind daran gewöhnen, unter fremden Leuten zu sein und sich mit neuen Kindern an neuen Orten anfreunden. In zwei oder drei Jahren könnte Meg vielleicht sogar ein zweites Geschäft eröffnen. Sie würde die Arbeiten anderer Töpferinnen ausstellen und verkaufen, sie würde mit Kimble nach Japan fliegen und Workshops bei dortigen Meistertöpfern besuchen, sie würde in einem gut ausgestatteten Atelier in einem ihrer Läden selbst Kurse abhalten. Als Meg in der 14th Street kehrtmachte und wieder nach Süden lief, stand ihr dieser Plan klar vor Augen – ein perfekter Plan, für den die Zeit reif war.

Auf dem Heimweg stellte sich die Schwere ihres Körpers wieder ein. Der Schnee, der immer noch fiel, hatte sich mittlerweile am Halsbündchen ihres Sweatshirts angesammelt und bildete ein eisiges Band um ihren Hals. Sie hatte keine Aufwärmübungen gemacht, und bei jedem Auftreffen ihrer Füße auf dem Pflaster spürte sie, wie steif ihre Waden waren. Ihre Oberschenkel schmerzten leicht. Die Umrisse ihres Plans verblassten. In ein paar Stunden würde Kimble bei ihr sein. Meg würde eine Pflegemutter werden, ein Status, bei dem sie eher an überarbeitete, selbstlose Familien in der Bronx oder Upper Manhattan dachte. Sie würde Unterhaltsgeld für ihr Pflegekind bekommen. Genau besehen würde sie bezahlt werden, um die Arbeit einer Pflegemutter zu erfüllen. Dann würde sie versuchen, Kimble zu adoptieren. Seit ihrer Therapie bei Libby, seit sie sich über ihre Haltung zum Muttersein klar geworden war, wollte Meg sich um dieses Kind kümmern, es aber Kimble überlassen, wer sie sein wollte; sie wollte nur das Tor bewachen, während Kimble ein und aus ging und schließlich nicht mehr zurückkehrte. Doch die Vermittlungsstelle, die Kimbles Adoption durchführen würde, Vertreter der selbstgerechtesten gesellschaftlichen Vorstellungen von Elternschaft, würde Meg überprüfen als die Frau, die Kimble künftig besäße. In deren Augen bemühte sie sich um das Recht, einen Menschen zu besitzen. Sie würden ihre Eignung prüfen, Kimble für sich zu beanspruchen. Meg würde in Konkurrenz stehen zu Menschen, deren Empfehlung in ihrer Gutbürgerlichkeit lag. Die Überprüfung würde eingehend und von offener Konkurrenz geprägt sein. Während Meg auf dem Weg zur Duane Street die Canal Street überquerte, fragte sie sich, ob diese Überprüfung ihrer Vision vom Muttersein zuwiderlaufen würde, dieser hart erkämpften Vision, die sich in der Praxis erst noch bewähren musste. Wenn sie so sehr darum kämpfen musste, Kimble zu adoptieren – würde sie dann dem Drang, sie zu besitzen, widerstehen können?

Als Meg die Betonstufen zur Haustür hinaufging, sah sie Jeb, Chris' Sohn, mit einem Mädchen am Transporter seines Vaters stehen. Das Mädchen trug einen Ring in der Nase, durch den Jeb ein Schleifenband gefädelt hatte. Er hatte es in drei Stränge geteilt, um einen Zopf zu flechten. Das Mädchen kicherte unterdessen, doch wenn er beim Flechten gelegentlich fester am Band zog, schrie sie jedesmal auf und drückte sich gegen die Tür des Wagens. „Hör auf, Jeb, du tust mir weh", sagte sie. Jeb lachte. „Tut mir leid, aber das wird echt cool aussehen", meinte er.

„Soll ich mit dem Lift warten?" rief Meg laut, um sich bemerkbar zu machen.

Sichtlich unbefangen wandte sich Jeb um, den Zopf noch in der Hand. „Nee, schon gut, Meg", sagte er.

Zu ihrer Schande musste Meg sich gestehen, dass sie sich geschmeichelt fühlte, von Jeb inmitten seines wohl ersten, geschmacklosen Verführungsversuchs namentlich angesprochen zu werden. Sie zögerte, bevor sie den Schlüssel ins Schloss steckte. Vom Laufen schlug ihr der Puls noch im Hals. „Erinnerst du dich an Kimble?" rief sie Jeb zu. „Das kleine Mädchen, auf das du mal aufgepasst hast? Ab heute wohnt sie für immer hier. Ich habe gerade das Sorgerecht für sie bekommen."

„Cool", sagte Jeb, noch immer ohne den Zopf loszulassen. Das Mädchen starrte nur vor sich hin, ohne etwas zu sagen.

„Jetzt darfst du abends, wenn sie schon im Bett ist, nicht mehr den Basketball an die Decke werfen, okay?"

„Ich?" sagte Jeb und wandte sich an das Mädchen. „Die kann nicht mich meinen", beteuerte er.

In ihrem Loft konnte Meg nichts tun, um sich von der wirbelnden, quälenden Vorfreude abzulenken, die selbst die vertrautesten Gegenstände zu verändern schien – als würden sich die Atome neu anordnen, so dass die Dinge verräterisch anders anmuteten. Meg kannte die verwandelnde Kraft der Vorfreude. Früher, wenn sie auf den Anruf einer Frau wartete, zu der sie sich hingezogen fühlte, wurden die alltäglichsten Gegenstände – der verkrümelte Toaster, das Kehrblech in der Ecke – zu Talismanen; sie gaben ihre Funktion auf, um Megs überbordende Erwartung in sich aufzunehmen. In der nächsten Woche, vielleicht schon am nächsten Tag, kehrten sie wieder zu ihrer gewohnt banalen Bestimmung zurück. Meg war immer erleichtert, wenn das passierte.

Heute, an diesem Nachmittag, war fast alles, was Meg unter die Augen kam, wie verwandelt. Die halb verpackte Keramik-Hera enthielt lauter Botschaften, die ekstatisch und düster zugleich waren. Die Schale spiegelte den Optimismus von Megs Lauf nach Norden wider – wie Kimbles Ankunft sie dazu veranlasste, ihr Leben wirklich in die Hand zu nehmen; mehr konzentrierte Arbeit, Glück in der Liebe –, und dann die Gedanken während ihres Laufs nach Hause: Frustration, die Überzeugung, dass sich im Grunde nichts änderte. Hera und all die anderen Gegenstände in Megs Blickfeld bargen unendliche Geschichten in sich, verwegene Prophezeiungen. Meg ging in die Badewanne, wo sie zum Schutz vor all diesen Gegenständen die Augen schloss. Sie seifte sich ausgiebig ein, duschte sich ab, und die ganze Zeit hielt sie die Augen geschlossen. Als sie sich rasch abgetrocknet und angezogen hatte, holte sie aus einer Küchenschublade eine Tüte mit bunten Luftballons und blies so viele auf, wie sie konnte.

Minuten später, als sie unten die Haustür öffnete, war sie noch immer ein wenig außer Atem. Vor ihr standen Mrs. Cheney und Kimble. Kimbles Lippen bewegten sich, sie sagte etwas. Doch alles, was Meg hörte, war das Mädchen, das noch immer am Wagen lehnte: „Jeb, das ist jetzt nicht mehr komisch, lass mich los!“

Der Schleifenzopf hing jetzt bis auf den Boden, strich hin und her, während Jeb unaufhörlich weiterflocht. Meg hätte Kimble gern gebeten, zu wiederholen, was sie gesagt hatte, verzichtete aber darauf. Trotzdem wünschte sie sich, sie hätte Kimble verstanden. Einen intimen Moment zu haben, einen ungestörten Moment, der jenem ihrer Erwartung entsprach – das war auf den Straßen New Yorks eine Unmöglichkeit. Sie warf Jeb und seiner Freundin einen angewiderten Blick zu.

„Bei der Bekämpfung von Jugendlichen gibt's jetzt Fortschritte", sagte Mrs. Cheney. „Das Sozialamt hat's endlich kapiert. Bald werden die Eltern von Jugendlichen Unterstützung bekommen."

War das dieselbe diensteifrige Frau, die ihr Loft begutachtet hatte? Meg fragte sich, ob sie – indem sie den Anforderungen der Behörden genügte – Mrs. Cheney die Freiheit erteilte, ihre Persönlichkeit zu entfalten.

„Das ist ja sehr erfreulich", antwortete Meg. Sie bemerkte, dass Kimble sie anstarrte. „Und wo ist Roller Queen, Schätzchen?"

Kimbles Hals wurde sofort fleckig; ihr Gesicht lief rot an. Mrs. Cheney drückte ihr die Schulter. „Von Privateigentum machen sich die wenigsten unserer Kinder einen Begriff", sagte sie entschuldigend. „Es tut mir leid. In der Pflegefamilie gab es noch zwei weitere Kinder. Wir sind nicht ganz sicher, was mit der Puppe passiert ist, aber ich habe so meinen Verdacht."

Meg fuhr mit ihnen nach oben. Im Aufzug zeigte sie Kimble die Bilder, die Chris während ihrer Abwesenheit dort angebracht hatte, und versuchte unterdessen, das Verschwinden von Roller Queen zu verdauen. Sie fragte sich, wie Kimble diesen neuerlichen Verlust verwinden mochte. Sie hatte Kimble nur selten ohne Roller Queen gesehen, und ihre enge Beziehung zu der Puppe war ihr immer wieder aufgefallen. Meg hatte Roller Queen nackt gesehen, mit ihren spitzen Brüsten und der geschlechtslosen Wölbung zwischen den Beinen, die hochglanzpoliert war von den Seidenhöschen, die Kimble ihr ständig an- und auszog. Meg hatte Roller Queens Gesicht mit Filzstiften verschmiert gesehen – Kimbles Wut, die niemand anderem anzuvertrauen war. Sie hatte Roller Queen bei der Rückkehr von Grandma Shirl gesehen, als Flittchen zurechtgemacht, und hatte Kimble geholfen, ihr die Grundierung, das Rouge und den Lippenstift vom Gesicht zu waschen und dabei erklärt, dass Athletinnen wie Roller Queen lieber natürlich aussahen. Einmal, als sie nach der schlafenden Kimble geschaut hatte, hatte sie Roller Queen am Fußende des Futons sitzen sehen, nackt bis auf ein Papierkostüm von Prinzessin Di und einen Hut mit ausladender Krempe, die auf ihren Plastikkörper geklebt waren. Das Ausschneidebuch der Königsfamilie lag irgendwo auf dem Boden, wie auch Kimbles Kleidung, aber Roller Queen sah adrett und frisch aus, bereit, die Huldigung der ganzen Welt entgegenzunehmen. Einzig Roller Queen war verschont geblieben, als Kimble die Wohnung mit schwarzer Temperafarbe verwüstet hatte. Selbst für Meg, die kaum einen bewussten Gedanken auf die Puppe verwandt hatte, hatte sie eine Art Zauber besessen – eine Beschützerin von beträchtlichem Einfluss, wie Hera. Der Unterschied war, dass Roller Queen neu auf der Welt war, und so heftig Kimble sie auch geliebt hatte, hatte dieser Liebe der uralte Mythos gefehlt; Roller Queen war eine Puppe, die verschwunden war, zumindest für Kimble, und es würde ihnen nicht gelingen, sie einzig mittels ihrer persönlichen Trauer in einen Mythos zu verwandeln.

Als Meg die Tür zum Loft aufschloss, hüpften fünf Luftballons über den Boden. Kimble sah sie an, sagte aber nichts.

„Die sind für dich", sagte Meg. „Um dich zu Hause zu begrüßen." Sie spürte, wie kläglich diese Geste war. „Hier ist jetzt dein richtiges Zuhause."

„Die Luftballons sind mein richtiges Zuhause?"

„Dummchen. Dieses Loft, mein Loft, ist dein richtiges Zuhause. Und von jetzt an ist es unser Loft."

„Bei der Frau in der Pflegefamilie gab's auch Luftballons. Zu meinem Geburtstag."

Panisch drehte Meg sich zu Mrs. Cheney um.

„Sing Meg dein neues Lied vor", sagte Mrs. Cheney.

Kimble fühlte sich offenbar bedrängt, doch sie öffnete den Mund, und ein monotoner Singsang erklang: „Eins ist nix, zwei schreit hicks, drei spielt Tricks, vier macht 'nen Knicks, aber fünf ist fix, und ich bin fünf und fix." Dazu führte sie einen kurzen, zögerlichen Tanz auf, dessen Schwung sich abgenutzt hatte.

Mrs. Cheney nickte. Sie sah Meg an und erklärte flüsternd: „Mrs. Marzola hat es uns gesagt."

„Lieber Himmel", antwortete Meg ebenfalls im Flüsterton. Wieso wusste sie Kimbles Geburtstag nicht? Den Geburtstag dieses Kindes, das sie adoptieren wollte – wie war das möglich?

„Schon fünf!" rief Meg und klang wie eine x-beliebige freundliche fremde Frau im Bus.

„Die Frau wollte mir eine neue Roller Queen kaufen, aber dann hat sie gesagt, das ging nicht. Aber sie hat mir Sterne geschenkt, die im Dunkeln leuchten. Und ich habe einen Schokoladen-Geburtstagskuchen bekommen, aber keine Ho-Ho's. Und ich weiß, wer mir Roller Queen weggenommen hat. Das war Angel Rivera. Er hat einen scheußlichen langen Fingernagel, und er hat geschrien, als die Frau ihm den abschneiden wollte. Er hat Roller Queen mit dem Fingernagel die Augen ausgekratzt und sie dann in den Müllschlucker geschmissen, und da ist sie dann kopfüber runtergerutscht und unten im Höllenfeuer verbrannt."

„Das klingt ja nicht sehr angenehm", sagte Mrs. Cheney.

So hat Kimble vorher nicht geredet, hätte Meg am liebsten gesagt. Aber genau das hätte auch Charlotte gesagt und sich nicht gescheut hinzuzufügen, dass in Pflegefamilien einfach schreckliche Dinge passierten. Es stimmte, dass Meg Kimble nie zuvor so hatte reden hören, aber ganz ähnlich hatten Juliet Trees Kinder geklungen – kleine Engel, getragen von Flügelchen am tiefen Ende des Beckens im Schwimmclub von White Plains.

„Würdest du gerne die Kinder von der Spielgruppe bei REACH wiedersehen?“ schlug Meg vor. „Jackie und Tito und Paulie und Kevin? Und Chantelle?“

„Ja. Sind die hier?“ Kimble reckte den Kopf und sah sich um.

„Nein, aber ich könnte sie einladen, um deinen Geburtstag zu feiern. Du könntest noch eine Geburtstagsparty haben, da spricht nichts dagegen.“

Während Kimble nickte, wurde Meg bewusst, dass sie dieses spontane Angebot gar nicht würde erfüllen können. Ray hatte sie über die Kinder auf dem laufenden gehalten: Kevin war mit seiner Tante Gwyn, die sich seit dem Tod seiner Mutter um ihn kümmerte, nach Georgia gezogen. Paulie war im Waisenhaus; seine Pflegemutter hatte Meg erzählt, dass er ihr zuviel wurde – die Inkontinenz, an der er mittlerweile litt, und dann noch der Hickman-Katheter. Und als die mobilen Krankenschwestern ins Haus kamen, fehlten plötzlich Dinge aus der Wohnung – die Kamee ihrer Mutter vom Ponte Vecchio war einfach weg. Jackie und Tito ging es recht gut, aber Chantelle hatte wieder Pneumozytose bekommen. Zwei Wochen nach ihrer Genesung war sie eines Morgens mit zwei nässenden Wundstellen auf den Wangen ins Spielzimmer bei REACH gekommen. Sie hatte auf einem kirschroten Plastikstuhl gesessen, schweigend und völlig reglos, hatte Ray erzählt, und die Wunden waren genauso rot gewesen wie der Stuhl.

„Und Ray Fee Ray? Kommt der auch?“

„Wenn's ihm irgend möglich ist, wird er sich das bestimmt nicht entgehen lassen.“

„Miss Krantz“, unterbrach Mrs. Cheney. „Könnten Sie noch ein paar Formulare unterschreiben, bevor ich gehe?“

Meg hatte Mrs. Cheney völlig vergessen. Jetzt musterte sie sie, forschte in ihrem Gesicht nach Anzeichen von Unbehagen, Kimble in diese ungewisse Welt zu entlassen – eine Welt, in der die

Gesichter von Kindern ohne jede Vorwarnung zerschunden wurden. Was immer Mrs. Cheney durch den Kopf ging, ob sie Megs Aussichten auf Adoption abschätzte oder überlegte, wie schnell sie zu Hause sein würde –, Meg sah sie an und sagte: „Als Kind habe ich Mary Poppins immer gehasst. Dieses ganze Moralisieren und Verzaubern war mir zuwider. Aber ich erinnere mich noch an die Szene, wo Mary Poppins mit den Banks-Kindern zu ihrem Freund geht, dem Straßenmaler. Bert hieß er, glaube ich. Er hat auf einem Bürgersteig in London mit bunter Kreide eine ländliche Szene gemalt. Er hat ihnen gesagt, wie sie in die Szene hineingehen müssen, und das haben sie getan. Sie sind herumgewandert – ja, so herumgeschwebt – und haben dabei Eis gegessen. Ich war als Kind sehr zynisch und habe nur gelacht, wenn mir jemand die Stelle vorlas. Doch später bin ich immer aus dem Bett geschlüpft und habe sie mir allein noch mal durchgelesen und mir das Bild von Mary Poppins und den Banks-Kindern in Shangri-La angeschaut. Aber ich habe das Buch immer zugeschlagen, bevor Mary Poppins alle in die Wirklichkeit zurückführte. Jetzt wünschte ich, ich wäre Mary Poppins."

Mrs. Cheney lachte auf, vielleicht bei der Vorstellung von Meg in einem wadenlangen Rock, den Regenschirm adrett über den Arm gehängt. „Ja, ich weiß, was Sie meinen. Eine Mary Poppins, die einfach vergisst, alle in die Wirklichkeit zurückzuführen."

Megs Bus hielt an einer Ampel an der Kreuzung Park Avenue South und 17th Street. Vor knapp zwei Stunden war die Dunkelheit hereingebrochen. Kimble trug eine neue Jacke, eine milde Gabe an die Pflegeeltern; es war ein Winteranorak, dessen Kapuze mit Kunstpelz besetzt war. Kimble saß da, die Arme fest um Hera geschlungen, die jetzt ganz in Luftpolsterfolie eingepackt war.

„Ist dir nicht zu warm, Schätzchen? Willst du nicht die Kapuze absetzen?"

„Nein.“

Meg konnte Kimbles Gesicht kaum sehen. In den Stunden, seit Mrs. Cheney gegangen war, hatte Meg keine Chance gehabt, Kimble wirklich anzusehen. Der Einfallsreichtum, mit dem eine Fünfjährige jeden direkten Blickkontakt vermied, hatte sie verblüfft. Zuerst war Kimble auf ihrem neuen Bett herumgesprungen, so dass ihre Haare hin und her schwangen. Dann hatte sie gut zwanzig Minuten damit verbracht, ihr neues Zimmer nach Wanzen abzusuchen. Dabei zeigte sie mit dem Finger wie mit einer Wünschelrute in jede Ecke des Zimmers, sowohl am Boden wie an der Decke, und sang dazu „keine Wanze, keine Wanze, keine Wanze“; darin war sie völlig aufgegangen. Dann hatte sie fasziniert mit dem Kaleidoskop gespielt, das Meg in der Woche zuvor auf einem Flohmarkt erstanden hatte. Sie ging durch das Loft, ein Auge ans Kaleidoskop gedrückt, das andere zugekniffen, und fuhr haltsuchend mit der Hand die Wand entlang. Meg ließ sie gewähren, beobachtete sie aber die ganze Zeit, um festzustellen, ob der Aufenthalt in der Pflegefamilie sie verändert hatte. Kimble war nicht mehr das schmächtige kleine Mädchen mit der wächsernen Haut, das Barry Toffler damals zum ersten Treffen im Zoo im Central Park begleitet hatte. Barry war abgezehrt gewesen, ein Mann, dessen Muskeln unter der drückenden Last seiner Erschöpfung verkümmert waren. Nur seine Art zu sprechen, ein langsames Knurren aus dem Mundwinkel, ließ auf den einstigen harten Kerl schließen. Es war, als würde Kimbles schmächtige Erscheinung den Verfall ihres Vaters widerspiegeln. Meg erinnerte sich, dass sie beim ersten Blick erschrocken gedacht hatte, auch Kimble schwände allmählich dahin. Jetzt schien sich das Mädchen physisch zu einem ganz anderen Typ zu entwickeln. Ihr blondes Haar war dicker, die früher nur angedeutete Spitze am Haaransatz war ausgeprägter. (Charlotte gefiel es, wenn jemand eine ausgeprägte Spitze am Haaransatz hatte; sie hielt das für ein Anzeichen von Scharfsinn und Intelligenz.) Selbst Kimbles Haut schien dicker; Meg meinte nicht mehr, die Organe direkt unter der Oberfläche liegen zu sehen.

„Wie kann meine Mutter denn sehen, wie hübsch du bist, wenn du die Kapuze nicht absetzt?" Eine erwachsene Frau, die einem mutterlosen Kind gegenüber von ihrer Mutter sprach, dachte Meg. Sollte es da keine amtliche Verordnung geben?

„Sie braucht mich nicht sehen."

„Aber du wirst ihr doch diese Schale geben, und die ist etwas ganz Besonderes. Ich habe sie für eine ihrer Freundinnen gemacht. Sie wird dir ins Gesicht sehen wollen, wenn du sie ihr gibst."

Kimble erwiderte nichts. Sie wandte den Kopf ab und sah zum Fenster hinaus. Jedesmal wenn sie unter einer grünen Ampel hindurchfuhren, neigte Kimble den Kopf zur Seite. Sie zählte, sie beobachtete, ein vertrauliches, stummes Selbstgespräch. Meg parkte den Wagen in der Garage und bat Kimble, ihr Hera zu geben, bis sie vor Charlottes Wohnungstür standen.

Der Portier kündigte sie bei Charlotte an. Er wiederholte Megs Namen mehrfach in die Sprechmuschel. Meg wartete, beobachtete die Miene des Mannes. Sie konnte sich nicht an seinen Namen erinnern, wusste aber, dass es der eines Gottes war. Zeus? Bestimmt nicht. Jetzt schwieg er, hörte ihrer Mutter zu. Er zupfte ein loses Fädchen vom Knopfloch seines Jacketts. Apollo? Hermes? Schließlich nickte er, sie könnten hochgehen.

Es war beinahe acht Uhr; Meg hatte sich keine Gedanken über das Abendessen gemacht. Sobald sie Charlotte Hera übergeben hatten, würde sie vorschlagen, sich beim Lieferservice etwas zu bestellen. Wenn Kimble weiße, mit Essen gefüllte Schachteln sah, wurde sie fast immer fröhlich.

„Ja sowas!" rief Charlotte, die in der offenen Tür stand. „Das ist ja ein großer Moment! Ein richtig großer Moment!" Sie sah nur auf Kimble, die noch immer die Kapuze aufhatte.

„Entschuldige, ich hätte dich anrufen sollen. Aber plötzlich war es soweit und Kimble stand bei mir vor der Tür."

Charlotte wies auf Kimbles Kapuze. „Das ist ja ziemlich scheußlich, nicht?“ fragte sie und befingerte den Stoff. „Da wissen wir ja, was wir zu tun haben, stimmt’s?“

Ihre Mutter war betrunken. Sie lallte nicht, sprach aber jedes einzelne Wort sehr langsam und betont aus, gestattete sich den Luxus, sich Zeit zu lassen. Jedes Wort war ein Akt der Disziplin, dessen mühsame Bewältigung sie zum nächsten Wort führte. Sie trug einen Kimono und darunter einen pflaumenfarbenen Spitzen-BH. Meg wusste, dass der BH von Victoria’s Secret stammte. Die Unterwäsche ihrer Mutter war seit Jahren Gesprächsstoff bei ihren monatlichen Mittagessen; Charlotte beschrieb Meg ihre neue Wäsche gern in aller Ausführlichkeit. Noch bevor sie mit ihrer Schilderung fertig war, wurde ihr leicht koketter Tonfall gewöhnlich leicht keifend. Ihre sexy Unterwäsche war das Geschenk, das sie ihrem alternden Körper machte – ein Akt des Trotzes gegenüber einer Welt, die ihn verschmähte.

Es bereitete Meg immer Angst, wenn ihre Mutter trank, aber sie konnte sich nicht vorstellen, ihr das zu sagen. Sie sah sie an, starrte auf ihr aufgedunsenes Gesicht.

„Natürlich ist sie Alkoholikerin!“ hatte Libby gesagt, als Meg ihr von den Samstag- und Sonntagnachmittagen erzählte. „Glaubst du diese Geschichte von wegen nur am Wochenende wirklich? Was soll’s – dann ist die alte Dame eben Alkoholikerin, zusammen mit zig Millionen anderen Säufern. Es freut mich, dass sie wenigstens ein Interesse im Leben hat.“

Meg hatte sich vehement gegen diese Deutung verwahrt und Libby vorgeworfen, aus einer Mücke einen Elefanten zu machen.

„Dann ist sie eben Alkoholikerin“, hatte Libby wiederholt. „Die Hälfte aller Amerikaner sind Alkoholiker. Irgendein Unternehmer sollte mal auf die Idee kommen, in den Einkaufsmalls Entzugskioske einzurichten – so kleine Buden, wo die Alkies kurz vorbeischauen und die zwölf Punkte durchgehen. Das wäre die einzige Möglichkeit. Doch was willst du bis dahin mit deiner Mutter tun?“

Das war eine Frage, die Meg übergehen durfte – es war nur eine von Libbys routinemäßigen Herausforderungen. Doch jetzt wollte Meg Libby etwas zurufen, der Libby in der Schale, die sie im Arm trug; sie wollte, dass sie gemeinsam mit ihren mäandernden Überlegungen fortfuhren, mit dem gewundenen Dialog, der nur wie durch Zufall die wenigen konstanten Themen ihrer gemeinsamen Arbeit zu berühren und umzugestalten schien. Als Meg ihre Mutter unsicher auf das Wohnzimmer zugehen sah, wünschte sie sich nichts sehnlicher, als in Libbys blauem Ruhesessel zu versinken. Sie wollte nur beschreiben, was sie jetzt sah, den Vorgang mit allen Details genau wiedergeben, so dass sie auf eine andere Ebene gehoben wurde.

„Mutter, ihr gefällt die Jacke. Und wenn sie ihr gefällt, soll sie sie doch tragen. Kann uns das nicht egal sein?" Meg richtete die Worte an Charlottes Rücken.

Charlotte drehte sich um, nahm unbeholfen in einem Sessel Platz und versuchte, die Beine übereinanderzuschlagen. „Meg, es tut mir leid. Das ist alles ziemlich schwierig für mich. Der Standard meiner Generation, mein jahrzehntelanger Standard. Wie kann ich gegen mich selbst ankämpfen?"

„Ich bitte dich gar nicht, gegen dich selbst anzukämpfen. Ich bitte dich nur, alles ein wenig entspannter zu sehen. Bitte. Vielleicht ist die Jacke wirklich hässlich – aber daran werden keine Völker zugrundegehen. Wo soll ich das hinstellen?" fragte Meg und hielt die Keramik hoch.

„Da", antwortete Charlotte und deutete auf ein Sideboard.

Meg wusste, was sich hinter den geschwungenen Mahagonitüren befand. Sie wartete.

„Möchtest du einen Drink, mein Schatz? Für Kimble ist ein Saft da – Cranberrysaft."

Diese Frage hätte Meg Libby gern gestellt: *Wenn ich sage: „Nein, ich möchte keinen Drink; aber ich möchte dir sagen, dass du zuviel trinkst" – wenn ich das sage – was passiert dann? Muss ich dann mit ihr bis in ihre Tiefen vordringen zu der Stelle, an der sie herausfindet, warum sie zuviel trinkt? Wenn ich diejenige bin, die ihr das sagt, wie kann ich sie dann damit einfach alleinlassen?* Genau das war immer die Frage gewesen.

Libby würde sagen: *Aber natürlich kannst du sie mit diesen Worten alleinlassen. Erwachsene dürfen so miteinander umgehen. Sie vertrauen darauf, dass der andere damit zurechtkommt.*

„Mutter, es ist gefährlich, wenn du alleine trinkst. Du könntest stolpern. Du könntest etwas auf dem Herd anbrennen lassen. Du könntest ein Feuer verursachen."

„Ach, so was passiert mir nicht. Außerdem sind diese Gebäude für die Ewigkeit gebaut."

Es war, als würden ihre Beine sich von selbst öffnen, sie trieben förmlich auseinander.

Kimble beugte sich nach links, fasziniert von dem weißen Fleisch von Charlottes inneren Oberschenkeln mit den vielen Grübchen.

„Ich weiß, dass du mich für einen schrecklichen Snob hältst. Ich bin ein Snob, weil ich einen pinkfarbenen, glänzenden Anorak mit einem schmuddeligen Kunstpelzbesatz abscheulich finde. Man darf dieser Tage gar nichts mehr sagen. Man muss sich dafür entschuldigen, dass man einen gewissen Standard hat."

Meg schwieg. Wofür würde sie sich in den kommenden Jahren bei Kimble entschuldigen müssen? Welchen Teil ihres Wesens, an dem sie aus Gewohnheit festhielt, würde sie unterdrücken müssen, bekämpfen müssen, um die Zuneigung ihrer Tochter zu gewinnen? Würde sie sich bei Kimble entschuldigen wegen ihres trotzigen Beharrens auf der unbequemen Klauenwanne, auf dem adobefarbenen Kühlschrank mit der Trinkfontäne?

„Meg-Meck, ich hab Hunger", quengelte Kimble und packte Meg am Arm.

„Mutter, lass uns essen gehen. Zieh dich an. Wir gehen raus und schnappen ein bisschen frische Luft."

„Nach draußen?" fragte Charlotte.

„Ja. Wir gehen alle raus, und du kommst an die frische Luft. Zieh dich warm an."

Sobald Charlotte in ihrem Nerz und den kalbsledernen Stiefeln zurückkam, die Haare seltsam schaumgestylt, verließen sie zu dritt das Haus. Beim Gehen hakte Meg sich bei Charlotte ein und stützte sie unauffällig. Kimble nahm sie an die andere Hand. Sie bogen auf die Lexington Avenue ab und gingen schweigend weiter, gewöhnten sich an den eisigen Wind, den Verkehrslärm.

„Trinken deine Freundinnen?" fragte Meg schließlich, wobei sie sich bemühte, in einem neutralen Ton zu sprechen.

„Ach, meine Freundinnen", sagte Charlotte. Nach einem Moment fuhr sie fort: „Grace Spitzer hat einen künstlichen Ausgang bekommen. Die Arme, jetzt muss sie immer einen von diesen Beuteln bei sich tragen."

„McDonald's!" rief Kimble und riss sich los.

„Sie ist heute den ersten Tag wieder bei mir", sagte Meg zu Charlotte. „Da müssen wir ihr diesen Wunsch wohl erfüllen."

„McDonald's?!" fragte Charlotte.

„Ich fürchte, ja."

„Ich hätte einen Tisch bei Trader Vic's reservieren können", meinte Charlotte. „Oder im Café des Artistes. Die haben wundervolle Nachtischkreationen, die Kinder einfach lieben. Heute müssen wir doch feiern!" Charlottes Stimme war wieder etwas kräftiger geworden, doch bei den letzten Worten verhaspelte sie sich ein wenig.

„Solchen Nachtisch mag sie nicht", sagte Meg und sah die cremigen Mandeltörtchen vor sich, die schwere Linzertorte.

Sie betraten McDonald's. Meg wurde bewusst, dass sie mit Charlotte noch nie in einem derart grell-bunten Lokal gewesen war. Und ganz bestimmt hatten sie noch nie gemeinsam in einem Raum mit so hartem Licht gestanden, das das Auge nach der Dunkelheit der Straße wie ein Schlag traf. Sie waren nie gemeinsam in ein Lokal gegangen, in dem sich helle Resopaltische befanden und patentierte Namen von Gerichten an einer Leuchttafel prangten.

Als sie an ihrem Tisch saßen, wickelte Meg sich den Schal vom Hals und zog sich und Kimble die Jacken aus. Kimble, die begeistert auf das Tablett vor sich schaute, half bereitwillig mit, ihre Arme waren geschmeidig wie Ton. Plötzlich stand Meg der Tag vor Augen, an dem sie zum Kunstgewerbemarkt in Sullivan County gefahren waren: die Toilette auf dem Rastplatz; das Unterhöschen mit den Rotkehlchen; Kimbles entblößte, rundliche Schenkel und wie sie jedes Bein vertrauensvoll und willfährig in die steife neue Jeans steckte – ein Kleidungsstück, das ihr ebenso fremd war wie eine exotische Volkstracht. Hier bei McDonald's hatte Kimble beschützend an ihre pinkfarbene Kapuze gefasst, die Hand aber sinken lassen, als Meg sich anschickte, ihr die Jacke auszuziehen. Dann machte sie sich über das Essen her.

Auch Charlotte hatte sich gesetzt, behielt aber ihren Nerz an und wickelte auch ihren Fisch-Mäc nicht aus. Sie trank einen Schluck Kaffee und beobachtete die Leute in ihrer Umgebung: ein Mann mit einer Pudelmütze, der Zuckertüten aufriss, die schwangere junge Frau neben ihm. Meg begann von Hera zu erzählen – dass sie für die Verzierungen auf eine Technik der nigerianischen Ibibio zurückgegriffen hatte; dass sie, wenn sie schon die Kühnheit besaß, Fruchtbarkeitsgöttinnen zu töpfern, dabei zumindest den Kulturen, denen diese Abbilder heilig waren, Reverenz erweisen konnte. Im Gegensatz dazu nähmen ihre amerikanischen Kundinnen (darunter Juliet Tree) an New-Age-Seminaren in den Catskills teil und verfielen urplötzlich einer heftigen, berauschten Göttinnen-Verehrung – ein Rausch, der Megs Ansicht nach von ihren widerspenstigen Eierstöcken hervorgerufen wurde.

Und dann, als wäre sie selbst betrunken und völlig hemmungslos, gestand Meg: „Ich komme mir so scheinheilig vor, Geld von Frauen zu nehmen, vor denen ich keine Achtung habe. Das bereitet mir ein schlechtes Gewissen."

„Du lieber Gott“, sagte Charlotte. „Was ist denn schon dabei?“ Sie hob den Blick; ihre Augen waren jetzt weniger glasig. „Sag mir, welches Verbrechen du begehst, wenn du Leuten etwas gibst, woran sie einen Moment lang glauben können? Diese Frauen sind nicht so dumm, wie du in deinem Zynismus meinst, Meg. Sie kaufen deine Fruchtbarkeitsgöttinnen, weil sie es nicht ertragen, nichts zu haben, an das sie glauben könnten. Sie sind völlig zermürbt von ihrer eigenen Besitzgier, das versichere ich dir. Sie wollen daran erinnert werden, dass irgendwo irgend jemand an irgend etwas glaubt. Wer weiß, was deine Keramiken in ihnen wachrufen und was das bewirken kann? Denkst du wirklich, sie glauben tatsächlich daran, dass deine Gefäße und Schalen ihnen zu einem Baby verhelfen?“

Kimble sah etwas verschreckt aus; sie versuchte, sich eine Pommes frites in die Nase zu stecken.

„Das ist nicht gut, Schätzchen“, sagte Meg. Sie verspürte den Drang, ihrer Mutter zu widersprechen und ihre Hökerseele in all ihrer Verderbtheit zu offenbaren, aber sie begriff, dass Charlotte an diesem Abend bereit war, alle Argumente zu entkräften, mit denen Meg sich selbst niedermachte – und die Bereitwilligkeit, das zu tun, stand ihr in ihrem Leben am meisten im Weg. In ihrer nachlassenden Betrunkenheit hatte Charlotte sich Meg gegenübergesetzt, wie Libby es immer getan hatte, und beschrieben, was sie sah.

„Wenn du satt bist, schieb sie beiseite“, sagte Meg zu Kimble, die das Ende der Pommes befingerte, das sie aus der Nase gezogen hatte. Meg packte sie am Handgelenk, und die Pommes fiel zu Boden. Kimbles Gesicht verzog sich panisch, dann begann sie zu weinen. Dieses Kind, das bereitwillig von Mutter zu Vater zu einer Fremden und in eine Pflegefamilie gewandert war, weinte jetzt über den Verlust einer Pommes aus einer Tüte, an der sie sich bereits satt gegessen hatte. Meg sah den Verlust sofort mit Kimbles Augen und wandte sich ihrer Mutter zu.

„Sie ist müde", sagte Charlotte und beugte sich vor, um die Pommes frites aufzuheben. Als sie sich wieder aufrichtete, öffnete sich ihr Nerz, und Meg sah, dass ihre Mutter zwar eine Leinenbluse angezogen, sie aber nicht zugeknöpft hatte. Meg und Kimble schauten auf den pflaumenfarbenen Spitzen-BH von Victoria's Secret.

Durch die Tür in Megs Rücken traten neue Gäste ein.

„Mutter", sagte sie und wies mit dem Kopf auf Charlottes Brust, um sie auf ihr Versäumnis aufmerksam zu machen.

„Ach, du liebe Güte", sagte Charlotte. Sie schloss den Nerz.

Kimbles Weinen schlug in frohlockendes Gelächter um, das fast hysterisch klang.

„Das wäre deinem Ansehen im Trader Vic's nicht gerade förderlich gewesen", meinte Meg.

„Bitte entschuldigt mich", sagte Charlotte. Unter Aufbietung aller Selbstbeherrschung erhob sie sich und schritt auf eine Tür neben der schrillen Anzeigetafel zu.

„Komm her", sagte Meg zu Kimble, die ihre Wange auf den Tisch gelegt hatte; ihre Schultern bebten, sie versuchte, sich von dem Lachanfall zu erholen, der einen Schluckauf hervorgerufen hatte.

Die Lichter und die Farben von McDonald's verloschen, als Meg die Augen schloss. Sie klopfte sich auf die Oberschenkel. Ohne Widerspruch kletterte Kimble auf ihren Schoß und blieb sitzen, bis sie wieder richtig Luft bekam, genug, um erneut in Lachen auszubrechen – ein Lachen, dessen Schwingungen bis zu Megs Rippen und Rückgrat vordrangen. Das Gefühl, das sie dabei empfand, war wundervoll, kostbar, allumfassend – das Gefühl, das eine Mutter empfinden mochte, wenn das Baby an ihrer Brust zum allerersten Mal den Mund öffnete und lachte.

Die amerikanische Originalausgabe
erschien unter dem Titel
Unexpected Child
bei Alyson Publicatios, P.O. Box 4371, Los Angeles, CA 90078-4371

Die Deutsche Bibliothek – CIP-Einheitsaufnahme
Grossman, Patricia:
Wunschtochter: Roman / Patricia Grossman.
Aus dem amerikanischen Englisch von Ursula Wulfekamp
Berlin : Krug & Schadenberg, 2001
ISBN 3-930041-28-6

Heimstraße 19, 10965 Berlin
Tel. (030) 694 12 43 Fax (030) 694 12 31
e-mail: krug.schadenberg@t-online.de
www.krugschadenberg.de

1. Auflage 2001

Lektorat: Andrea Krug, Berlin
Satz und Gestaltung: Dagmar Schadenberg, Berlin
Druck: Clausen & Bosse, Leck